DIE MILLIARDENSCHWEREN COWBOYS DIE HOCHZEITSCRASHERIN

Die milliardenschweren Cowboys
von True Love, Texas
Buch Zwei

HOPE MOORE

Die Milliardenschweren Cowboys
Die Hochgeits crasherin
Copyright © 2022 Hope Moore

Dieses Buch ist ein fiktionales Werk. Namen und Charaktere sind der Fantasie der Autorin entsprungen oder werden fiktional verwendet. Jede Ähnlichkeit mit einer wirklichen Person, lebend oder tot, ist rein zufällig.

Kein Teil dieser Publikation darf ohne vorherige schriftliche Genehmigung des Herausgebers in irgendeiner Form oder auf irgendeine Weise, einschließlich Fotokopieren, Aufzeichnen oder anderer elektronischer oder mechanischer Methoden, vervielfältigt, verbreitet oder übertragen werden, es sei denn, es handelt sich um kurze Zitate in Rezensionen und bestimmte andere nichtkommerzielle Verwendungen, die nach dem Urheberrecht zulässig sind.

Die Milliardenschweren Cowboys
Die Hochzeitscrasherin

Als der milliardenschwere eingefleischte Junggeselle Levi Tanner auf der Hochzeit seines Bruders das Strumpfband fängt, ist er darüber alles andere als glücklich. Sein Bruder hatte auf der Hochzeit eines Freundes ebenfalls ein Strumpfband gefangen und heiratet nun seine große Liebe… was ihm Cole unter Unterlass erzählt. Und nun hört sein Bruder gar nicht mehr auf zu lächeln, weil Levi ebenfalls ein Strumpfband gefangen hat und versichert ihm ein ums andere Mal, dass er sich schon mal darauf vorbereiten kann, dass sich sein Beziehungsstatus bald ändern wird. Dann entdeckt er eine Frau, die heimlich Bilder von der Hochzeit schießt und erwischt eine Hochzeits-Crasherin. Wenn es eine Sache gibt, die die Tanner-Brüder gar nicht mögen, dann sind es aufdringliche Reporter. Und diese Reporterin wird gleich herausfinden, dass sie bei dieser Hochzeit nicht willkommen ist.

Als Rita Snow dem atemberaubendsten der Tanner-Brüder gegenübersteht, beginnt ihr Herz zu pochen. Als er sie beschuldigt, eine Hochzeits-Crasherin zu sein, die ihre Fotos an den Meistbietenden verkauft, kann sie das nicht bestreiten. Er weiß nicht, wie dringend sie das Geld benötigt, das ihr die Fotos einbringen werden, oder wie sehr sie hasst, was sie tut. Wird Levi es verstehen? Kann sie ihm ihr Geheimnis anvertrauen?

Wenn einer dieser milliardenschweren Cowboys ein Hochzeitsstrumpfband fängt, dann trifft er kurz darauf seine einzig wahre Liebe.

Klingt einfach.

Nicht so schnell…

Dies ist eine zum Lächeln anregende, anständige und erbauliche Romanze, die Sie lieben werden.

PROLOG

Was zuletzt geschah in Die durchgebrannte Braut des milliardenschweren Cowboys...

Levi Tanner beobachtete seinen Bruder Cole dabei, wie er mit Tulip, seiner Seelenverwandten, tanzte. An der Hochzeit hier auf der Hauptranch, inmitten der wunderschönen Landschaft, die Tulip gestaltet hatte, nahm eine große Zahl an Freunden und Familienmitgliedern teil. Levi stand am äußersten Rand der Tanzfläche und beobachtete, wie er es gerne tat. An einem Tisch auf der anderen Seite des riesigen türkisfarbenen Blumentopfs aus Keramik saßen Tulips Mutter und einige ihrer Freunde und amüsierten sich.

„Tulip Michelle ist einfach die schönste Braut, die ich je gesehen habe, Mira."

„Danke, Beulah Anne, das habe ich auch gerade gedacht. Wenn sich einer der Reporter dieser schrecklichen Boulevardzeitungen hier herumtreibt, dann wird sie in diesem Kleid allen Lesern den Atem rauben. Mein neuer Schwiegersohn sieht auch nicht schlecht aus. Diese Tanner-Männer sehen schon umwerfend aus, nicht wahr?"

„Da hast du recht. Du wirst wunderschöne Enkelkinder bekommen." Beulah Anne legte ihren blauhaarigen Kopf schief und begegnete Levis Blick, der für einen Moment zum Damentisch gewandert war. Sie lächelte. „Levi dort drüben ist auch nicht von schlechten Eltern." Sie zwinkerte ihm zu; er neigte den Kopf und richtete seinen Blick sofort auf einen anderen Ort.

Boulevardzeitungen. Die bloße Erwähnung der unheimlichen Reporter, die sie so gern verfolgten, brachte ihn dazu, die Hochzeitsgäste genauer unter die Lupe zu nehmen. Nach der ereignisreichen Show, die Tulip ihnen in jener Nacht geboten hatte, als sie sich nicht länger um die Reporter und wer weiß wen gekümmert hatte und Cole am Tor einen Antrag gemacht hatte, hatten die Medienleute sie in Ruhe gelassen. Die Aufzeichnung davon war online viral gegangen als *Die fortgelaufene Braut, die ihren Mann bekommt* und es war ihr gelungen, das Blatt zu wenden und den Strom an schlechten Nachrichten zu unterbrechen, unter denen Shelly sie zu begraben versucht hatte. Auch ihr Unternehmen hatte von der gewaltigen Aufmerksamkeit profitiert. Alles in Allem stellte sich ihnen die Welt momentan äußerst rosig dar und Tulip hatte die Hoffnung geäußert, dass es den Reportern bald langweilig werden würde, da sie und Cole sich niederlassen und gemeinsam ein glückliches, normales Leben führen würden, etwas, das die Zeitschriften sicher schrecklich langweilig finden würden.

Er fand, dass sie in einer Traumwelt lebte, denn die Boulevardzeitungen waren nicht dafür bekannt, von einer guten Sache abzulassen. Und Tulip hatte sich als Verkaufsschlager erwiesen. Sie und Cole, die immerfort rumknutschten und einander in den Armen lagen, sorgten für allgemeines Herzklopfen. Levi freute sich für seinen Bruder, das tat er wirklich, aber die Medien waren nichts, was er jemals akzeptieren würde.

Seine Gedanken gerieten durcheinander, als sein Blick auf eine schöne Brünette mit einem hübschen Körperbau fiel und überraschend blaue Augen in seine sahen. Er fühlte sich, als wäre er von einer blauen Flamme verbrannt worden. Ihre Blicke kollidierten, verwoben sich ineinander, doch dann drehte sie sich um und verlor sich in der Menge auf der anderen Seite der

Tanzfläche. Er stand fassungslos da und kam sich vor, als wäre seine Welt soeben mit einem Meteoriten zusammengestoßen.

Er bewegte sich von seiner Position am Rande der Party in die Menschenmenge hinein, gerade als sich die Musik des Tanzes von Braut und Bräutigam dem Ende näherte. Er suchte nach ihr, beinahe verzweifelt bemühte er sich darum, einen Blick auf sie zu erhaschen, bevor etwas geschah und sie für immer aus seinem Leben verschwand. Mehrere Leute riefen seinen Namen; er nickte nur, bewegte sich aber weiter.

Beck McCoy aus Stonewall, ein weiterer seit Kurzem glücklich verheirateter Mann, rief seinen Namen und tippte sich an den Hut. In letzter Zeit nutzen sie Becks Learjet-Charter-Service häufiger zum Reisen, da Linienflüge immer nerviger für sie wurden. Bret war mit einem der Flugzeuge von McCoy Charters von seinem Rodeo-Event eingeflogen, um es pünktlich zur Hochzeit zu schaffen und würde später am Abend wieder abreisen, um für das morgige, im Fernsehen übertragene Event zurück zu sein.

„Du siehst aus, als suchst du eine Frau", sagte Beck ohne ihn aufzuhalten.

„Ja, ungefähr eins fünfundsechzig groß, brünett, mit erstaunlichen Augen. Hast du sie vielleicht vorbeikommen sehen?"

Becks Lippe verzog sich nach oben. „Kann ich nicht sagen. Aber ich hatte auch nur Augen für diese süße, kleine, blauäugige Blondine." Er deutet auf seine Frau, die am Rande der Tanzfläche mit einem kleinen Mädchen tanzte. Sie lachten und waren glücklich und er verstand, warum Beck außer seiner Frau niemanden im Raum sah.

In diesem Moment erblickte er sie. Eine Kamera in der Hand, schoss sie gerade mehrere Aufnahmen von Cole, wie dieser Tulip zur Krönung ihres Hochzeitstanzes in Richtung Boden sinken ließ, um ihr dann einen langen, leidenschaftlichen Kuss auf die Lippen zu drücken.

Die blauäugige Schönheit schoss weitere Fotos – nicht wie ein normaler Partygast, der einige wenige schießen würde; diese Frau nahm eines nach dem anderen auf, sie war auf der Suche nach dem perfekten Bild. Dem Bild, dass ihr Geld bringen würde.

Plötzlich wusste er ohne jeden Zweifel, dass dies kein Gast war. Sie war eine von *denen*, einer von diesen Idioten, die die Hochzeiten der Reichen, Berühmten oder sonst wie für die Medien interessanten Menschen aufsuchten, um Bilder davon zu veröffentlichen. Fotografen, die von dem Geld lebten, das ihnen diese

Aufnahmen einbringen.

Die Gästeliste war sorgfältig überprüft worden, um sicherzustellen, dass kein Foto-Opportunist zugegen wäre.

Doch da war sie und er hatte vor, diese Fotos in seine Hände zu bekommen. Er trat vor und näherte sich ihr, als sie ihn plötzlich entdeckte. Schuldbewusst sah sie ihn an, dann wich sie zurück, verstaute die kleine Kamera und tauchte in der Menge unter.

Er war ihr dicht auf den Fersen. Sie würde das Grundstück nicht mit dieser Kamera verlassen.

KAPITEL EINS

Levi beeilte sich, um die schöne Frau, die er beim Fotografieren erwischt hatte, einzuholen. Das waren keine gewöhnlichen Fotos gewesen, vermutete er, sondern Bilder von der Hochzeit seines Bruders, die sie zu verkaufen gedachte. Menschen, die Fotos verkauften, hatten etwas Bestimmtes an sich und auch wenn diese Frau außergewöhnlich hübsch war, so hatte sie doch mehr Fotos von Cole und Tulip geschossen, als für den persönlichen Gebrauch notwendig waren. Die offizielle Fotografin war sie auch nicht.

„Warte, Levi", rief Cole, während er sich in Stellung brachte, um das Strumpfband zu werfen, das er soeben von Tulips Bein gelöst hatte.

Levi fand nicht, dass er sich in die Reihe der Strumpfbandfangwilligen einreihen sollte, da er nicht vorhatte, in absehbarer Zeit zu heiraten. Er würde das all den Typen überlassen, die sich bereits eingefunden hatten.

Cole jedoch zeigte auf die Aufstellung. „Reih dich mit ein."

„Lass mal, ich muss wo hin."

Cole lachte und die Freude auf seinem Gesicht erfüllte den ganzen Raum. „Ja, in diese Reihe, um das Strumpfband zu fangen. Jetzt mach schon. Danach kannst du gehen, wohin du willst, aber mach schon, Bruder – stell dich zu den anderen."

Er brachte es besser hinter sich; je eher er das tat, umso schneller konnte er der Brünetten hinterherlaufen. „Also gut, wirf das Ding."

Cole lachte und die Jungs, die um Levi herumstanden, schubsten ihn und taten so, als ob sie nicht wollten, dass er ganz vorn stand und sie verhindern wollten, dass er das Strumpfband zu fassen bekam.

Er zog sich ein wenig zurück. „Fangt es ruhig, Leute. Ich will damit nichts zu tun haben."

Sein älterer Bruder Austin, der Arzt in der Familie, warf ihm einen Seitenblick zu. „Ich bin auch nicht besonders glücklich darüber, hier zu sein, aber ich tue es für Cole."

„Ja, und er schwört auf dieses Ammenmärchen, dass der, der das Strumpfband fängt, als nächstes heiraten wird, seit er bei der letzten Hochzeit, auf der er war, das Strumpfband mitten ins Gesicht bekommen und kurz darauf Tulip kennengelernt hat."

„Das heißt nicht, dass es stimmt."

„Da hast du recht. Und ob ich nun ein Strumpfband fange oder nicht, ich werde nicht heiraten. Aber ich möchte das Schicksal auch nicht herausfordern." Er grinste Austin an.

Cole drehte ihnen den Rücken zu und warf das Strumpfband über seinen Kopf. Es flog durch die Luft und alle Jungs eilten darauf zu wie Linebacker auf einen Quarterback. Leider war einer von ihnen übereifrig und geriet ins Straucheln. Die übrigen Männer gingen in einem Gewirr aus Armen und Beinen direkt vor Levi und Austin zu Boden.

Das Strumpfband segelte auf Levi zu und traf seinen Oberkörper. Reflexartig griff er danach, bevor es auf die Erde fallen konnte und dann stand er da und starrte es an.

Austin lachte. „Sieh mal einer an."

Er starrte zu seinem Bruder hinüber. „Das ist doch lächerlich."

* * *

Rita Snow schoss weitere Bilder des Milliardärs Cole Tanner und seiner Braut Tulip. Ihre Finger, die die Kamera hielten, zitterten und sie hoffte, dass niemandem auffiel, dass sie keiner der geladenen Hochzeitsgäste war, sondern sich der Fotos wegen eingeschlichen hatte.

Es war die Hochzeit des Sommers. Der erste der Tanner-Brüder lief in den Hafen der Ehe ein. Sie waren Cowboys, die über Nacht zu Milliardären geworden waren und die begehrtesten Junggesellen von Hill Country. Sie befand sich auf einer großen Veranstaltung, Aufnahmen von dieser waren sehr gefragt. Und sie hatte sich eingeschlichen, um die zu schießen.

Ihr Magen machte ein paar Sätze, als sie an das dachte, was sie hier tat. Sie warf einen Blick über ihre Schulter und hoffte, dass niemand bemerkte, dass ihre Kamera eine leistungsstarke professionelle Kamera war und sie weit mehr Fotos schoss, als jeder normale Hochzeitsgast schießen würde. Ein leichter Schweißfilm breitete sich auf ihrer Stirn aus, als sie weitere Aufnahmen davon machte, wie sich der Bräutigam in Position brachte, um das Strumpfband zu werfen. Sie war Levi Tanner aufgefallen; es war ihr zwar gelungen, ihm zu entkommen, doch sie wollte vermeiden, noch einmal seine Aufmerksamkeit auf sich zu ziehen. Noch immer spürte sie die Spannung, die kurz zuvor zwischen ihnen geherrscht hatte, als sich ihre Blicke begegnet waren. Sie wurde ganz schwach bei dem Gedanken daran, wie intensiv der Blick gewesen war, den ihr Levi aus seinen umwerfenden Augen zugeworfen hatte. Doch dann hatte sich sein Blick verändert und sie hatte erkannt, dass er es wusste... oder zumindest misstrauisch war. Man sagte, er wäre derjenige der Brüder, der am wenigsten für Paparazzi übrighatte. Nicht, dass sie sich selbst so genannt hätte. Sie war nur hier, um ein paar Fotos zu schießen, die sich verkaufen ließen. *Warum fühle ich mich dann so schäbig?*

Sie hatte sich rasch in die Menschenmenge geflüchtet, die sich eingefunden hatte, um den Tanz des Brautpaars zu verfolgen. Sie war in Panik geraten, als sie sich durch die Leute geschoben hatte, dankbar für den Umstand, dass sie nicht besonders groß war und deshalb nicht aus der Masse hervorstach. Sie hatte hinter einer ausladenden Palme Zuflucht gefunden und sich in ihrem Schatten verborgen, während sie darauf gewartet hatte, dass Levi auf seiner Suche nach ihr vorbeieilte.

Sie hatte es bereits bis in die Nähe der Tür geschafft und wollte gerade das Weite suchen, als sie vernahm, wie Cole Levis Namen rief und ihn anwies, er solle sich für das Strumpfbandwerfen aufstellen. Er hatte seinem Bruder scherzend geantwortet, dass er nicht daran teilnehmen wolle. Doch als sie anschließend gesehen hatte, wie er sich anschickte, es doch zu tun, hatte sie dem Ganzen nicht den Rücken kehren können.

Sie war zurück zurückgeeilt und hatte sich ganz vorn genau vor der inzwischen bereitstehenden Schlange an Männern in Stellung gebracht; erneut war sie froh darüber, eher klein zu sein, denn nun stand sie in der ersten Reihe der Zuschauer und wartete darauf, das erste Bild schießen zu können. Neben dem Bild des glücklichen Paares waren es Aufnahmen der anderen Brüder, die Geld versprachen, da sie zu den begehrtesten Junggesellen von Texas gehörten. Wenn einer von ihnen das Strumpfband erwischte, könnte ihr das einen Batzen Geld einbringen.

Sie behielt Levi im Blick, der nun endlich dort stand, wo er stehen sollte, zögernd zwar, aber doch an Ort und Stelle. Begeistert schoss sie Bilder von dem Gewirr an Armen und Beinen auf dem Boden vor ihm und seinem Bruder, bevor ihr eine perfekte Aufnahme des Moments gelang, in dem Levi das Strumpfband gegen die Brust prallte und er aus einem Reflex heraus danach griff. Die Überraschung stand ihm deutlich ins hübsche Gesicht geschrieben, als er nach unten blickte und bemerkte, dass er das Strumpfband in den Händen hielt. Sie fand seinen Gesichtsausdruck unbezahlbar und hoffte, dass eine Boulevardzeitung das genauso sehen und ihr eine hübsche Summe dafür zahlen würde.

Sie lächelte, fasziniert von diesem Mann. Erst als sein schockierter Blick ihren fand, bemerkte sie, dass sie in ihrer Wachsamkeit nachgelassen hatte. Sein Blick heftete sich auf sie und augenblicklich erkannte er sie. Sie erstarrte, doch dann sah sie, wie er seinem Bruder Austin das Strumpfband in die Hände schlug und auf sie zukam.

Sie wirbelte herum und schlängelte sich um das Paar hinter ihr herum. Zügig bahnte sie sich ihren Weg durch die Menge auf den Ausgang zu. Ihr blieb keine Zeit, sich zu verstecken. Es war an der Zeit, zu verschwinden. Dieser Cowboy wusste genau, was sie tat, und wollte sie erwischen.

Sie schaffte es durch die Tür und eilte dann den Weg entlang, der zu der Hochzeitslocation führte, an all den brennenden Laternen und Unmengen an weißem Tüll und Spitze vorbei, die zu beiden Seiten des Pfades befestigt waren. Sie hielt ihre Kamera fest in den Händen, während sie an der seitlichen Abdeckung herumfummelte, hinter der sich die Speicherkarte verbarg. Sie stolperte, als es ihr gelang, sie zu öffnen, schaffte es aber gerade noch, nicht zu stürzen, was bei der Höhe ihrer Absätze ein kleines Wunder war. Als sie einen Blick über die Schulter zurückwarf, sah sie, wie sich die Tür öffnete und Levi herauskam.

Sie rannte auf den Parkplatz zu und warf die Speicherkarte aus. Sie musste sie verstecken, falls er sie erwischte und ihr die Kamera abnahm. Der einzige Ort, der ihr dafür geeignet erschien, war ihr BH. Sie zog an ihrem Ausschnitt und rammte die Karte in ihre Unterwäsche, dann atmete sie erleichtert auf, weil diese nun in Sicherheit war, verborgen an ihrem donnernden Herzen.

Schwer atmend sprang sie hinter ein Auto, dann kauerte sie sich nieder und begann, sich um die Wagen herumzuschlängeln. Als sie sich weit genug entfernt hatte, presste sie ihren Rücken gegen den Kotflügel eines Trucks und spähte über dessen Motorhaube, gerade in dem Moment, als Levi vorbeiging. Er war nur ungefähr fünf Meter von ihr entfernt und wandte ihr den Rücken zu. Geräuschvoll atmete sie aus. Wenn er sich umdrehte, war sie geliefert. Praktisch auf allen Vieren schob sie sich in die nächste Reihe und rannte dann wie wild zu ihrem Wagen.

Wenn er sie einholte, würde das nicht gut für sie ausgehen. Sie musste die Fotos auf ihren Computer übertragen. Erleichterung überschwemmte sie, als sie ihren kompakten Mietwagen erreichte. Jetzt war sie dankbar für ihre Voraussicht, den Wagen nicht zu verschließe für den Fall, dass sie schnell fliehen musste. Sie trug den Schlüssel an einem Gummiarmband und verhedderte sich beinahe, während sie das Armband abnahm und den Schlüssel in die Zündung rammte.

Sekunden später hatte sie das Auto zum Laufen gebracht und den Rückwärtsgang eingelegt. Sie wusste nicht, wo Levi war, hoffte aber, dass er noch weit genug entfernt war, um über den Rasen die Straße zu erreichen, die von der Hochzeitslocation zur Landstraße führte. An den kurvenreichen Straßen im Hill Country gab es unzählige solcher Hochzeitslocations.

Sie fuhr gerade auf den grasbewachsenen Abschnitt zu, den sie als Abkürzung in die Freiheit zu nutzen gedachte, als er mit wehenden Armen zwischen den Autos hervorgerannt kam. Und sich ihr genau in den Weg stellte!

„Geh aus dem Weg", rief sie ihm zu, doch er rührte sich nicht von der Stelle.

Aus Angst, sie könnte ihn treffen, riss sie am Lenkrad; dadurch verlor sie die Kontrolle über den Wagen und schrie, während ihr Gefährt in einen kleinen Teich inmitten der Grasfläche schleuderte.

Schreiend und voller Wut versuchte sie, die Tür aufzustoßen, doch sie ließ sich nicht öffnen. Dampf strömte unter der Motorhaube hervor, als stünde das Auto in Flammen. Panik erfasste sie und sie drückte erneut gegen die Tür, während sich das Wasser zu ihren Füßen zu sammeln begann.

* * *

Levi rannte auf das dampfende Auto zu, zorniger als er sehr, sehr lange gewesen war. *Diese törichte Frau hatte nicht angehalten!* Wegen des Rauchs machte er sich keine Sorgen, er wusste, dass der daherkam, dass der Motor mit Wasser in Berührung gekommen war und bald abziehen würde. Aber sie hätte ihn um ein Haar überfahren.

Was nur ein weiterer Beweis dafür war, dass diese Leute wirklich alles für ein Bild taten. Sie riskierten sogar sein Leben oder ihres oder das eines jeden, der ihnen dabei in die Quere kam, ein ertragreiches Foto zu schießen.

Knurrend rannte er in das oberschenkelhohe Wasser und riss am Griff der Wagentür. Als sich diese nicht öffnete, verstärkte er seine Bemühungen. Sie sah aus, als wäre sie in Panik, wahrscheinlich hatte sie Angst vor dem Rauch.

„Halte durch", rief er und riss erneut an der Tür. Diesmal öffnete sie sich und Wasser strömte in den Innenraum des Autos, und erfüllte den niedrigen Wagen etwa brusthoch. Er griff im selben Moment nach ihr, in dem sie ihre Hände nach ihm ausstreckte und er zog sie aus dem Auto. „Komm. Was hast du dir nur dabei gedacht?", knurrte er, während er sie praktisch zum Ufer zog. Die Kamera baumelte immer noch um ihren Hals.

„Du bist mir vor den Wagen gesprungen", sagte sie stotternd.

„Und du hättest sterben oder mich umbringen können."

„Warum hast du das getan?" Sie keuchte und stolperte, als sie das schlammige Ufer erreichten.

Nicht zu Zärtlichkeiten aufgelegt, ließ er sie zu Boden fallen. Normalerweise war er kein schlechter Kerl, aber das war einfach lächerlich. „So, du bist in Sicherheit. Jetzt gib mir die Kamera."

Schwer atmend und vor ihm auf den Knien kauernd, starrte sie ihn an. „Warum hast du dich mir in den Weg gestellt? Du hast das verursacht."

Er wartete nicht darauf, dass sie ihm die Kamera gab; er griff hinab und nahm sie sich. „Du hast nicht autorisierte Bilder geschossen. Ich kenne Leute wie dich. Du willst Geld mit ihnen verdienen."

„Es ist nicht so, wie du denkst."

„Ja, klar. Ich weiß nicht, wie du nach Hause kommst, aber diese Kamera wirst du nicht mitnehmen."

Ein mit zwei überaus breitschultrigen und völlig stereotypen Bodyguards besetzter Golfwagen raste über das Gras heran und blieb dann stehen, worauf die beiden auf sie zugestürzt kamen. „Gibt es ein Problem, Mr.

Tanner?", fragte einer von ihnen.

Der andere eilte zu der am Ufer kauernden Frau. „Sonst ist niemand da drin, oder?"

„Nein." Ihre Stimme brach.

„Sie hat gesagt, sie war allein." Er fühlte sich schuldig, weil er nicht daran gedacht hatte, diese Frage zu stellen. Doch die Frau war zuvor auf der Tanzfläche gewesen, sicher hatte sie niemanden im Auto zurückgelassen, der auf sie wartete. Trotzdem verspürte er Schuldgefühle, weil er nicht gefragt hatte. Oder selbst einen Blick hineingeworfen hatte.

„Was ist los? Ist alles in Ordnung?"

„Sie ist eine Hochzeitscrasherin. Ich weiß nicht, wie sie hineingekommen ist. Aber ich weiß, wie sie wieder rauskommt. Bitte nehmt sie mit und ruft ihr entweder ein Taxi oder bringt sie dorthin, wo sie hinmöchte. Schafft sie einfach fort von hier."

Er hielt die Kamera hoch und warf ihr noch einen letzten Blick zu – erneut fühlte er sich von dem Blick ihrer schönen Augen getroffen, doch dann drehte er sich um und ging über den Rasen zurück zur Hochzeit. Offenbar traf er immer wieder auf Leute, die in seine Privatsphäre und die seiner Familie eindrangen.

KAPITEL ZWEI

Rita betrat ihr Hotelzimmer, sie war nass und schmutzig und fühlte sich seit der katastrophalen Begegnung mit Levi bei der Tanner-Hochzeit äußerst schäbig. Der widerliche Nachhall dessen, was sie getan hatte, nagte an ihr und sie hätte am liebsten geweint. Stattdessen schloss sie die Tür ab, ging in das winzige Badezimmer und drehte das heiße Wasser auf. Sie zog die Speicherkarte aus ihrem BH und starrte sie an. Bei diesem Anblick wurde ihr übel. Unsicher, was sie damit anfangen sollte, ging sie ins Schlafzimmer und schob die kleine schwarze Karte unter die Matratze. Sie hatte bis elf Uhr Zeit, um die Bilder an ihren Kontakt bei der Boulevardzeitung zu übermitteln.

Sie verkaufte die privaten Momente eines Menschen an eine Boulevardzeitung.

Von sich selbst angewidert, zog sie ihre durchnässten Klamotten aus und ließ sie zu Boden fallen. Ihr blieb genug Zeit für die Dusche, die sie dringend brauchte.

Zeit, um über alles nachzudenken.

Sie starrte sich im Spiegel an. Es war eine Katastrophe. Aber sie brauchte das Geld, das ihr die Fotos bringen würden. Kopfschüttelnd kletterte sie in die Dusche und versuchte, die Gefühle des Schmutzes, die sie plagten, von sich abzuwaschen.

Diese Gelegenheit konnte sie sich nicht entgehen lassen.

Das dampfend heiße Wasser prasselte auf sie herab und sie schloss die Augen und ließ es über sie hinwegströmen. Sie stand lange Zeit einfach nur da und ließ das heiße Wasser fortspülen, wie schmutzig sie sich fühlte.

Sie hatte sich selbst dazu überreden müssen, die Aktion überhaupt durchzuziehen. Es war schwer gewesen, sich selbst davon zu überzeugen, gegen alles zu verstoßen, woran sie glaubte, und in die Privatsphäre anderer einzudringen. Sie erinnerte sich daran, dass sie es tun musste, aber das ließ ihre Haut krabbeln. Und offensichtlich war sie ohnehin schlecht darin.

Nicht im eigentlichen Fotografieren – auf ihrer Speicherkarte befanden sich ein paar fantastische Bilder. Bilder, von denen sie wusste, dass sie wundervoll sein würden. Sie wusste, wie man Fotos schoss, was sie nicht wusste, war, wie man kein schlechtes Gewissen deswegen hatte und sich wie Abschaum fühlte, wenn man sie verkaufte.

Sie blieb lange unter der Dusche stehen und versuchte, sich selbst dazu zu überreden, die Bilder hochzuladen und an ihren Kontakt zu schicken. Schließlich verließ sie die dampfende Dusche, sie war zwar etwas ruhiger, aber deswegen nicht weniger unzufrieden mit der Situation. Doch irgendwann musste sie unter der Dusche hervorkommen. Sie wickelte sich ein Handtuch um den Oberkörper, steckte es oben ein und schnappte sich dann ein weiteres, mit dem sie ihr volles, zerzaustes Haar rieb, bis es nicht mehr tropfte.

Ein lautes Klopfen an der Tür ließ sie zusammenzucken. Ihr Herz schlug heftig in ihrer Brust, als sie um die Badezimmertür herumspähte.

Zum Glück hatte sie den Riegel und die Kette vorgelegt. Sie zuckte zusammen, als sich das Klopfen fortsetzte. Ihr Herz machte bei jedem Schlag mit der Faust gegen ihre Tür einen Satz in ihrer Brust.

„Ich weiß, dass du da drin bist. Öffne die Tür oder ich rufe die Polizei."

Levi. Sie schloss die Augen, den Klang von Levi Tanners Stimme erkannte sie sofort.

Seiner wütenden Stimme.

Sie schluckte schwer und warf einen Blick in

Richtung Bett, wo sie die Speicherkarte unter der Kante der Matratze versteckt hatte. Sie atmete langsam ein, um ihren Magen zu beruhigen, und ging dann zur Tür; mit einem Mal irritiert wegen dieses Cowboys, der sich weigerte, sie in Ruhe zu lassen.

Sie riss die Tür auf. Dort stand Levi, die schönen Augen heiß vor Wut. Sie richtete ihren Blick nach oben auf den großen, schlanken und gefährlichen Mann. Er war Milliardär und sie brauchte nur ein bisschen Geld. Aber sie machte einen Job; es war nicht so, als ob sie etwas gestohlen hätte… naja, technisch gesehen hatte sie die Fotos von Cole und Tulip gestohlen, weil sie eine Hochzeitscrasherin war und nicht zu der Feierlichkeit eingeladen gewesen war.

Trotzdem musste er wieder gehen. „Würdest du aufhören an meine Tür zu hämmern und gehen? Aber zuerst gib mir bitte meine Kamera zurück." *Warum hatte sie bitte gesagt?*

Überrascht sah er sie an, doch erst als sein Blick über ihren Körper glitt, fiel ihr wieder ein, dass sie lediglich ein Handtuch trug. Sofort griff sie mit ihrer Hand nach dem oberen Saum, um sicherzustellen, dass es sich nicht öffnete.

Sein Blick schoss zurück nach oben und traf ihren. „Ich gebe dir die Kamera nicht zurück. *Du* wirst mir die Speicherkarte aushändigen, die in dieser Kamera steckte. Das war eine private Hochzeit. Es war nicht vorgesehen, dass Hochzeitscrasher kommen, Fotos schießen und diese anschließend verkaufen. Leute wie du sind so schäbig und ich habe es satt. Mein Bruder und seine Braut wurden gerade tagelang von Leuten wie dir gejagt, deswegen brauchen sie wirklich nichts weniger als Bilder von sich in der Boulevardpresse. Und genau dort sollten die Bilder ja wohl am Morgen landen. Oder etwa nicht?"

Mit einem Mal fühlte sich ihr Magen an, als befände sich ein zehn Tonnen schwerer Stein darin. Er hatte es sich zusammengereimt.

Sie versuchte, nicht schuldig auszusehen, aber mit einer Körpergröße von nur etwa einhundertfünfundsechzig Zentimetern, den dunklen Haaren und dem süßen Gesicht – zumindest sagte man ihr das immer wieder – und den großen, mitfühlenden Augen sah sie wahrscheinlich schuldiger aus als sonst irgendjemand.

Seine Augen verengten sich und sie funkelte ihn an, während in ihrem Inneren Schuldgefühle gärten wie eine offene Wunde. „Die Speicherkarte gehört mir." *Verrate ihm nichts. Gib sie ihm nicht. Du brauchst sie.*

„Oh, du wirst sie mir geben. Darf ich dich daran erinnern, dass einige der besten Anwälte des Landes für die Tanners arbeiten? Anwälte, die dir das Leben sehr schwer machen werden, wenn du mir nicht jetzt diese Speicherkarte gibst. In der Tat ist mein bester Mann gerade schon dabei, die Unterlagen aufzusetzen, die demnächst hier eintreffen werden, Rita Snow."

Ihr Mund klappte auf. „Woher weißt du meinen Namen?"

„Ich bin von hier – ich habe Freunde an der Rezeption. Wenn das denn dein richtiger Name ist… er klingt unecht."

„Vielleicht sollte ich mir wegen der Rezeptionsmitarbeiter einen eigenen Anwalt besorgen. Die dürfen keine Namen nennen."

„Ach, das haben sie nicht. Sie waren im Hinterzimmer, während ich auf den Computerbildschirm geschaut habe."

Sie spielte so außerhalb ihrer Liga. „Ja, klar, wahrscheinlich sind sie in das Hinterzimmer gegangen, nachdem sie die betreffenden Daten aufgerufen hatten, um dir Zeit zu geben, auf den Bildschirm zu schauen." Sie wusste, wie so etwas lief. Sie hatte es oft genug in Filmen gesehen. Sie zitterte, mit einem Mal war ihr kalt. Es war zwar eine warme Nacht, aber sie stand mit nichts als einem Handtuch bekleidet in der Tür und eine Schiffsladung Schuldgefühle umhüllte sie wie ein Eisbeutel. „Du musst jetzt gehen. Bitte nimm die Hand weg, damit ich die Tür schließen kann."

„Oh nein, das wirst du nicht. Ich gehe nirgendwohin." Mit diesen Worten trat er ein und schloss die Tür hinter sich.

Sie keuchte und wich zurück, sie hatte nicht wirklich Angst vor ihm, stattdessen war sie wütend. Wütend und erschöpft. Das alles lief so schrecklich schief. „Du hast kein Recht, in diesem Raum zu sein."

Er lehnte sich gegen den Türrahmen und verschränkte die Arme. „Ich gehe nicht, bevor ich die Speicherkarte habe. Und da ich ziemlich sicher bin, dass ich hier war, bevor du Zeit hattest, die Bilder deinem Käufer zu schicken, denke ich, dass du keine Gelegenheit haben wirst, sie zu übermitteln, wenn ich nur lange genug in dieser Tür stehen bleibe oder mich hier einrichte. Die Boulevardzeitungen werden diese Bilder nicht bekommen. Cole und Tulip werden sich am Morgen nicht auf der Titelseite eines Klatschmagazins wiederfinden. Und dir wird es nicht gelingen, Geld mit ihrem glücklichsten Moment zu verdienen. Tut mir leid", endete er abfällig.

Seine Worte trafen sie, es stimmte. „Du bist ein Idiot."

Mit einem rauen Lachen schob er sich seinen Cowboyhut zurück auf den Kopf. „Ich wurde schon mit schlimmeren Worten betitelt. Was für eins hast du für dich selbst? Dieb vielleicht? Oder wie nennt man jemanden, der ohne Erlaubnis Fotos schießt um sie dann an den Meistbietenden zu verkaufen? Juckt dich das nicht? Du siehst netter aus als so jemand. Aber wahrscheinlich gehört das dazu – wenn man so harmlos aussieht wie du, dann kommt niemand darauf."

Seine Worte trafen sie und sorgten dafür, dass sie sich noch niederträchtiger vorkam, als sie es ohnehin schon tat. Sie ließ sich nichts anmerken, obwohl sie innerlich zusammenbrach. Sie starrten einander an, doch sie weigerte sich zu zeigen, wie sehr sie seine Worte getroffen hatten. Sie sah all ihre Hoffnungen zerrinnen. Wenn er tat, was er gesagt hatte, dann konnte sie das Geld abschreiben, das sie bekommen würde, wenn sie die Bilder bis elf Uhr einschickte. Keine große Summe Geld würde bis morgen Nachmittag auf ihrem Bankkonto eingehen. Was bedeutete, dass sie nicht in der Lage sein würde, ihr eigenes Unternehmen zu gründen. Sie würde ihrem Sohn kein Zuhause bieten können.

Gefühle verstopften ihr die Kehle. Ohne das regelmäßige Einkommen, das nötig war, um für ihren Sohn zu sorgen, würde sie ihn womöglich verlieren.

In ihrem Inneren zog sich alles zusammen und Tränen begannen ihr in den Augen zu brennen. Ihre Knie wurden weich, als sie von Gefühlen mächtig wie Bulldozer überrollt wurde. Schließlich gelang es ihr nicht länger, aufrecht stehen zu bleiben, sie sank auf die Kante des Bettes, legte ihre Ellbogen auf die Knie und ihre Stirn in ihre Handflächen. Ohne das Geld würde sie wahrscheinlich ihren Sohn verlieren… er war ihr Leben.

Ihr Herz schmerzte. Kummer erfüllte sie. Sie wusste, dass das, was sie getan hatte, falsch war. Vielleicht war das keine Entschuldigung, aber sie war verzweifelt und in diesem Moment völlig überwältigt.

Sie kämpfte darum, ein Schluchzen zu unterdrücken… doch es gelang ihr nicht.

* * *

Als er Rita anstarrte, die auf der Bettkante zusammengesunken war – schluchzend, wie er dem Zittern ihrer Schultern entnahm – kam sich Levi vor wie ein Schuft. Auch wenn er nicht genau sagen konnte, warum. Seine Wut war berechtigt und er war fest entschlossen, die Speicherkarte an sich zu bringen und es Cole und Tulip zu ersparen, ihr Bild auf den Titelseiten der Boulevardzeitungen vorzufinden. Sie hatten viel durchgemacht, seit sie sich kennengelernt hatten und unter seiner Aufsicht würde es nicht geschehen, dass man ihre Hochzeit in den Schlagzeilen ausschlachtete. Sie wollten doch nur ein langweiliges Leben führen, wie Tulip es nannte, und er würde alles in seiner Macht Stehende tun, um das zu ermöglichen. Wie war diese Frau nur durch die vielen Überprüfungen gekommen, die es bei der Hochzeit gegeben hatte um den Paparazzi-Ratten, wie er sie nannte, keinen Zutritt zu gewähren. Sie war eine von ihnen, rief er sich selbst ins Gedächtnis, als sein Ärger verrauchte. *Warum weinte sie?* Das war unerwartet.

Ihr dunkles, gewelltes Haar hing über ihre Hände herab und gab ihre Schultern frei. Sie hatte sehr schöne Schultern, er kam nicht umhin, das zu bemerken. Und Beine. Sie hatte hübsche Beine. Das weiße Hotelhandtuch bedeckte kaum ihren Körper, so wie sie dort auf der Bettkante saß; ihre Beine waren nur allzu sichtbar. Er fühlte sich schäbig, weil er an ihre Beine dachte, während sie weinte und darüber war er gar nicht glücklich.

Sie musste sich anziehen. „Offensichtlich werde ich noch eine Weile hierbleiben, so lange, bis du mir die Speicherkarte gibst. Vielleicht solltest du dir etwas anziehen."

Sie hob den Kopf, wischte sich mit zitternden Fingerspitzen über die Augen und stand dann auf, wobei sie sorgfältig darauf achtete, dass das Handtuch an Ort und Stelle blieb. Mit grimmiger Miene ging sie zu einer Reisetasche, die auf der Kommode stand. Sie zog eine Jeans und ein Shirt aus der Tasche, außerdem pinke Unterwäsche.

Sein Puls schlug beim Anblick des rosa Höschens plötzlich schneller und er fühlte sich unwohl. Er mochte die Vorstellung nicht, dass er sie bedrängt hatte und sie sich, nur mit diesem Handtuch bekleidet, in einer verletzlichen Position befand.

Er ignorierte die Tatsache, dass jedes Mal, wenn sie ihn ansah, eine nicht zu leugnende Energie zwischen ihnen war. Natürlich konnte es auch nur daran liegen, dass sie wütend auf ihn war und er wütend auf sie. Diese Art von Reibung würde eine Flamme verursachen.

Sobald er dafür gesorgt hatte, dass sie ihre Frist verpasste und die Speicherkarte in seinen Händen hielt, würde er zurück auf seine Ranch fahren und sich um sein Vieh kümmern, und sie konnte dorthin gehen, wo Rita Snow hergekommen war.

Er war immer noch verwirrt von den plötzlichen Tränen, nachdem sie zuvor so trotzig gewirkt war. *War es ein Trick, der ihn dazu bringen sollte, ihr die Speicherkarte zu überlassen?* Seine Lippen pressten sich fest aufeinander, als er sich seine Entschlossenheit erneut ins Gedächtnis rief.

Sie ging durch den Raum ins Badezimmer und schloss die Tür hinter sich.

Er sah sich um und versuchte zu ergründen, wo sie die Speicherkarte versteckt hatte. Wahrscheinlich in ihrer Tasche. Aber die Vorstellung, hinüberzugehen und in ihren Sachen herumzuwühlen, behagte ihm nicht. So wie er es einschätzte, würde er wohl die ganze Nacht hier stehen müssen um sie daran zu hindern, den Inhalt der Speicherkarte auf ihren Computer zu laden, was er auch tun würde.

Kurz darauf kam sie aus dem Badezimmer, in den blauen Jeans und dem gelben T-Shirt sah sie erfrischt aus und obwohl er die Teile nicht sehen konnte, wusste er, dass der pinkfarbene BH und das Höschen sich irgendwo unter ihrer Kleidung befanden.

Er versuchte, nicht daran zu denken.

„Das ist besser. Könntest du mir jetzt die Speicherkarte geben und uns beiden weiteren Ärger ersparen? Dann mache ich mich auf den Weg und du kannst den Rest der Nacht hier allein verbringen."

Während sie sich angezogen hatte, war es ihr gelungen, ihre Fassung zurückzugewinnen und nun sah sie ihn mit kühlem Blick an. „Nein. Ich werde die Polizei rufen. Du bist in meinem Zimmer, und ich habe dich nicht hereingebeten."

„Nein, ich denke nicht, dass du die Polizei rufen wirst." Er schritt durch den Raum und zog rasch den Stecker aus der Steckdose, dann nahm er das Telefon an sich und hielt es hinter seinen Rücken.

Sie ging zu ihrer Tasche und holte ihr Handy daraus hervor. Ohne zu zögern, drückte sie einige Tasten.

„Gut. Wähle 911. Wenn sie hier sind, werden sie uns wahrscheinlich beide ins Gefängnis bringen. Was für mich in Ordnung wäre, schließlich würde es bedeuten, dass du niemandem die Fotos schicken kannst. Wie auch immer, ich kann dir versichern, dass ich dafür sorgen werde, dass diese Fotos von der Speicherkarte gelöscht werden."

Er hoffte, dass seine Behauptung bezüglich der Bilder sie dazu bringen würde, nachzugeben. Sein Telefon vibrierte und er warf einen Blick auf die eingehende SMS seines Anwalts, der ihm mitteilte, dass er sich verspäten würde.

Natürlich. Was jetzt?

Ihr gut zureden?

„Komm schon, sei kein Unmensch. Wie würde es dir gehen, wenn du heiraten würdest und irgendein schmieriger Paparazzi würde Bilder von dir machen, während du Momente reinen Glücks genießt und sie dann verkaufen, damit die ganze Welt sie sehen kann? Momente, die nur für dich und deine Freunde und Familie bestimmt waren und nicht dazu gedacht waren, an den Meistbietenden verhökert zu werden und in allen Boulevardzeitungen abgebildet und mit wer weiß was für Schlagzeilen versehen zu werden. Würde dir das gefallen? Du siehst aus wie ein netter Mensch." Das tat sie wirklich und das war das Erschreckende an all dem.

Sie sah nicht schäbig aus. Sie sah reizend aus.

Mit einem Mal wirkte sie wieder verletzlich. Ihr Blick wanderte nach unten.

Er drang weiter in sie. „Ich kann mir nicht vorstellen, dass du das beruflich machst."

Schuldgefühle flackerten in ihren schönen Augen auf. Sie rieb sich die Stirn, holte tief Luft und steckte dann ihr Handy in die Gesäßtasche. „Gut, du hast gewonnen", sagte sie niedergeschlagen, während sie den Raum durchquerte und zum Bett ging. Sie griff zwischen die Matratze und das Boxspringbett und zog die Speicherkarte hervor.

Er trat einen Schritt vor und sie legte sie in seine Handfläche. Seine Haut brannte an der Stelle, wo sie ihn berührte und als sie ihn ansah, war kein Feuer in ihren Augen, nur das Anerkennen ihrer Niederlage. Und Traurigkeit.

Er schloss die Finger über der Speicherkarte. „Danke." Unfähig, es dabei zu belassen und verwirrt von den Schuldgefühlen, die ihn in dem Moment überfallen hatten, in dem sie nachgegeben hatte, fragte er: „Warum tust du das? Es gibt doch sicherlich andere Jobs, die du machen könntest. Jobs, bei denen du nicht die Privatsphäre anderer Menschen verletzen musst."

Sie sank auf die Bettkante. Sie war blass geworden. „Normalerweise tue ich so etwas nicht, ich bin kein

Paparazzi." Sie sagte das Wort mit so viel Abscheu, wie auch er empfand. „Ich brauche das Geld einfach sehr dringend. Für mich und meinen Sohn." Sie wandte den Blick ab. „Wie auch immer, es spielt keine Rolle. Ich werde dich nicht mit meiner rührseligen Geschichte belästigen. Nimm die Speicherkarte und geh. Es war falsch von mir. Geh und ich werde morgen früh die Stadt verlassen."

Er starrte sie an. Er hatte bekommen, was er wollte; er sollte glücklich sein. Aber da war etwas, das verhinderte, dass er ging. Er ging vor ihr in die Hocke und sah in ihre gesenkten Augen. „Danke für die Dateien. Womit kann ich dir behilflich sein? Ich meine, wirklich, du weißt nicht, wie viel es mir bedeutet, dass du mir die Fotos gegeben hast. Ich helfe dir gern. Sag mir einfach, was du brauchst."

Junge, Junge, sie könnte drauf und dran sein, ihn hereinzulegen, aber irgendetwas sagte ihm, dass dieser Teil keine Gaunerei war. Er war ein passabler Pokerspieler; er hatte ein gutes Pokerface und konnte Menschen für gewöhnlich gut lesen und jetzt hatte er nicht das Gefühl, dass sie ihm etwas vormachte. Nicht mehr.

„Ich werde keine Almosen von dir annehmen. Auch wenn du das, was ich getan habe, als schäbig einstufst, so war es doch ein Job. Ich wurde dafür bezahlt. Und habe keine Almosen angenommen."

„Ich sehe nichts Schlimmes darin, wenn jemand eine helfende Hand annimmt, wenn er sie braucht. Insbesondere von jemandem, der die Mittel hat, zu helfen und dies sehr gerne tun würde. Brauchst du einen Job? Ich kann dir einen Job verschaffen, wenn es das ist. Du kannst mir glauben, auf unserer Ranch gibt es alle möglichen Jobs genauso wie in unseren verschiedenen Unternehmen. Im Ernst, ich kann dir helfen. Dann wäre es kein Almosen."

Er sprach, ohne groß über das nachzudenken, was er sagte. Er hätte niemals gedacht, dass er einer Hochzeitscrasherin hinterherjagen und dann versuchen würde, sie davon zu überzeugen, einen Job von ihm anzunehmen. Es war wirklich ein seltsamer Abend gewesen. Aber sie war aus irgendeinem Grund verzweifelt und er war dermaßen erleichtert darüber, dass dies nicht das war, was sie normalerweise tat, dass er alles tun wollte, um ihr zu helfen.

KAPITEL DREI

Rita starrte den unglaublich gutaussehenden Cowboy an, der vor ihr auf dem Boden kniete und sie mit aufrichtiger Miene ansah. Nie zuvor hatte sie wohltätige Angebote in Anspruch genommen. Ihr Stolz hatte das stets verhindert. Sie dachte an Toby und das Leben, das sie ihm ermöglichen wollte, ein Leben, das so viel besser sein würde als ihre eigene Kindheit und Jugend. Sie war versucht. Aber sie konnte es nicht. „Du willst mich nicht einstellen."

Sein Gesicht nahm einen eigensinnigen Ausdruck an. „Warte, ich habe gesagt, dass ich dir einen Job geben möchte, und du nennst mich einen Lügner?"

„Nun, nein, tue ich nicht. Aber ich habe gerade versucht, Bilder von deinem Bruder zu verkaufen, um Himmels willen. Ich bin ein schrecklicher Mensch."

Er schloss ein Auge und blinzelte sie durch das andere an. „Ich denke, das bist du nicht. Ich glaube…"

Er öffnete beide Augen. „Ich glaube, du bist verzweifelt. Irgendein Teil von mir will hartnäckig wissen, was dich dazu getrieben hat, etwas so Unangenehmes tun zu wollen, wie Fotos von meinem Bruder und seiner Braut zu verkaufen. Es muss etwas wirklich Wichtiges sein, denke ich."

Der Mann war lästig; es war, als könnte er ihre Gedanken lesen. Sie fühlte sich immer noch schäbig, aber sie war wirklich verzweifelt gewesen. „Sieh mal, es kann sein, dass du recht hast, aber das bedeutet noch lange nicht, dass du mir einen Job anbieten musst. Was ist, wenn ich nicht die bin, für die du mich hältst?"

Er stand auf und schritt durch den Raum, was ihr einen großartigen Blick auf seinen starken, schlanken Körper in den jetzt nassen und zerknitterten Klamotten ermöglichte, die zu den Hochzeitsfeierlichkeiten makellos gestärkte Jeans und ein strahlend weißes Hemd gewesen waren. Früher am Abend hatte er außerdem ein Jackett getragen, doch dessen hatte er sich an irgendeinem Punkt entledigt. Er hatte bei der Hochzeit unglaublich gut ausgesehen, doch selbst jetzt noch war er in jeder Hinsicht der hinreißende Cowboy, der alles dafür getan hatte, um die Privatsphäre seiner Familie zu schützen. Einschließlich der Zerstörung ihrer Träume.

Aber sie war im Unrecht gewesen. Levi war einer

der Guten – ein Milliardär, aber ein guter Kerl – denn er ließ alles, was sie getan hatte, beiseite und bestand darauf, ihr einen Job zu geben.

Die Boulevardpresse liebte Geschichten über die Brüder – die widerwilligen Milliardäre wurden sie manchmal genannt. Jeder kannte ihre Geschichte. In diesem Teil des Landes stießen immer wieder Leute auf gewaltige Ölvorkommen. Sie wusste, dass sich auf den Ranches im Hill Country hinter abgelegenen Eisenzäunen zum Teil viel Geld verbarg. Und dieser Typ hier, Levi Tanner, war einer der reichsten. Ihr Plan hatte darin bestanden, sich auf die Hochzeit zu schleichen, die Fotos zu schießen und wieder abzuhauen, sich das Geld zu holen und damit ihr Fotogeschäft zu eröffnen; sobald dieses ein bisschen lief, hätten sie und Toby es gutgehabt. Doch sie hatte alles vermasselt.

Er drehte sich zu ihr um und ihr fiel auf, dass sie in Gedanken versunken war.

Er legte eine Hand auf seine Hüfte und sie bemerkte den Collegering. Unschwer erkannte man das A&M-Emblem darauf. Sie hatte gelesen, dass er und fast alle seine Brüder auf die Texas A&M gegangen waren. Die übrigen hatten andere Colleges in Texas besucht und waren stolz darauf, Texaner zu sein. Sie hatte eine Menge über sie gelesen. Sie wusste, dass sie Rancher waren; sie liebten ihr Land und ihre Familie. Sie wollten hauptsächlich in Ruhe gelassen werden und wussten fast nicht, was sie mit all ihrem Geld anfangen sollten. Und nun bot er ihr einen Job an. Er konnte es sich leisten. Konnte sie das Angebot annehmen? Es war kaum möglich, dass sie sich schlechter fühlte als in diesem Moment, nachdem sie versucht hatte, ihn auszunutzen.

Als sie nichts sagte, tat er es. „Rita, sei ehrlich zu mir. Sag mir, warum du die Bilder gemacht hast. Ich denke, das bist du mir schuldig und dann sehen wir weiter."

Sie rieb die Hände an ihren Oberschenkeln. „Du hast recht. Ich bin dir zumindest eine Erklärung schuldig. Ich bin Fotografin. Normalerweise fotografiere ich Familien und auf Hochzeiten. Ich bin gut darin. Doch ich habe vor kurzem meinen Job verloren, weil ich nicht mit meinem Chef schlafen wollte. Woraufhin er überall herumerzählt hat, ich hätte versucht, seine Kunden zu stehlen und dann, ihn zu verführen. Ich fand eine andere Stelle, erfuhr aber bald, dass mein neuer Chef die Gerüchte für bare Münze nahm. Also habe ich gekündigt." Der Gedanke an all das ließ ihre Haut kribbeln. „Ihr Wort stand gegen meines, und meine Chefs hatten beide einen guten Ruf."

Er runzelte die Stirn und ihr Herz flatterte, als sie ihn ansah. *Was, wenn sie sein Angebot annahm und er sich als genauso niederträchtig herausstellte wie ihre letzten beiden Chefs?*

Sie schauderte bei diesem Gedanken. Sie wäre so enttäuscht, wenn er sich als mieser Kerl herausstellen sollte. Doch Aussehen täuschte – das hatte sie von ihrem letzten Chef gelernt, der wie ein Chorknabe ausgesehen hatte. Er hatte so nett ausgesehen und entspannt gewirkt, doch wie sie hatte herausfinden müssen, war das alles eine Lüge gewesen.

„Wie auch immer, ich habe die Panhandle-Region verlassen und bin mit dem Plan hergekommen, ein eigenes Fotogeschäft zu eröffnen und mich um meinen kleinen Jungen zu kümmern. Im Moment ist er bei meiner Mutter, doch meine Schwiegermutter versucht, ihn mir wegzunehmen. Es war ein riesiger Fehler, hierherzukommen und zu denken, alles würde sich finden, wenn ich nur diese Bilder schießen und das Geld dafür kassieren würde. Ich dachte, ich müsste nur ein Gebäude mieten und die Türen öffnen. Ich würde mein eigenes Geschäft eröffnen und niemand würde daran denken, mir meinen Sohn wegzunehmen."

Er hatte nichts gesagt und sie beobachtet. „Stimmen die Gerüchte? Versucht sie deshalb, deinen Sohn an sich zu bringen?"

„Nein." Enttäuschung schlug über ihr zusammen wie eine Welle eiskalten Wassers. Es war sein gutes Recht zu fragen, schließlich hatte sie es ihm erzählt.

„Wahrscheinlich denkst du das Schlimmste von mir, weil ich nicht in gutem Glauben gehandelt habe, aber nein, ich habe weder versucht, ihre Kunden zu stehlen noch sie zu verführen. Ich bin eine gute Mutter. Ich versuche nur, einen Neuanfang zu machen. Und meine Schwiegermutter bemüht sich darum, das Loch in ihrem Herzen zu füllen, das der Tod ihres Sohnes und dann der ihres Mannes, der vor nicht allzu langer Zeit gestorben ist, hinterlassen haben."

„Okay, es klingt so, als würdest du eine Pause brauchen. Einen Investor, nicht nur einen Job."

Sie stand auf. „Nein. Nein – erst hast du mir einen Job angeboten, jetzt sprichst du davon, als Investor tätig zu werden. Nein, das ist einfach zu viel. Das kann ich nicht annehmen."

„Ich sag dir was. Wenn du mir versprichst, dass du hierbleibst, dich ausschläfst und morgen früh noch hier bist, dann komme ich zurück und wir besprechen das alles beim Frühstück, einem späten Frühstück. Es ist schon spät und mein Bruder hat vor der Hochzeit so vieles gewollt. Wir ruhen uns erst mal aus und besprechen dann alles morgen früh. Ich komme morgen früh wieder her. Aber du musst mir versprechen, dass du hier sein wirst."

Sie starrte ihn an. Sie versprach nicht leichtfertig Dinge. Doch wenn sie seinen Vorschlag ablehnte, würde er wahrscheinlich nicht gehen. „Okay, ich verspreche es. Vielleicht denkst du vernünftiger, nachdem du etwas geschlafen hast."

Er ging zur Tür und sie begleitete ihn. Sie konnte sein Eau de Cologne riechen. Ihr wurde ein wenig schwindelig, der Mann roch so gut.

An der Tür drehte Levi sich um und sah auf sie herab. „Ich werde meine Meinung nicht ändern, also mach dir keine Sorgen, Rita Snow. Schlaf gut und ich werde gegen zehn Uhr wieder da sein. Wie klingt das?"

Sie nickte müde. „Es klingt perfekt."

Er lächelte sie an und ihr Herz machte einen Salto. Sie ermahnte es, damit aufhören und sich zusammenzureißen. In diesen Mann konnte sie sich wirklich nicht verlieben oder etwas in der Art. Alles war rein geschäftlich. *Wenn* sie mit ihm Geschäfte machte. Das würde noch zu klären sein.

„Wir sehen uns morgen." Dann öffnete er die Tür und verschwand.

Sie starrte die Tür an, dann ging sie zum Bett hinüber und ließ sich darauf sinken. Dies war einer der schlimmsten Tage ihres Lebens gewesen. Einer der seltsamsten Tage ihres Lebens. Aber sie wusste auch, dass es sehr gut möglich war, dass er sich als einer der besten Tage ihres Lebens herausstellen könnte, wenn sie sein Hilfsangebot annahm.

* * *

„Du hast was getan?" Sein Bruder Jake starrte ihn mit einem Ausdruck völliger Verwirrung an.

Levi war selbst etwas durcheinander. Nachdem er Rita in ihrem Hotelzimmer zurückgelassen hatte, die Speicherkarte in der Hand haltend, hatte er sich gefragt, ob er den Verstand verloren hatte. Doch er hatte sich nicht allzu lange mit dieser Überlegung beschäftigt; stattdessen war er nach Hause gefahren, hatte geduscht, sich ins Bett gelegt und versucht, zur Ruhe zu kommen. Eine anstrengende Woche voller Vorbereitungen für Coles und Tulips Hochzeit lag hinter ihm. Außerdem waren seine Eltern in die Stadt gekommen; was seit sechs Monaten nicht mehr der Fall gewesen war. Seit sie in ihr neues Strandhaus in Florida gezogen waren, verbrachten sie den Großteil ihrer Zeit mit Reisen.

Er und seine Brüder mochten ihre Probleme haben, sich an all das Geld, das sie plötzlich besaßen, zu gewöhnen, doch ihre Eltern hatten sich, nachdem sie sich erst einmal an den Gedanken gewöhnt hatten, voller Inbrunst in das Vorhaben gestürzt, die Welt zu sehen und von einem Ort zum anderen zu reisen. Sie waren gute, bodenständige Menschen und verdienten das luxuriöse Leben, für das sie sich entschlossen hatten. Seine Mutter hatte gesagt, dass sie nur so lange so viel unterwegs sein würden, wie sie noch keine Enkelkinder hatten, sobald sich das ändern würde, würden sie nach Hause kommen. Sie würden dann immer noch reisen, aber mehr Zeit daheim mit den Jungs verbringen. Die Jungs, das waren er und seine vier Brüder.

Ihre Mutter nannte sie immer noch „die Jungs", obwohl sie alle in den Dreißigern waren oder kurz davor. Er lächelte, als er an seine Mutter dachte. Sie war letzte Nacht so glücklich gewesen. Tulips Mutter auch. Und all die Damen, die sich um den Tisch von Tulips Mutter geschart hatten – ihre Freundinnen und Kundinnen aus dem Friseursalon, die alle eingeladen worden waren. Sie alle waren begeistert gewesen, bei der Hochzeit ihrer Tulip, wie sie sie nannten, dabei zu sein. Es war eine glückliche Zeit gewesen und er hatte sie sehr genossen. Abgesehen davon, dass er sich nicht hatte entspannen können aus Sorge darum, dass es Fotografen gelingen könnte, sich einzuschleichen. Er war angespannt und besorgt gewesen, und als er dann gesehen hatte, wie Rita Fotos schoss, die sie nicht hätte schießen sollen, da war er ein wenig ausgeflippt. Hatte wahrscheinlich überreagiert. Doch er hatte die Speicherkarte bekommen und wenn irgendwelche Bilder an die Presse gelangt sein sollten, so waren es zumindest nicht die von dieser Speicherkarte gewesen. Dieser Gedanke erfüllte ihn mit Genugtuung. Sie alle verdienten etwas ungestörte Zeit. Doch als er seine Augen schloss, erfüllte das hübsche Gesicht von Rita Snow mit ihren großen, schönen, traurigen Augen seine Gedanken, bis er einschlief.

Nun starrte er seinen Bruder an, den er an diesem Morgen in der Scheune getroffen hatte, und lächelte schwach. „Du hast richtig gehört. Ich bin dem Mädchen zu ihrem Hotel gefolgt, das die Fotos geschossen hat, nachdem die Limousine sie dort abgesetzt hatte, und habe sie dann am gestrigen Abend konfrontiert. Ich konnte ihr das nicht durchgehen lassen. Sie hatte die Speicherkarte aus der Kamera genommen, die ich am Tatort beschlagnahmt hatte, und ich war fest entschlossen, sie in die Hände zu bekommen. Sie hat sie mir gegeben. Und eingestanden, dass sie vom Glück verlassen wurde und deswegen die Fotos geschossen hat. Sie kam mir wirklich nett vor."

Jake runzelte die Stirn. „Levi, du bist der misstrauischste Mensch in dieser Familie. Du läufst dieser Tage kaum noch herum, ohne dir den Hut tief ins Gesicht gezogen zu haben, damit dich niemand erkennt. Du achtest so sehr darauf, dich nicht ablichten zu lassen und jetzt, wo du diese Frau gestellt hast, die dich reingelegt hat, sagst du, sie ist nett? Und du denkst wirklich, sie wird immer noch in diesem Hotelzimmer sein, wenn du heute Morgen dorthin zurückkehrst?"

„Ich weiß, es klingt dumm von mir, aber sie hat mir versprochen, zu bleiben und alles beim Frühstück mit mir zu besprechen."

„Beim Frühstück? Dass du ihr einen Job geben willst?"

„Ja. Ich meine, ich kann es mir leisten. Wir können Leute auf alle mögliche Art und Weise auf der Ranch einbinden. Ich versuche noch herauszufinden, welche Art von Job ich ihr anbieten soll, aber sie will ihn nicht annehmen. Außerdem habe ich ihr angeboten, ihr dabei zu helfen, ihr eigenes Fotogeschäft zu eröffnen, ihr bei der Einrichtung eines kleinen Ladens zur Seite zu stehen. Wir besitzen ein paar Liegenschaften unten an der Hauptstraße in Fredericksburg. Es war eine gute Investition, denke ich, aber wir haben noch nichts damit angefangen, warum also nicht ihr einen Laden geben?"

„Bruder, du hast den Verstand verloren. Niemand wird glauben, dass du das gesagt hast."

Er blickte über die Koppel, die Pferde darauf waren an diesem Morgen besonders munter und liefen mit hoch erhobenen Schwänzen herum. Sie hatten mehr Energie als er. Er hatte geschlafen, aber nicht sehr lange, denn als er sich ins Bett gelegt hatte war es fast zwei Uhr morgens gewesen. Und jetzt war es acht.

„Sieh mal, vielleicht habe ich das, aber ich habe so ein Gefühl, dass sie nicht lügt. Ich kann mir nicht helfen."

„Und ich wette, sie ist ziemlich hübsch, nicht wahr? Ich habe sie letzte Nacht nicht richtig gesehen – ich war mit Tanzen beschäftigt."

Das war es also. „Ja, sie ist hübsch. Aber sie hat eine schwere Zeit hinter sich und es hat nichts zu bedeuten. Wenn ich ihr einen Job gebe, ist sie tabu. Sie wurde von mehreren Vorgesetzten schlecht behandelt. Wenn ich mich für sie interessieren würde, würde ich ihr keinen Job anbieten. Ich würde sie um ein Date bitten. So, Problem gelöst. Ihr einen Job zu geben – wenn sie ihn denn annimmt – wird ihr helfen, sich ein gutes Leben für sich und ihren Jungen aufzubauen. Was ist daran falsch?"

„Nichts", sagte sein Bruder gedehnt und beäugte ihn mit hochgezogenen Augenbrauen, die ihm verrieten, dass er es sarkastisch gemeint hatte.

Levi rieb sich den Kiefer. „Ja, ich weiß, du hast recht. Es ist alles irgendwie verrückt, aber ich bin ein Mann, der sein Wort hält. Ich habe ihr einen Job angeboten, und wenn sie heute Morgen noch da ist, wie sie es versprochen hat, dann gebe ich ihr einen Job. Ich werde ihr einen Laden anbieten, wenn sie den Job beendet hat. Wenn sie ihn annimmt. Jetzt muss ich nur noch einen Job finden, den ich ihr anbieten kann."

Jake nahm seinen Hut ab und schlug ihn gegen seinen Oberschenkel, während er die Pferde betrachtete.

Levi war sich nicht sicher, ob er über einen Job nachdachte oder versuchte, ihn davon abzuhalten, ihr ein solches Angebot zu unterbreiten. Er wartete und ließ seine Gedanken zu verschiedenen Tätigkeiten auf der Ranch schweifen, für die er Rita anheuern konnte.

Jake sah ihn an. „Wie wäre es damit – wir machen doch bald diesen großen Verkauf und müssten ohnehin einen Fotografen einstellen, der alle Bullen und jungen Kühe ablichtet, die wir anbieten wollen. Sie ist Fotografin – warum bietest du ihr den Job nicht an? Es wird ein paar Wochen dauern, bis alle Fotos gemacht sind. Uns bleibt ein Monat Zeit, sie kann es also langsam angehen und du könntest ihr einen guten Lohn zahlen. Du weißt, dass Fotografen nie billig sind, du könntest einfach noch ein bisschen obendrauf legen und vielleicht hätte sie dann schon genug Geld, um einen der Läden in Fredericksburg zu mieten. Außerdem kaufen wir dieses Grundstück in Montana – auch davon brauchen wir Fotos. Warum fliegst du nicht mit ihr im Jet hin, fährst sie herum und lässt sie ein paar Aufnahmen für uns machen? Die Bilder brauchen wir auf jeden Fall."

Das war eine gute Idee. Nun ja, eigentlich waren beides gute Ideen. Er grinste seinen Bruder an. „Wow, warum habe ich nicht daran gedacht? Das sind ausgezeichnete Vorschläge. Ich kann ihr beide vorstellen, wenn ich sie nachher sehe."

Jake grinste ihn an. „Ja, und wenn sie dann in einem Monat nicht mehr für dich arbeitet, kannst du sie um ein Date bitten, denn du weißt, das ist es, was du willst. Du würdest das alles nicht tun, wenn du kein Interesse hättest."

Sofort fühlte er sich etwas unwohl. „Du meinst also, ich würde keine gute Tat vollbringen, wenn sie nicht attraktiv wäre? Das ist nicht wahr."

Jake setzte seinen Hut wieder auf. „Das war es nicht ganz, was ich sagen wollte. Aber hier geht es um eine Fotografin und ich weiß, wie sehr du die Paparazzi verabscheust; ich denke einfach, du bist ein wenig durcheinander und denkst nicht so klar wie sonst."

Gereizt funkelte Levi seinen Bruder an. „Ich bin nicht durcheinander. Ja, ich hasse sie. Ich werde ihnen nie verzeihen, wie sie uns nachgestellt und gelogen haben, als wir damals auf das Öl gestoßen sind. Sie sind uns auf Schritt und Tritt gefolgt. Ich habe Fehler gemacht und sie haben mich deswegen durch den Mist gezogen. Wir waren berühmt wie eine verdammte Boyband. Ich hatte sie so satt."

Jake sah angewidert drein. „Ich weiß. Es war lächerlich. Und ich mag sie auch nicht mehr als du. Ich wollte einfach Rancher bleiben und auf der Ranch arbeiten, wie wir es immer getan haben. Aber nein, die

Paparazzi-Ratten verfolgten uns wie Hunde und machten Fotos, egal wo wir waren."

„Sie haben nach allem gesucht, was man über uns veröffentlichen könnte, um es dann an eine Boulevardzeitung zu verkaufen." Levis Blutdruck stieg, wenn er nur darüber sprach. Und es waren nicht nur Publikationen im Hill Country gewesen; einige waren landesweit erschienen. Ja, es war schwierig gewesen, sich an das Geld *und* die öffentliche Aufmerksamkeit zu gewöhnen.

Er hatte in den letzten Jahren beständig im Rampenlicht gestanden. In den letzten zwei Jahren dann hatte er sein Bestes gegeben, um mit den Schatten zu verschmelzen, wenn er unterwegs war. Er verfügte über ausgeklügelte Möglichkeiten, seine Ranch zu verlassen, wenn die Paparazzi-Ratten in der Stadt waren, und fuhr einen alten, verbeulten Truck, den niemand einem Milliardär zurechnen würde. In den letzten paar Jahren war es ihm zum größten Teil gelungen, unter ihrem Radar zu fliegen.

Und jetzt war Rita aufgetaucht. Er war wütend gewesen und vielleicht sollte er immer noch wütend sein, aber irgendetwas an ihr ließ das einfach nicht zu. Vielleicht lag es daran, dass er sich zu ihr mit einer Stärke hingezogen fühlte, die er nicht kannte. Was auch immer es war, er musste ihr eine Chance geben. Sie hatte ihm die Dateien ausgehändigt und das würde er nicht vergessen. Er würde ihr helfen. Das stand fest.

Er musste an Ritas traurige Augen denken und daran, wie sich sein Blut stets erhitzte, wenn sie ihn ansah. Er hatte diese Flamme auch in ihren Augen flackern sehen und kam nicht umhin, sich zu fragen, was passieren würde, wenn sie all das hinter sich hätten. Was wäre, wenn sie sich unter normalen Umständen begegnet wären?

Die Wahrheit war, dass er es satthatte, allein zu essen und allein auf seiner Ranch zu leben. Cole und Tulip in den letzten Monaten so glücklich zu sehen, hatte ihn dazu gebracht, lange und intensiv darüber nachzudenken, dass er ebenfalls einen besonderen Menschen für sich finden wollte.

Das konnte nur gelingen, wenn er auf Dates ging. Und dem nachging, wenn er sich für jemanden interessierte. Und es war nicht zu leugnen, wie viel Interesse er an Rita Snow hatte.

KAPITEL VIER

Rita hatte nicht viel geschlafen und war früh aufgewacht, als die Sonnenstrahlen begonnen hatten, durch die billigen Vorhänge zu sickern, die oben nicht richtig schlossen. Sie lag nur da und fühlte sich, als wäre sie von einem Sattelzug erwischt worden. Mutlosigkeit drückte sie nieder; es fühlte sich an, als würde ein schweres Gewicht auf ihrer Brust lasten und sie konnte sich einfach nicht dazu bringen aufzustehen.

Was hatte sie sich am vergangenen Abend bloß gedacht?

Sie stöhnte und schloss die Augen, als sie von Schamgefühlen übermannt an all die schlechten Entscheidungen dachte, die sie getroffen hatte. Sie durfte keine weiteren schlechten Entscheidungen treffen. Egal wie verzweifelt sie gewesen war, als sie sich dazu entschieden hatte, sich auf die Tanner-Hochzeit zu schleichen, Fotos zu machen und sie an die

Boulevardpresse zu verkaufen, es war eine schlechte Idee und unentschuldbar. Ja, sie hatte verzweifelt nach einem Weg gesucht, genug Geld für ein gemeinsames Leben mit ihrem Sohn aufzutreiben, damit ihre Schwiegermutter keinen Weg finden konnte, ihn ihr wegzunehmen. Aber jemand anderen auszunutzen war nicht der richtige Weg.

Sie dachte an Levi Tanner – und sein bemerkenswertes Angebot.

Trotzdem er wütend gewesen war, hatte er ihr dieses großzügige, äußerst unwahrscheinliche Angebot unterbreitet, ihr einen Job zu verschaffen, was sie tief berührt hatte. Und dafür gesorgt hatte, dass sie sich in Anbetracht dessen, was sie vorgehabt hatte, noch schlechter fühlen ließ. Sie fühlte sich unbedeutend und den Tränen nahe, als sie an sein erstaunliches Angebot dachte. Aber wäre es womöglich eine weitere schlechte Entscheidung, es anzunehmen? Er schien aufrichtig zu sein – konnte sie das Risiko eingehen?

Sie zwang sich dazu aufzustehen und nachdem sie geduscht hatte, zog sie sich an, schloss ihre kleine Reisetasche und ging nach draußen, um auf ihn zu warten. Als sie auf dem Parkplatz stand, die Reisetasche zu ihren Füßen und die Handtasche über der Schulter hängend, stellte sie fest, dass sie kein Auto hatte. *Wie hatte sie vergessen können, dass sie kein Auto hatte?* Sie war am vergangenen Abend so aufgewühlt gewesen, dass sie völlig vergessen hatte, dass ihr Auto, als sie es das letzte Mal gesehen hatte, bis zum Fenster in einem Teich gesteckt hatte. Sie hätte gar nicht abreisen können, selbst wenn sie das gewollt hätte.

Vielleicht blieb ihr noch genug Zeit, um ein Taxi zu rufen – wenn es in dieser winzigen Stadt denn Taxis gab. Sie würde wetten, dass dem nicht so war. Es war ohnehin zu spät, denn sie entdeckte Levi, der in einem alten, verbeulten Pickup auf den Parkplatz fuhr. Ungläubig starrte sie seinen Truck an. Er wurde quasi nur von Rost zusammengehalten.

Der Truck kam schlingernd zum Stehen. Er sprang vom Fahrersitz und joggte um den Truck herum und zu ihr hinüber. Er sah glücklich und energiegeladen aus und als er ihr nun ein riesiges Grinsen zuwarf, wirkte er so attraktiv, dass es ihr den Atem raubte. Ihr Herz zog sich zusammen und ihr Magen tat es ihm gleich. Ob das wohl ihr Magengeschwür war? Sie hatte deswegen Medikamente genommen, also wurde es hoffentlich nicht wieder schlimmer. Für eine Fünfundzwanzigjährige war sie ein hoffnungsloser Fall.

„Hey, du. Bereit für ein Frühstück?" Er klang, als wäre sie eine gute Freundin, mit der er sich zum Frühstücken traf. Nicht die Frau, die versucht hatte, Bilder von der Hochzeit seines Bruders an eine schäbige

Zeitschrift zu verkaufen.

„Klar, Kaffee klingt fabelhaft. Und ein paar Eier."

Er grinste sie an. „Nun, ich esse Pfannkuchen. Es war gut, dass du dich für dieses Motel entschieden hast. Dixie's hier in Stonewall serviert die besten Pfannkuchen der Welt."

Sie hatte sich für diese kleine Stadt und das heruntergekommene Motel entschieden, weil die Zimmer hier am günstigsten waren und es sauberer ausgesehen hatte als die anderen alten Motels, bei denen sie angehalten und sich erkundigt hatte. „Ich könnte einen Pfannkuchen vertragen. Klingt gut."

„Vertrau mir, das sind sie." Er griff nach ihrer Tasche.

Und sein Eau de Cologne wehte zu ihr herüber.

Wow. Kühn und frisch erinnerte es sie an Leder und frischen Regen. Er roch unglaublich. Sie trat einen Schritt zurück, weil sie sich ansonsten auf ihn gestürzt hätte. Und das wäre gar nicht gut.

Er unterbrach sich dabei, sich den Gurt ihrer Tasche um die Schulter zu legen. „Hast du Angst vor mir?"

„Oh nein, nein gar nicht." Sie errötete und ihre Haut wurde warm. „Tut mir leid. Ich bin nur nervös." Was nicht gelogen war. Sie mochte es nicht, wenn ihr Leute zu nahekamen.

„Das brauchst du nicht zu sein. Lass uns jetzt

frühstücken. Dixie's ist ein kleines Café an der Ecke – wir können dort frühstücken und uns unterhalten. Ich habe einen Plan, der dich interessieren könnte, denke ich."

Der Mann klang überaus fröhlich an diesem Morgen. Das war einfach seltsam. *Machte einen die Gewissheit, Milliarden Dollar zur Verfügung zu haben, zu einem solch fröhlichen Menschen? Oder verlor er den Verstand? Oder war er nur ein netter Kerl, der ihr helfen wollte?* Sie kam sich zynisch vor, weil sie von jedem stets das Schlimmste dachte. Diese Beobachtung war ein bisschen zu wahr um angenehm zu sein. Wann hatte sie das Vertrauen in ihre Mitmenschen verloren? Dies war nicht der richtige Weg, um durchs Leben zu gehen, und es war sicherlich nicht die Art und Weise, wie sie Toby erziehen wollte. Sie wollte, dass Toby mit dem Wissen aufwuchs, dass die Welt gut war. Natürlich gab es schlechte Menschen und Menschen mit anderen Ansichten, aber trotzdem war sie ein guter Ort.

Sie lächelte Levi an. „Das klingt gut. Ehrlich gesagt bin ich überrascht, dass du wirklich wieder hergekommen bist. Aber da mir wieder eingefallen ist, dass ich kein Auto habe und hier mehr oder weniger feststecke, bin ich froh, dass du gekommen bist. Und wenn deine Idee auch nur im Mindesten vielversprechend klingt, dann höre ich sie mir gerne an."

Sein Lächeln blendete sie und sie ermahnte sich selbst und die Schmetterlinge, die in ihrem Inneren Kapriolen veranstalteten: *Beruhige dich und hör auf, so albern zu sein. Er interessiert sich nicht auf diese Art und Weise für dich. Er ist einfach nett. Er ist einfach ein unglaublich netter Mann.*

Er ging zu seinem Truck voran und öffnete ihr die Tür. „Nach dir."

Und ein Gentleman.

„Danke." Sie erhaschte einen weiteren Atemzug seines großartigen Eau de Cologne, als sie an ihm vorbeiging und auf den Sitz glitt. Er schloss die Tür. Sie knarrte altersschwach, als er sie zudrückte. *Warum fuhr ein Milliardär diesen Haufen Schrott?*

Er legte ihre Tasche auf die Ladefläche des Trucks und joggte dann auf seine Seite hinüber. Auch seine Tür knarrte, als er sie öffnete. Sie bemerkte, dass sein Sitz so alt war, dass er dort, wo sein Hintern hingehörte, ausgebeult war und die Federn abgenutzt waren. Und dort, wo er sich hinsetzte, wurde das alte, lederähnliche Material von Klebeband zusammengehalten.

„Reparierst du alte Fahrzeuge?", fragte sie.

Er legte eine Hand aufs Lenkrad und startete den Wagen, während er sie ansah. „Nein. Warum fragst du?"

Okay, das war seltsam. „Nun ja, du fährst diesen…" Sie hatte *diesen Schrotthaufen* sagen wollen.

Er grinste, bevor sie weitersprechen konnte. „Du denkst also, mein Truck ist ein Wrack?"

Ihr Mund wurde trocken. „Ja, irgendwie schon."

Er lachte. „Du beleidigst meinen Truck. Ich bin verletzt. Fassungslos."

„Entschuldige, aber er sieht schon ein wenig mitgenommen aus. Er quietscht und dein Sitz wirkt unbequem. Du sitzt in einem Loch, das nur von Klebeband zusammengehalten wird."

Seine Augen tanzten. „Ja, das war der Ranch-Truck meines Großvaters. Ein guter Wagen. Und wenn ich mir dann noch diesen breitkrempigen Hut über die Augen ziehe, kann ich mitten durch einen Haufen neugieriger Fotografen fahren und sie werfen mir keinen zweiten Blick zu. Nicht einmal einen ersten."

Sie starrte ihn an, während ihr Mund aufklappte, dann begann sie lauthals zu lachen.

* * *

Er bremste vor dem Diner und fuhr auf einen der schräg zur Fahrbahn angeordneten Parkplätze. „Es sieht nach nichts Besonderem aus, aber ich verspreche dir, wenn du einmal Dixies Pfannkuchen probiert hast, wirst du nie wieder andere essen wollen. Sie ist weit und breit für diese Köstlichkeiten bekannt. Ich weiß nicht, was ihre

Geheimzutat ist, aber sie ist vorzüglich."

Sie lachte und ihm gefiel, wie das klang.

„Ich kann es kaum abwarten. Ich wollte vernünftig sein und etwas proteinreiches essen, aber jetzt läuft mir beim Gedanken an all die Kohlenhydrate das Wasser im Mund zusammen."

Er hob die Hände und zuckte die Achseln. „Du kannst Protein essen, so viel du willst, aber manche Morgen schreien geradezu nach Pfannkuchen. Dies ist einer davon. Komm. Ich öffne dir die Tür."

„Ich kann meine Tür selbst öffnen." Sie drückte gegen ihre Tür, doch diese öffnete sich nicht.

Er wusste, dass sie klemmen würde. Das tat sie immer. „Du verweigerst mir das Privileg, deine Tür zu öffnen und meine Mama stolz zu machen."

Sie zögerte, unterbrach dann aber den Versuch, die Tür zu öffnen. „Okay. Ich warte."

Er sprang aus dem Truck, warf seine Tür zu und rannte dann auf ihre Seite, wo er ihre Tür schwungvoll aufriss. Sie warf ihm ein Lächeln zu, als sie aus dem Truck glitt.

Vor dem Gebäude parkten jede Menge Trucks, da dies eine beliebte Frühstückslokalität der einheimischen Cowboys und der der umliegenden Counties war. Sie betraten das Diner, in dem es jetzt zur frühen Mittagszeit recht voll war.

Dixie, eine rundliche kleine Dame, stürmte grinsend an ihnen vorbei. Sie hatte ihre Haare hoch auf ihrem Kopf aufgetürmt und trug zwei Teller Pfannkuchen, die fast so hoch gestapelt waren wie ihre Haarpracht. „Guten Morgen, Levi. Dir auch, junge Dame. Nehmt Platz, wo immer ihr wollt. Sheri nimmt eure Bestellung auf. Der kleine Tisch dort am Fenster ist besonders nett."

Levi grinste Dixie an. „Danke, Dixie. Das ist Rita, und wir sind hier, um Pfannkuchen zu essen."

Dixie lachte. „Ich hätte es mir denken können. Schön, dich kennenzulernen, Rita. Levi ist einer meiner besten Kunden. Alle sind ganz verrückt nach diesen Pfannkuchen."

Sie gingen zu dem Tisch am Fenster hinüber. Es war ein Tisch für zwei und er war nicht sehr groß. Als sie sich gegenübersetzten, kamen sie sich daher ziemlich nahe. Das störte ihn nicht im Mindesten.

„Die sehen köstlich aus."

„Ich habe es dir gesagt, sie sind fantastisch. Butterweich. Ich glaube, es ist Vanille darin und vielleicht Mandeln. Irgendetwas ist besonders an ihnen – sie schmecken fast wie Kuchen."

Sie gaben ihre Bestellung auf und saßen dann da und tranken ihren Kaffee, während sie warteten.

„Du hast gesagt, dass du einen kleinen Jungen hast.

Wie alt ist er?"

„Vier. Sein Name ist Toby und er ist ein entzückender kleiner Kerl."

Er mochte das Funkeln in ihren Augen, wenn sie über den kleinen Toby sprach. „Ist er gerne draußen?"

„Er liebt es. Er ist lieber draußen als drinnen, was nicht immer einfach ist. Er ist ein lebhafter Junge und sehr neugierig. Ich verehre ihn und liebe ihn über alles."

„Er kann sich glücklich schätzen."

Sie lächelte ihn an. „Danke."

In diesem Moment wurden die Pfannkuchen gebracht. Auf dem Teller übereinandergestapelt sahen die buttrigen, goldenen Pfannkuchen so luftig aus, als könnten sie schweben. Auf jedem ihrer Teller lagen fünf tellergroße Pfannkuchen. Ihre Augen weiteten sich und es war nur zu offensichtlich, dass ihr bis zu diesem Moment nicht klargewesen war, wie ein Stapel von Dixies Pfannkuchen aus der Nähe aussehen würde.

Er gluckste. „Ein bisschen überwältigend so von Nahem, nicht wahr?"

Sie lachte. „Nur ein wenig." Sie blickte von ihm zu der lächelnden Kellnerin. „Du hättest mich warnen sollen", sagte sie, als der Duft von warmen Pfannkuchen, Vanille und einem Hauch Mandel die Luft erfüllte. „Mir läuft schon das Wasser im Mund zusammen, wenn ich nur daran rieche." Sie beugte sich vor, schloss die Augen und atmete die verschiedenen Düfte ein. „Paradiesisch."

Die Kellnerin lachte. „Es macht unglaublich viel Spaß, die erste Reaktion der Leute auf die Pfannkuchen zu beobachten. Warte ab, bis du sie probierst. Du wirst überrascht sein, wie viel von diesem Stapel du essen kannst. Sie machen süchtig und es gibt keine besseren im ganzen Staat – oder auf der ganzen Welt, wage ich zu sagen. Das liegt an ihrer besonderen Zutat, die sie nicht preisgibt."

„Verstehe, dann werde ich mal zugreifen. Ich bin am Verhungern und werde sicherstellen, dass ich die ganzen Kohlenhydrate mit etwas von dem Bacon ausgleichen werde. Vielen Dank."

„Klar. Genieße sie." Die Kellnerin eilte weiter, um einem anderen Tisch die Rechnung zu bringen.

Rita goss Sirup auf ihren Stapel und schnitt dann hinein. Sie steckte sich den ersten Bissen in den Mund, und ein Lächeln begann, ihre Mundwinkel zu umspielen, während sie kaute und dabei für einen Moment die Augen schloss. „Erstaunlich. Erstaunlich. Erstaunlich", gelang es ihr hervorzubringen, noch bevor sie schluckte, nur um sich dann einen weiteren Bissen in den Mund zu schieben.

Er lächelte. „Ja, da gebe ich dir recht." Er widmete sich seinen eigenen Pfannkuchen und sie aßen ein paar

Minuten, bis sie bemerkten, dass ihr Hunger allmählich nachließ. Er wusste, dass sie noch mehr essen würden, aber beide verlangsamten das Tempo, mit dem sie die Köstlichkeiten in sich hineinschaufelten. „Erstaunlich." Er grinste, ihre Bemerkung nachahmend. „Diesbezüglich sind wir uns einig." Er griff nach seinem Kaffee und trank einen Schluck.

Die Kellnerin sah ihn und kam mit einer Kanne vorbei, um ihre Tassen aufzufüllen. Sie grinste. „Ihr macht Dixie stolz – ihr habt schon die Hälfte geschafft."

„Und hören noch nicht auf." Rita trank einen Schluck Kaffee. „Vielen Dank. Ich liebe sie."

Die Kellnerin hob zustimmend den Daumen und machte sich auf den Weg, um anderswo Kaffee aufzufüllen.

Er holte Luft. „So, nun zu unserem Deal. Wir lassen die erste Hälfte sacken, bevor wir uns der zweiten widmen. Ich hoffe, du konntest mich schon ein bisschen besser kennenlernen und hast herausgefunden, dass ich nicht der schreckliche Typ bin, als der ich letzte Nacht wahrscheinlich gewirkt habe. Ich selbst glaube nicht, dass du die Art Mensch bist, für die ich dich gehalten habe, und dafür bin ich äußerst dankbar. Ich würde es begrüßen, wenn wir den ganzen Vorfall einfach vergessen könnten. Wir haben auf dem falschen Fuß begonnen und ich würde gern noch einmal von vorn anfangen."

Sie hielt ihre Tasse mit beiden Händen fest und blickte ihn über deren Rand hinweg an. „Das finde ich auch." Sie senkte die Tasse und lächelte ihn an.

Er mochte dieses Lächeln wirklich. Jake hatte recht gehabt, er fühlte sich wirklich zu dieser hübschen Frau hingezogen. Es stimmte. Sie tat all diese verrückten Sachen, um ihrem kleinen Jungen ein besseres Leben zu ermöglichen. Es war nicht so, als hätte sie etwas Illegales getan. Es war nur lästig gewesen.

„Heute früh habe ich mit meinem Bruder Jake gesprochen. Er ist mein jüngster Bruder und ein guter Kerl. Er hatte eine tolle Idee. Uns steht ein großer Viehverkauf ins Haus. Der nicht so spaßige Teil ist der, dass jemand Bilder von all den Rindern schießen muss. Da du Fotografin bist und diese Dinge magst, könnte dir das sogar Spaß machen, denke ich. Es macht jedenfalls keinen Spaß, jemanden zu finden, der bereit ist, die Fotos anzufertigen. Wir haben uns gedacht, dass wir dich für einen Monat oder so einstellen könnten, in dem du die Bilder von unseren Rindern schießen könntest, die wir brauchen.

Dann haben wir noch ein anderes Problem. Wir haben vor Kurzem eine weitere Ranch gekauft. Der Verkauf ist jetzt abgeschlossen und wir haben einige Pläne für die Ranch, benötigen aber noch professionelle Fotos der verschiedenen Areale des Geländes – der

Areale, die die Ranch zu etwas Besonderem machen. Wertvoll für den, der nach schönem Land sucht, nicht nur nach etwas, wo er seine Rinder grasen lassen kann. Wie auch immer, sie liegt in Montana, und wir brauchen jemanden, der dort hinfährt und die Bilder macht. Der Plan sieht vor, dass ich mit dir dorthin fliege und dir alles zeige, während du die Aufnahmen anfertigst. Ich muss mir das Land ohnehin ansehen, da ich noch nicht vor Ort war. Jake war anfangs da und wir anderen haben sie seiner Empfehlung nach erworben. Ich bin schon ganz gespannt darauf, sie in Augenschein zu nehmen. Sie soll wunderschön sein und ich habe eine Schwäche für hinreißendes Ranchland."

Sie stellte ihre Tasse ab und er war nicht sicher, was sie dachte. Sie sah fassungslos aus, daher fuhr er fort: „Diese Tätigkeit wird dich leicht einen ganzen Monat beschäftigen. Keine Wohltätigkeit von unserer Seite, aber eine Hütte und Mahlzeiten für dich und Toby. Ich werde gut zahlen, gern auch einen Teil gleich zu Beginn, wenn du das brauchst und dann währenddessen. Wenn wir dich darüber hinaus brauchen sollten, würden wir dich auch gern buchen, wenn du verfügbar bist. Und was würdest du zu einem Unternehmen in Fredericksburg sagen? Wie du weißt, ist diese Stadt quasi das Mekka von Hill Country und viele Hochzeiten finden dort statt. Wir besitzen einige erstklassige

Immobilien an der Hauptstraße und würden dir ein gutes Mietangebot machen."

„Warum solltest du so etwas tun?" Ihre Stimme war kaum hörbar.

„Weil du nett bist und wir das Geschäft gern an jemanden vermieten wollen, der es langfristig führen möchte. Einer der Läden ist besonders gut geeignet, über ihm befindet sich eine Wohnung, was für dich und Toby perfekt sein könnte. Am Ende des Monats könntest du ihn günstig von uns mieten. Bis dahin wirst du genug Geld gespart haben, weil du während dieser Zeit auf der Ranch leben und deinen kleinen Jungen mitbringen kannst. Die Hütten sind sehr hübsch. Morgens, mittags und abends könntet ihr in der Kantine essen, wenn du möchtest. Die Hütten verfügen aber auch über Küchen, falls du lieber kochst. Ab und zu übernachten Gäste in unseren Hütten, wir besitzen eine ganze Menge, haben derzeit aber keine Gäste."

Er lächelte und hoffte, dass sie den Job annehmen würde. Hoffte, dass sie lange genug da sein würde, um sie besser kennenzulernen.

Rita sah ihn fassungslos an. „Das ist ein sehr großzügiges Angebot und genau das, was ich brauche, aber ist das wirklich dein Ernst?"

„Ich könnte es nicht ernster meinen. Wir brauchen wirklich jemanden für diese Jobs. Und ich muss nach der Montana-Ranch sehen, es ist also so, als wäre es vorherbestimmt, dass du aufgetaucht bist. Nimm den Job an." Er wollte seine Hand auf ihre legen und sie drängen, den Job anzunehmen, doch er behielt seine Hände auf seiner Seite des Tisches.

Verwirrung stand ihr ins Gesicht geschrieben. Er konnte sehen, wie die Gedanken hinter ihren schönen Augen arbeiteten, während sie wahrscheinlich über all die Dinge nachdachte, die er gesagt hatte, und die verschiedenen Elemente ihres Lebens gegeneinander abwog. Er wartete geduldig und ließ sie so lange nachdenken, wie sie wollte. Er trank einen weiteren Schluck Kaffee. Er hoffte wirklich, dass sie Ja sagen würde.

War es falsch, sie einzustellen, weil er ihr helfen, sie aber auch besser kennenlernen wollte? Der Gedanke daran, eine ganze Woche mit ihr in Montana zu verbringen, klang besonders reizvoll. Er konnte ein Gentleman sein und wollte, dass sie das über ihn wusste. Er war nicht immer der Idiot, den sie letzte Nacht kennengelernt hatte. Er sehnte sich nach einer Chance, ihr das zu beweisen. Sie hatte am vorherigen Abend gesagt, dass sie von ihren letzten Chefs nicht richtig behandelt worden war und wollte, dass sie andere Erfahrungen machte. Er konnte ein richtig guter Kerl sein, vielleicht würde sie dann, wenn sie nicht länger für ihn arbeitete, mit ihm ausgehen.

Der Plan gefiel ihm; er gefiel ihm sogar sehr.

Einer der Aspekte, der ihm daran am meisten gefiel, war die Tatsache, dass sie weit weg von all den Verrücktheiten wären und niemand wüsste, dass sie zusammen Zeit verbrachten. Sie würden einen Privatjet nutzen, um nach Montana und zurückzukommen und in der übrigen Zeit würden sie sich hinter den eisernen Toren seiner Ranch befinden. Er fuhr seinen alten Truck und hatte die Ranch durch einen der versteckten Ausgänge verlassen und nun aßen sie in einem Diner, abseits der ausgetretenen Pfade, um sicherzugehen, dass möglicherweise übrig gebliebene Aasgeier, die noch an der Zufahrt der Hochzeitslocation herumlungerten, sich ihm nicht an die Fersen heften konnten.

„Ich übernehme den Job."

Er grinste – er konnte nicht anders. Sein Lächeln breitete sich über sein Gesicht aus und legte sich wahrscheinlich noch um seine Ohren herum, so groß war es. „Nun, das freut mich sehr, wie man an meinem Lächeln erkennt."

Sie lachte und rieb sich die Schläfe und sah ihn mit einem Blick an, der verriet, dass sie immer noch nicht recht glauben konnte, dass das wirklich geschah. Junge, er mochte es, jemanden derart überraschen zu können, insbesondere nachdem er am Abend zuvor dafür gesorgt hatte, von derselben Person für einen schrecklichen Menschen gehalten zu werden.

„Nun, dann haben wir eine Abmachung, denke ich. Ich habe dir noch nicht einmal gesagt, wie hoch das Gehalt ist, aber ich verspreche dir, dass es dir zusagen wird."

„Solange es fair ist, bin ich einverstanden. Und etwas sagt mir, dass du ein äußerst fairer Mann bist."

„Ich mag, wie das kling, denn das versuche ich wirklich zu sein. Meine Mutter würde mir das Fell gerben, wenn ich nicht ehrlich und fair wäre." Und das entsprach der Wahrheit.

KAPITEL FÜNF

„Ja, Mom. Es ist ein erstaunliches Angebot. Genau das habe ich ihm gesagt. Ich werde Rinder fotografieren und mit ihm auf seine Ranch in Montana fahren. Das wird mir sicher helfen für den Fall, dass Laura mir Toby wegnehmen will."

„Ich hoffe, du hast recht. Diese Frau macht mir Angst. Nach allem, was ihr Sohn dir angetan hat, denkt sie jetzt auch noch, dass sie Toby einfach behalten kann … ich habe solche Angst."

Ihr Herz zog sich schmerzhaft zusammen, während sie ihrer Mutter zuhörte. Glinda, von Toby liebevoll Grammy genannt, durfte sich deswegen keine Sorgen machen. „Mach dir keine Sorgen, Mom. Ich werde mich darum kümmern. Sie trauert noch immer um ihren Sohn und ihren Ehemann und glaubt, dass Toby die Lösung ist. Und das ist er in gewisser Weise auch. Nur eben nicht Vollzeit. Es stört mich nicht, wenn er von allen seinen Großeltern geliebt wird, aber er gehört zu mir. Und ich glaube, Gott hat mir einen Weg gezeigt, ihn zu behalten. Levi war wunderbar. Also mach dir keine Sorgen. Alles wird gut."

Sie musste einfach recht haben. Etwas anderes konnte sie nicht denken. Rita fürchtete, dass Laura Erfolg haben könnte, wenn es ihr irgendwie gelänge, zu beweisen, dass Rita nicht in der Lage war, sich um Toby zu kümmern. Und sie wusste nur zu gut, dass das Leben nicht immer auf ihrer Seite war.

„Bisher hat Levi unter Beweis gestellt, dass er ein guter Kerl ist. Also werde ich darauf vertrauen, dass er es auch wirklich ist. Ich muss darauf vertrauen, dass alles gut werden wird und man mir Toby nicht wegnimmt."

Sie hörte auf, mit der Verandaschaukel vor und zurück zu schaukeln und erhob sich. Sie betrachtete die Ranch, die sich vor ihr ausbreitete. Sie bestand aus einem eindrucksvollen Steinhaus, das auf dem Hügel jenseits der Hütten lag; die Scheunen und Ställe bestanden, wie es Tradition war, aus rotem Metall mit silbernen Metalldächern. Die Gebäude, die er als Schlafbaracke und Kantine bezeichnet hatte, passten vom Stil her zu den Scheunen. Und dann waren da noch die Pferche, Koppeln und schönen Weiden, die sich ringsherum erstreckten. Von hier, der Veranda dieses erstaunlichen Cottages – oder Hütte, wie er es nannte – war die Aussicht hervorragend.

Es war ein unglaublich schöner Ort. Sie konnte kaum glauben, dass sie hier war. Er hatte die Autovermietung angerufen und sich um alles gekümmert, da sie wegen ihm ins Wasser gefahren war, wie er gesagt hatte. Sie hatte erwidert, dass sie selbst alles klären könne, doch er hatte darauf bestanden und ihr zu verstehen gegeben, dass er genügend Ranch Trucks besaß, die sie nutzen konnte, während sie hier war, sodass keine Notwendigkeit dafür bestand, ihr eigenes Auto aus Amarillo herzubringen oder ein anderes Auto zu mieten. Er war so großzügig gewesen und hier war sie nun. Sie konnte ihr Glück immer noch nicht fassen, auf dieser wunderschönen Ranch gelandet zu sein. Levi hatte ihr erklärt, dass dies die Ranch war, die er führte. Die Familie besaß mehrere Ranches; ein Stück die Straße hinunter befand sich die Ranch, die sein Bruder Cole betrieb und die ursprüngliche Ranch gewesen war; sein Bruder Jake betrieb eine weitere an derselben Straße. Und nun hatten sie die Ranch in Montana gekauft um zu expandieren. Zweifellos hatten sie Geld, um zu tun, was immer sie wollten, aber er hatte gesagt, sie täten es, weil sie die Rancharbeit liebten; dass es ihnen im Blut läge.

Sie glaubte ihm. Interessanterweise erwähnte er

Geld nur selten.

Seit einer Internetrecherche wusste sie, dass die Rancharbeit eine Familientradition war und sich die Ranch, auf der das Öl gefunden worden war, seit Jahrzehnten im Familienbesitz befand. Offensichtlich war das Öl, das sich unter dem Land befand, unerreichbar gewesen bis neue Bohrtechniken entwickelt worden waren. Als sie auf das gewaltige Vorkommen gestoßen waren, hatte dies die gesamte Familie völlig überrascht. Es gefiel ihr, dass Levi nicht gern darüber sprach, da er dadurch wie ein normaler Cowboy wirkte, der auf einer Ranch arbeitete und versuchte, seinen Lebensunterhalt zu verdienen.

Sie bemerkte, dass ihre Mutter immer noch redete und lenkte ihre Aufmerksamkeit zurück auf das Gespräch. „Ja, Mom, ich werde in ein paar Tagen – vielleicht in drei Tagen -vorbeikommen, ich sage dir noch mal Bescheid. Ich werde Toby holen und hierherbringen. Im Moment ist es gut, wenn er so viel Zeit wie möglich mit mir verbringt. Ich muss nur erst einmal sehen, wie mein Job und die Arbeitszeiten aussehen, dann komme ich. Levi meinte, dass Toby hier willkommen ist. Er hat es sogar selbst vorgeschlagen. Toby wird es hier lieben. Er kann mich begleiten, wenn ich fotografiere." Sie lachte. „Ich muss Levi noch klarmachen, wie umtriebig ein Vierjähriger sein kann."

Ihre Mutter lachte. „Das sollte er wahrscheinlich erfahren. Ich liebe es, ihn bei mir zu haben, aber meine Energie hält einfach nicht mit seiner Schritt."

Sie wusste, was ihre Mutter meinte. Ihr Lupus trieb seine Spielchen mit ihrer Energie und ihre Schmerzen, besonders im Rücken, machten es beinahe unmöglich, dass sie länger als eine Woche auf ihn achtgab. Die Zeit, die sie brauchte, um sich zu erholen, wurde von Mal zu Mal länger. Die chronische Krankheit war schrecklich und zehrte an ihr, da sie so viel mehr tun wollte, als sie konnte. „Du warst eine große Hilfe, aber ich kann es kaum abwarten, ihn wiederzusehen. Ich vermisse ihn so sehr."

Sie war erst drei Tage von ihm getrennt und hoffte, ihn innerhalb der nächsten zwei Tage holen zu können. Sie hatte befürchtet, für längere Zeit von ihm getrennt zu sein, wenn es ihr nicht gelänge, einen Weg zu finden, mit dem sie ihren Lebensunterhalt bestreiten konnte. Das wäre ihrer Mutter sehr schwergefallen und hätte es Laura leichter gemacht, das Sorgerecht zu beanspruchen. Levi hatte dafür gesorgt, dass sie wieder Hoffnung verspürte. Seit dem Frühstück fühlte sie sich so und die Hoffnung war noch um ein Vielfaches süßer und erfüllender als Dixies fantastische Pfannkuchen.

„Vielen Dank, dass du auf ihn aufpasst, Mom. Und wenn du mich brauchst, rufst du an, okay? Ich bin so aufgeregt, wenn ich daran denke, am Ende des Monats mein eigenes Geschäft an der Hauptstraße in Fredericksburg eröffnen zu können. Es ist so schön dort. Und wenn ich mich dort eingerichtet habe, nehme ich dich mal mit und zeige dir alles. Und wer weiß? Vielleicht entscheidest du dich, in die Gegend zu ziehen."

Ihre Mutter brachte ein paar Ausflüchte vor und meinte, all ihre Freunde seien in Amarillo. Es wäre schwer, ihre Mutter zu einem Umzug zu bewegen, aber ein Enkel war ein guter Anreiz. Und Rita war zuversichtlich, die Meinung ihrer Mutter ändern zu können, wenn die Zeit kam. Falls die Zeit kam.

Ihr Herz zog sich zusammen; sie schloss die Augen und sprach ein Gebet, dass alles gut werden würde. Dass man ihr ihr Kind nicht wegnehmen würde.

Die Ranch war perfekt. Überall waren Cowboys unterwegs; einige bewegten Pferde auf Plätzen, andere führten Pferde umher. Es war offensichtlich, dass Levis Ranch, auch wenn sie Rinderfarm genannt wurde, viel mit Pferden zu tun hatte. Es herrschte ein geschäftiges Treiben, aber hier, wo ihre kleine Hütte stand, war es ruhig. Es gab noch weitere Hütten, aber sie waren alle angenehm weit voneinander entfernt, und es sah nicht so aus, als ob außer ihr noch jemand darin wohnte. Levi hatte gesagt, dass sie im Moment keine Gäste beherbergten, daher hatte sie den gesamten Bereich für sich allein. Das erleichterte sie. Sie zog es vor, nicht in unmittelbarer Nähe von Menschen zu wohnen, die sie nicht kannte.

Die Hütte war entzückend. Sie war gelb gestrichen und verfügte über eine Veranda mit einer Schaukel und auf der Rückseite gab es eine Terrasse mit einem kleinen Tisch und Blick auf eine Weide ein Stück den Hügel hinab. Von der Rückseite der Hütte hatte man eine fantastische Aussicht, aber ihr war aufgefallen, dass sie den Anblick des Treibens auf der Ranch bevorzugte. Das war ihre Neugier. Und dann war da noch die Tatsache, dass sie von dem Platz, an dem sie stand, Levi sehen konnte. Er sprach mit den Cowboys, erklärte ihnen, was sie tun sollten und sie erkannte, dass er viel zu tun hatte und alles unter Kontrolle hatte. Sie fand, dass Levi Tanner wie ein fröhlicher junger Cowboy wirkte, wenn er nicht ungestüm gegen Leute vorging, die Fotos von seiner Familie machten, doch dieser Typ meinte es ernst mit seiner Ranch.

Er liebte sie. Und er wusste, was er tat. Er mochte über all das Geld verfügen, aber sie ahnte, dass seine Ranch auch ohne es ein Erfolg wäre.

Sie ging hinein, sah sich in der entzückenden kleinen Hütte um und fühlte, wie sich erneut Hoffnung in ihr breitmachte. Die im texanischen Stil eingerichteten Zimmer waren reizend. Selbst der an der Wand hängende Rinderschädel war hübsch, er war mit Trockenblumen geschmückt worden. Auf dem Boden lag ein Teppich aus Rinderhaut, was jeder Texaner kannte. Die Möbel, die wahrscheinlich aus Mesquite-Holz bestanden, waren wunderschön. Sie waren transparent lackiert, sodass sie glänzten. Alles war perfekt.

Klein, aber perfekt für sie und Toby.

Sie setzte sich an den Esstisch, legte die Hände zusammen und sprach ein Dankgebet. Außerdem betete sie darum, dass sie nicht getäuscht wurde. Auch wenn sie das nicht glaubte, würde sie wahrscheinlich immer ein wenig misstrauisch sein. Nach den letzten Jobs, die sie gehabt hatte, und den Lügen ihres Mannes… womöglich würde sie dieses Misstrauen nie überwinden können.

Aber sie wollte so sehr, dass Levi der war, für den er sich ausgab. Und dass dieser Job echt wäre.

* * *

Levi musste sich einige Zeit um die Belange der Ranch kümmern, nachdem er Rita die Hütte gezeigt hatte. Sie hatte ihr gefallen und das freute ihn. Sie hatten viel Geld investiert, um die Hütten auf dieser und den anderen beiden Ranches hübsch herzurichten. Bevor ihnen all das Geld in die Hände gefallen war und der Boden einen so riesigen Gewinn ausgespien hatte wie ein Automat im Casino, hatten sie einige Verbesserungen auf der Ranch vorgenommen, weil ihnen allen die Rancharbeit am Herzen lag. Dann hatten sie weitere Ranches in der Umgebung gekauft und machten das auch weiterhin. Er für seinen Teil könnte das ganze Geld verschenken und zufrieden hier auf seinem kleinen Stück vom Paradies leben.

Er hatte einen Teil des Geldes dafür ausgegeben, alles auf den neuesten Stand zu bringen, und er hatte es genossen, Geld in die Hütten zu investieren, um Gästen guten texanischen Komfort zu bieten. Ja, selbst die neue Schlafbaracke, die er im Herzen der Ranch für seine Jungs errichtet hatte, war aus Austin-Steinen erbaut und bot allen Luxus, den sich ein Cowboy nur wünschen konnte. Sie verfügte über einen Billardtisch und Innen- und Außenduschen, je nachdem, wonach den Cowboys der Sinn stand und viele geräumige Kojen anstelle von winzigen Bettstellen. Er war der Meinung, je besser sie nachts schliefen, desto besser arbeiteten sie. Er wollte, dass die Leute, die für ihn arbeiteten, für ihn arbeiten wollten. Er wusste, wie es sich anfühlte, auf unbequemen Matratzen zu schlafen, da er während der Sommer auf der Highschool bei Bedarf auf anderen

Ranches ausgeholfen hatte.

Sein Vater hatte immer darüber gesprochen, dass es ihnen eine neue Sichtweise eröffnen würde, für jemand anderen zu arbeiten, etwas, das ihnen zugutekommen würde, wenn es eines Tages darum ging, eigene Mitarbeiter einzustellen. Es würde ihnen zu verstehen helfen, was nötig war, um sowohl den Männern, die man einstellte, als auch sich selbst gerecht zu werden. Ihr Dad hatte recht gehabt mit seinen Überlegungen. Er war mit gutem Beispiel vorangegangen, aber es war hilfreich gewesen zu sehen, dass nicht jeder seine Angestellten so behandelte wie sein Vater. Levi bemühte sich darum, den Ansprüchen seines Vaters gerecht zu werden.

Nachdem er sich um alles Nötige gekümmert und Rita etwas Zeit zum Ankommen gegeben hatte, sprang er in seinen Geländewagen und lenkte ihn in Richtung der Hütten, um sie abzuholen. In der Lage zu sein, Rita zu helfen, hatte sich von all den Dingen, die er mit dem Geld hier auf der Ranch ins Rollen gebracht hatte und all den Spenden an wohltätige Projekte, am besten angefühlt.

Sie richtete sich aus der kauernden Haltung auf, in der sie mit ihrer Kamera ein Foto von einem der Rosenbüsche gemacht hatte, die sie von der ursprünglichen Ranch hierher verpflanzt hatten. Ihre

Mutter liebte Rosen und sie hatten dafür gesorgt, dass sie auf dem gesamten Gelände anzufinden waren.

„Wie ich sehe, hast du die Rosen meiner Mutter entdeckt. Sie liebt sie. Vor allem gelbe Rosen."

„Sie sind wunderschön."

„Danke. Mom hat eine ganze Reihe von ihnen auf der ursprünglichen Ranch gepflanzt, die jetzt Cole führt, daher haben wir ein paar hierhergebracht. Tulip hat dort tolle Arbeit geleistet, was die Gestaltung der Außenflächen betrifft und ich hoffe, dass sie auch hier etwas machen kann. Das kann sie besser als jeder andere. Ich muss dich mal mitnehmen – es ist atemberaubend. Ich kann nicht zulassen, dass Cole mich übertrumpft. Machst du Fotos von den Blumen?"

Sie strahlte ihn an und ihr Lächeln war so unbeschwert, als hätte sie sich etwas entspannt. Vielleicht war sie weniger gestresst als zuvor; wenn dem so war, dann veränderte das seinen ganzen Tag zum Besseren.

„Ja, habe ich, aber hauptsächlich ging es mir um die Biene, die die Pollen der Rosen sammelt. Ich liebe Bienen, Schmetterlinge und Kolibris und alle Arten von sich schnell bewegenden Flugobjekten." Sie lachte. „Außer wenn sie hinter mir her sind, um mich zu stechen, aber zum Glück stören mich Bienen nicht allzu sehr."

„Ah, gut zu wissen. Ich will nichts mit Bienen zu tun haben. Ich reagiere allergisch auf ihre Stiche. Verdammt, auf dem Weg hierher habe ich im Auto darüber nachgedacht, dass ich gern im 19. Jahrhundert leben würde – du weißt schon, damals in den wilden Zeiten, aber es hätte nur den Stich einer einzelnen Biene gebraucht und ich wäre erledigt gewesen."

„Hast du einen EpiPen bei dir?"

„Habe ich." Er klopfte auf seine Tasche, aus der ein roter Behälter herausragte. Der ein bisschen wie ein Zahnbürstenhalter aussah. „Manchmal ist mir diese Lösung etwas peinlich, aber hier draußen weiß ich nicht, was ich sonst damit anfangen soll. Er passt nicht in meine Gesäßtasche, also stecke ich ihn einfach in diese Tasche und trage ihn so bei mir. Jetzt weißt du also, wo er sich befindet. Wenn ich ihn nicht an mir trage, befindet er sich irgendwo in der Nähe. Alle Jungs wissen, dass ich darauf achten muss, ihn bei mir zu haben, wenn ich unterwegs bin."

„Das tut mir leid. Es klingt beängstigend, und ich bin sicher auch keine Hilfe mit meinem Erschrecken."

Er zuckte mit den Schultern. „Ich bin daran gewöhnt. Das ist schon seit meiner Kindheit so. Ich wurde schon früh gestochen und wenn nicht einer der anderen Rancharbeiter ebenfalls allergisch gewesen wäre… er rannte los und holte seinen Stift – er hat mir so ziemlich das Leben gerettet. Seitdem haben wir sie immer griffbereit. Wie auch immer, bist du bereit für eine Tour? Ich dachte, wir unternehmen eine Spritztour und ich zeige dir ein paar der Rinder, die du fotografieren wirst. Das wird eine Woche dauern. Naja, oder zwei oder drei. Ich werde dich nicht überlasten – du wirst ausreichend Zeit haben. Wie ich gesagt habe, wenn du das tust, werde ich oder einer der Rancharbeiter bei dir sein, je nachdem, was ich an dem jeweiligen Tag vorhabe, aber es wird genug Platz für Toby geben. Ich weiß, du hast gesagt, er ist vier und sehr aufgeweckt, aber das bekommen wir schon hin. Ich weiß, wie man jemandes Hand hält, wenn er bei mir ist, während du deine Arbeit machst, kann ich mich um ihn kümmern."

Sie rutschte neben ihn auf den Sitz und er mochte das. Sie waren einander näher als in seinem Truck. Ihre Ellbogen konnten sich berühren; er schob seinen Ellbogen nicht weit genug in ihre Richtung, um das zu erreichen, aber er könnte es, wenn er wollte. Er grinste sie an. „Also gut, halte dich fest – los geht's. Das Land ist weitläufig hier draußen und zerklüftet. Viel Stein, viel Salbei, Kaktusfeigen, Mesquite, ein paar Hasen. Hier treiben sich auch ein paar Berglöwen herum, aber keine Sorge – die kommen einem normalerweise nicht zu nahe. Ich habe meine Schrotflinte und meinen

EpiPen bei mir, wir sind also bestens ausgerüstet. Aber ich würde vorschlagen, dass du nachts nicht alleine herumläufst. Könntest du das für mich tun? Wenn du ein Problem hast und vor irgendetwas Angst, dann wähle einfach meine Nummer, Liebling, und ich komme."

Verflixt. Er hatte sie Liebling genannt. Er musste besser achtgeben. Der Flirt war ihm ganz natürlich über die Lippen gekommen. Das hasste er an sich. Von Zeit zu Zeit flirtete er gern, die anderen zogen ihn deswegen auf, aber wenn man länger nicht mehr ausgegangen war, platzte das einfach so aus einem heraus.

Sie lächelte ihn an, als hätte sie das Wort Liebling nicht gehört, was ihn erleichterte.

„Glaub mir, ich werde anrufen, wenn ich etwas Seltsames höre und ich werde nicht alleine draußen herumlaufen. Auch wenn ich das Gefühl habe, dass die Nächte hier herrlich sind. Ich wette, man hat einen wunderschönen Blick auf den Himmel. Ich liebe es, Sterne zu betrachten. Ich liebe Sterne. Meine beste Freundin – sie ist Naturwissenschaftslehrerin in der Mittelstufe – und oh Gott, sie liebt den Sternenhimmel. Sie bringt mir ständig etwas über die Sternbilder bei. Wie auch immer, irgendwann muss ich wahrscheinlich nachts mal nach draußen gehen und nach oben schauen, also werde ich dich wohl mit mir nehmen müssen, damit du aufpasst. Du bist wahrscheinlich so sehr daran gewöhnt, nachts die Sterne zu sehen, dass sie dir egal sind."

Er lachte, als sie die Straße entlangfuhren und hinter ihnen der Schmutz aufstob. Er war in seinem Element; er liebte dies. Er liebte es, sein Land zu zeigen. Gleich würden sie die ersten Rinder sehen, mit denen er nur zu gern angab. Doch auch er liebte den nächtlichen Himmel. „Ich sag dir was, diesbezüglich sind wir uns ähnlich. Ich könnte stundenlang nur daliegen und die Sterne betrachten. Ich werde darauf zurückkommen und ich weiß genau, wohin wir fahren müssen, um sie besonders gut zu sehen. Hier auf der Ranch ist es schon gut, aber es gibt noch zu viel Licht, wenn du verstehst, was ich meine. Selbst ein wenig Licht mindert das Vergnügen, weil es hier draußen so dunkel ist, dass man denkt, man könne alles sehen. Ich werde es dir eines Nachts zeigen – wir werden zur Klippe fahren und ich zeige es dir."

Sie starrte ihn mit ernstem Gesichtsausdruck an. „Du machst mir Angst, Levi Tanner. Du und ich, wir haben vieles gemeinsam, wie es scheint."

Er legte den Kopf schief, legte die Hand aufs Lenkrad und grinste sie leicht an. „Scheint so. Ist das etwas Schlechtes?"

Ihre hübschen Augen bohrten sich in ihn, sie brachten seinen Magen zum Beben und seine Zehen dazu, sich zu kräuseln. Ein gutes Gefühl.

„Nein, ich denke, es ist eine wirklich schöne Sache. Es bedeutet, dass wir Freunde werden. Was unglaublich ist, wenn man bedenkt, wie wir uns kennengelernt haben, findest du nicht?"

Er lachte und warf den Kopf zurück. Dann grinste er sie an. „Ich denke, wir sollten nicht mehr über diese erste Nacht sprechen, denn da hatten wir definitiv nichts gemeinsam – du hast diese Fotos geschossen und ich hätte dich wie ein Footballspieler zu Boden gebracht, wenn es hätte sein müssen. Stattdessen habe ich dich dazu gebracht, dein Auto ins Wasser zu lenken, nur um dich danach herausziehen zu müssen. Keine allzu gute Situation. Hochzeitscrasher und ich kommen nicht gut miteinander klar. Und ich bin wirklich froh, dass du kein echter Paparazzi warst."

Nun lachte auch sie ein wenig. „Ich auch. Ich fühlte mich in dieser Nacht so schmuddelig. Ich bin froh, mir deswegen keine Gedanken mehr machen zu müssen. Ich möchte mich noch einmal bei dir für die Chance bedanken, die du mir gibst. Es fällt mir immer noch schwer, es zu glauben. Ich habe es gerade meiner Mutter erzählt und sie konnte es ebenfalls kaum glauben, daher danke ich meinen Glückssternen dafür, dich getroffen zu haben. Oder vielmehr danke ich meinen Glückssternen dafür, dass du mich verfolgt und verlangt hast, dir die Speicherkarte auszuhändigen. Sonst wäre all das nicht geschehen – du hättest mich einfach weiterhin gehasst und wir hätten nie erfahren, was wir verpassen."

Junge, Junge, da hatte sie recht. Manchmal war er ziemlich unnachgiebig, doch an diesem Tag war er äußerst dankbar für diese Eigenschaft. Wäre er es nicht gewesen und hätte er nicht über die unbedingte Entschlossenheit verfügt, sich um den Vorfall zu kümmern und die Speicherkarte an sich zu bringen, dann würde er nun wütend herumsitzen, anstatt mit ihr auf seiner Ranch herumzufahren und Überlegungen darüber anzustellen, sie besser kennenzulernen. Ja, manchmal konnte eine gewisse Unnachgiebigkeit dein bester Freund sein.

KAPITEL SECHS

„Das ist mal ein großer Bulle." Rita starrte über die Weide auf einen riesigen, roten Bullen mit breiten Schultern. Levi hatte ihr mitgeteilt, welche Rasse es war, aber sie hatte nicht aufgepasst, so sehr hatte sie der Anblick dieses Monstrums überrascht. Das Tier starrte sie aus knapp sechs Metern Entfernung an. Sie schloss ihre Hand fest um den seitlichen Griff des Geländewagens, der eigentlich dazu diente, leichter in das Fahrzeug hinein, oder daraus herauszukommen. Im Moment umklammerte sie ihn für den Fall, dass Levi das Gaspedal plötzlich durchdrücken musste, um sie aus der Reichweite dieses Dinges zu bringen. Was für ein Gigant.

„Oh, das ist nur Tiny, der ist nicht böse. Wir verkaufen ihn nicht. Dieser kleine Kerl bringt der Ranch eine Menge Geld ein. Seine Nachfahren rennen durchs ganze Land."

„Wie das?"

Er starrte sie an, offenbar bemerkte er in diesem Augenblick, dass nicht jeder ein Rancher war. „Nun, ähm, durch künstliche Befruchtung. Gute Gene sind alles und er hat die besten."

Ihre Augenbrauen senkten sich und ihr Mund öffnete sich leicht.

Er lachte. „Ein bisschen zu viele Informationen?"

Sie kicherte. „Ich mache eine Ausbildung."

„Es ist so: Ich rede nicht oft über das schwarze Gold, das sich unter dieser Erde befindet und all das Geld auf unsere Bankkonten pumpt und der Grund dafür ist, dass sich die Paparazzi-Ratten an unsere Fersen heften und sich in unsere Angelegenheiten einmischen. Aber dieser große Kerl dort drüben, der kleine Tiny, ist fast ebenso viel wert wie das schwarze Gold. Nun, nicht wirklich, aber in meinen Augen gibt es nichts Besseres als eine großartige Herde und er ist der Beste, wenn man eine Herde aufbauen will. Wenn ich mich zwischen dem Öl und Tiny entscheiden müsste, würde ich ohne zu zögern jeden Tag aufs Neue Tiny wählen."

Rita hörte ihm aufmerksam zu. Sie hatte ihn schon ein bisschen kennengelernt und glaubte ihm, dass er den Milliarden, die seine Familie besaß, den Rücken kehren könnte. Sie studierte das Tier. Es war riesig und sie verstand jetzt, dass die Leute bereit waren, große

Summen zu zahlen, um ein Kalb von ihm zu bekommen, solange er zeugungsfähig war – und offensichtlich war er das. Trotzdem machte sie sich eine gedankliche Notiz, Toby weder in die Nähe dieses oder eines der anderen Tiere zu lassen, die sie gesehen hatten, ob man ihr nun sagte, dass sie harmlos waren oder nicht. Das Ranchleben war gewöhnungsbedürftig. Tiny mochte großartige Nachkommen zeugen, doch er würde nicht die Gelegenheit erhalten, ihrem eigenen Nachkommen ein Haar zu krümmen. Er war einfach zu groß.

Und er war bei Weitem nicht der einzige. Unmengen an Rindern mussten fotografiert werden. Seinen Worten nach zu urteilen, hatten sie nur einen Bruchteil der Tiere begutachtet, von denen sie Fotos machen sollte.

„Hast du das ernst gemeint, als du sagtest, ich solle beim Fotografieren darauf achten, sie von ihrer guten Seite zu erwischen? Sollen sie lächeln, oder was?"

Er bedachte sie mit einem gewaltigen Grinsen. „Nun, ich würde nicht unbedingt sagen, dass sie lächeln sollen. Aber nehmen wir zum Beispiel an, du sollst Tiny fotografieren – nicht, dass er besonders gern fotografiert wird; das nervt ihn ein wenig, genauso wie mich, ich mag es auch nicht, fotografiert zu werden. Aber zurück zu unserem Beispiel. Wenn du ihn fotografierst, solltest du darauf achten, seine guten Seiten zu zeigen, beispielsweise wie solide er von den Hüften bis zu den Schultern ist. Du zeigst, dass er stark ist. Und solltest darauf achten, seine Muskeln gut zur Geltung zu bringen. Und was die jungen Kühe betrifft – sie haben bisher keine Kälber ausgetragen, aber man kauft sie, um genau das zu tun und die Bilder müssen eine gute Seitenansicht ihres Mittelteils zeigen."

„Was ist denn schlecht und was ist gut?"

„Oh, okay, erinnerst du dich, dass ich dir vorhin eine Kuh gezeigt habe, die schön breit war und über eine gewisse Tiefe verfügte? Dies bietet viel Platz für das Austragen eines Kalbes. Das sind wichtige Dinge. Wenn man ein Bild aus einem unvorteilhaften Blickwinkel aufnimmt, zeigt es nicht all die guten Dinge. Wenn dieser Job erledigt ist, wirst du eine professionelle Viehfotografin sein. Vielleicht möchtest du dann gar keine Hochzeitsfotos mehr von unmöglichen Bräuten schießen."

Sie grinste den Kerl an. Er brachte sie häufig zum Grinsen. „Nun, da könntest du recht haben. Ich habe schon ein paar schreckliche Bräute fotografiert und das macht keinen Spaß – weder sie noch ihre unmöglichen Brautjungfern. Schreckliche Bräutigame gibt es übrigens auch. Die meisten waren allerdings großartig. Die Medien spielen die schlimmen Fälle in die Höhe."

„Gut zu wissen."

„Ich denke, du, Levi Tanner, bist ein sehr kluger Mann. Ich weiß ehrlich gesagt nicht, warum man jemanden heiraten sollte, der sich derart hässlich benimmt. Aber andererseits, hat wohl jede Geschichte zwei Seiten – so wie bei dir und mir. Diese Geschichte hatte definitiv zwei Seiten."

„Und schon wieder bringst du die Rede auf diesen Abend. Du weißt doch, dass wir nicht darüber reden wollten, aber du bringst ihn immer wieder zur Sprache."

Sie konnte nicht anders. Sie streckte die Hand aus und schlug mit dem Finger auf seine Schulter. „Nur weil ich es so gern sehe, wie du dich aufregst. Es ist süß."

Er zog eine Braue nach oben. „Du findest, ich bin süß? Ich bin mir nicht sicher, ob ich das Wort mag."

Sie konnte sich vorstellen, dass er es vorzog, von ihr für gutaussehend, attraktiv oder männlich gehalten zu werden. „Nun ja, manchmal muss man den Stiefel eben einfach tragen, wenn er passt. Wenn du weißt, was ich meine?" Sie kicherte, und sie konnte es sich auch nur eingebildet haben, aber sie hatte den Eindruck, als hätte er seine Schultern zurückgeschoben und sich aufrechter hingesetzt, so als ob er versuchen würde, alles nur nicht süß auszusehen. Unbezahlbar.

Er grinste sexy und seine Blicke gruben sich in ihre. „Okay, wenn du denkst, dass ich süß bin, dann werde ich süß sein. Aber eines Tages, wenn ich nicht mehr dein

Boss bin, möchte ich vielleicht, dass du mich für mehr hältst als nur für einen süßen Kerl, weißt du."

Ihr Lächeln verblasste, als seine Worte durch ihren Kopf hallten. Konnte sie es wagen zu hoffen? „Diese Frage kann ich jetzt nicht beantworten. Aber wer weiß? In Zukunft könnte das eine schöne Idee sein, da wir so viel gemeinsam haben."

* * *

Rita würde ihre Arbeit genießen. Sie hatte noch nie, auch nicht für kurze Zeit, die Möglichkeit gehabt, in einer so offenen, weitläufigen Gegend zu leben. Sie hatte ihre gemeinsame Fahrt über das Grundstück mit Levi früher am Tag durch und durch genossen. Es fühlte sich an, als könne sie hier leichter atmen. Als ob der Druck und die Angst, die auf ihr gelastet hatten, in der Weite der Landschaft nachgelassen hätten. Es ließ sich auch nicht abstreiten, dass sie es genossen hatte, Zeit mit Levi zu verbringen. Das konnte noch zu einem Problem führen, aber darüber würde sie sich später Gedanken machen. Im Moment war sie einfach nur begeistert über die berufliche Möglichkeit, die sich ihr bot. Und über die Erkenntnis, dass Levi wirklich nett, sogar liebenswürdig zu sein schien. Als sie ihn darüber hatte sprechen hören, wie es war, Chef zu sein und dass er für andere gearbeitet hatte, um eine andere Perspektive zu bekommen... hatte sie den Eindruck gewonnen, es mit einem fairen Man zu tun zu haben. Das war er auch ihr gegenüber gewesen. Im Augenblick war dies ein überzeugendes, positives Zeichen dafür, dass er der war, der er zu sein schien. Ein guter Kerl.

Er hatte gesagt, das Abendessen würde in der Kantine aufgetischt werden, wo der Koch, ein Mann namens Scotty, alle Mahlzeiten zubereitete, und sie sei herzlich eingeladen, dort mit den anderen zu speisen. Alternativ befand sich Essbares in den Schränken für den Fall, dass sie es vorzog, selbst zu kochen und sie könne jederzeit eines der Ranchfahrzeuge oder seinen Truck nutzen, um in die Stadt zu fahren und zu besorgen, was immer sie wollte. Außerdem hatte er sie eingeladen, zum Lassowerfen zu kommen, dass die Rancharbeiter nach dem Abendessen veranstalteten. Dabei handelte es sich um einen freundschaftlichen Wettbewerb, der abends auf dem Reitplatz ausgetragen wurde und für viel Erheiterung sorgte.

Sie beschloss, hinüberzugehen und an dem gemeinsamen Essen teilzunehmen. Sie würde eine Weile hier sein, also konnte sie genauso gut die Jungs kennenlernen, in deren Umgebung sie arbeiten würde. Außerdem hielt sie nicht allzu viel von ihren eigenen

Kochkünsten, daher klang das Angebot nach einer großartigen Gelegenheit. Levi hatte angeboten, sie abzuholen, aber sie hatte ihm zu verstehen gegeben, dass sie sehr wohl in der Lage sei, das kurze Stück von der Hütte zur Kantine zu gehen, einfach nur die unbefestigte Straße entlang, über die sie zuvor gefahren waren.

Es war ein schöner Abend für einen Spaziergang. Eine kühle Brise war aufgekommen, die dringend herbeigesehnte Erfrischung. Tagsüber hatte sich die Luft beinahe angefühlt wie der Ausstoß eines Föns. Sie hatte geduscht und der Gedanke freute sie, dass sie diesen Vorgang vor dem Schlafengehen nicht noch einmal zu wiederholen brauchte. Andererseits war sie noch nie bei einem Lassowerfen gewesen. Sie hatte gesehen, dass der Reitplatz staubig war und die aufgekommene Brise mochte dazu führen, dass man rasch schmutzig wurde, wenn man sich dort aufhielt. Der Wind brachte Gutes und Schlechtes mit sich, aber das spielte keine Rolle; sie würde bei Bedarf noch einmal duschen, denn das Lassowerfen klang interessant. Außerdem würde Levi dort sein.

Die meisten Leute würden annehmen, dass jemand, der in Amarillo aufgewachsen war, umgeben von Ranches und Cowboys, schon beim Rodeo und

Lassowerfen gewesen war. Doch sie war in einem kleinen Haus mit einem winzigen Hinterhof in einer engen Straße mit lauter kleinen Häusern und engen Hinterhöfen aufgewachsen. Dan und ihre Schwiegereltern hatten in einer gehobeneren Gegend gelebt, aber sie waren Buchhalter und hatten keine Berührungspunkte zum Cowboy-Leben gehabt. Sie konnte es kaum abwarten, Toby hierher zu bringen, hier mit ihm spazieren zu gehen und ihm dabei zuzusehen, wie er auf dem Feldweg spielte. Er liebte es, im Dreck zu spielen; er würde einen Heidenspaß haben.

Sie hatte das Ranchhaus beinahe erreicht, als sie ein näherkommendes Fahrzeug hörte. Als sie sich umdrehte, entdeckte sie Levi, der in seinem Geländewagen auf sie zugefahren kam. Er verlangsamte die Geschwindigkeit des Wagens, als er sich ihr näherte, sodass die Staubspur, die ihm folgte, zur Seite abzog, bevor er sie erreichte. *Rücksichtsvoll* war ein weiteres Adjektiv, das sie der Liste der Wörter hinzufügen konnte, die ihn beschrieben. Er hatte sie nicht mit Staub bedecken wollen.

Lächelnd hielt er an. „Möchtest du mitfahren?"

Ihr Magen flatterte. „Klar, für die letzten fünf Meter springe ich gern noch rein." Sie lachte und setzte sich neben ihn. Er sah zu ihr hinüber und sie war sich nur allzu bewusst, wie nah sie einander auf der Sitzbank waren, die für zwei gedacht war.

„Du siehst aus, als würdest du das Landleben genießen."

„Das tue ich. Sehr sogar."

„Großartig." Er fuhr den Rest des Weges zur Kantine und parkte dann davor. „Ich habe den Jungs gesagt, dass du wahrscheinlich mit uns essen wirst, dachte, ich teile ihnen das besser vorher mit. Sie wissen alle Bescheid und werden sich wahrscheinlich von ihrer besten Seite zeigen. Aber ich muss dich trotzdem darauf hinweisen, dass es Cowboys sind und manchmal rutschen ihnen Dinge heraus. Hoffentlich wirst du keine Flüche oder Ähnliches hören, man weiß nie. Es sind gute, hart arbeitende Männer."

„Ich bin mir sicher, sie werden sich benehmen."

„Ich weiß. Es ist nur so, dass sie für mich arbeiten, und du bist eine Dame, und ich erwarte, dass sie sich von ihrer besten Seite zeigen. Falls du irgendwelche Probleme mit einem von ihnen hast, was ich nicht erwarte, dann lässt du es mich wissen. Okay?"

„Okay. Danke." Sie dachte, dass die Männer sicher wussten, dass sie hier gute Jobs hatten und nichts tun würden, was ihren Chef verärgern oder ihre Arbeitsstellen gefährden würde.

Gelächter und Gespräche lagen in der Luft, als sie das Gebäude betraten. Sobald man sie entdeckte, wurde es abrupt still im Raum. *So war es also, im Rampenlicht zu stehen. Wow.*

Die Cowboys waren von ganz unterschiedlichem Körperbau, Aussehen und Alter. Und alle sahen sie an. In dem Versuch, sie zu beruhigen, lächelte sie und bemühte sich darum, sich weder unwohl noch wie ein Eindringling zu fühlen. *Unmöglich.* Dies war ihr Bereich und sie war diejenige, die neu dazugekommen war. Hoffentlich nahm man ihr das nicht übel. Sie alle nahmen ihre Hüte ab und Levi stellte ihr im Vorbeigehen jeden vor. Die Männer schüttelten ihr die Hand und neigten grüßend die Köpfe. Es waren so viele Namen, dass sie Schwierigkeiten hatte, sich alle zu merken, einige hatten auch Spitznamen wie Rawhide und Ricochet. Als sie den Küchenbereich und damit den großen Kerl erreichten, der mit einer Schürze und einem Grinsen hinter dem Buffettisch stand, wusste sie, dass das Scotty sein musste.

Er streckte seine Hand aus. „Schön, Sie kennenzulernen, Ma'am. Ich hoffe, Sie genießen das Essen – ich hoffe, es ist zu Ihrer Zufriedenheit zubereitet. Es ist nur eine einfache Mahlzeit, doch als Levi mir sagte, dass eine Dame anwesend sein würde, habe ich versucht, sie ein wenig aufzuwerten. Ich habe dem Schokoladenkuchen noch einen zusätzlichen Schwung Sahne hinzugefügt und den Tee etwas süßer gemacht."

Der robust aussehende Mann mit der Glatze und dem großen Marine-Tattoo auf dem Unterarm lächelte sie an und wirkte zu ihrer Überraschung wie ein waschechter Teddybär. Doch sie hatte das Gefühl, dass er auch äußerst grimmig dreinschauen konnte, wenn er das wollte.

„Danke. Ich liebe Schlagsahne und Schokoladenkuchen, daher bin ich mir sicher, dass es ein außergewöhnlicher Genuss wird."

KAPITEL SIEBEN

Levi genoss es, Rita dabei zuzusehen, wie sie auf die Reaktion seiner Ranch-Arbeiter auf sie reagierte. Es waren gute Männer, manchmal jedoch ein wenig rauflustig, und er hatte ihnen heute Morgen einen langen Vortrag darüber gehalten, wie sie sich in Ritas Gegenwart zu verhalten hatten. Er wollte auf keinen Fall, dass sie hier auf der Ranch oder in Montana schlechte Erfahrungen machte. Seine Jungs hatten verstanden, dass er sie auf der Stelle feuern würde, wenn einer von ihnen sie ohne Respekt oder Freundlichkeit behandelte. Sie war sein Gast und er war fest entschlossen, dass sie nur gute Erfahrungen machen würde, solange sie bei ihm angestellt war. Er erwartete ein solches Verhalten von seinen Männern jeder Frau gegenüber, aber in Anbetracht dessen, was ihm Rita erzählt hatte, kam diesem Punkt eine besondere Bedeutung zu, nachdem ihre Wahrnehmung von männlichen Chefs in letzter Zeit so negativ beeinflusst worden war.

Was war nur mit einigen Männern los?

Manchmal wollte er sie einfach am Kragen packen und ihnen eine reinhauen. Gerade saß sie neben einem jungen Cowboy am Tisch, den die anderen Preacher nannten, und lachte über etwas, was der Junge sagte, ein Lächeln breitete sich auf seinen Lippen aus, als er ihr Lachen vernahm – es war leicht, luftig und glücklich. Er hatte den Spitznamen Preacher bekommen, nachdem er den anderen verraten hatte, dass er für kurze Zeit Jugendpastor gewesen war, bevor er sich entschieden hatte, auf einer Ranch zu arbeiten. Das war geschehen, als die kleine Gemeinde einen Vollzeitprediger für die Stelle angeheuert hatte, die er freiwillig übernommen hatte. Er war ein guter Kerl. Und er sah Rita an wie eine Brise frische Luft nach einem heißen, verschwitzten Tag.

Und genauso dachte auch Levi über sie. Genau wie die übrigen Männer. Sie alle hatten den Tag über in der sengenden Hitze geschuftet, doch als diese zierliche Brünette hereingekommen war und gelächelt hatte, war die Sonne nur noch halb so heiß gewesen und die Hitze durch eine äußerst willkommene sanfte und luftige Atmosphäre ersetzt worden.

„Ich habe heute Nachmittag auch ziemlich viel

Sonne abbekommen. Levi hat mich mitgenommen und mir all die Kühe – verzeiht, die Rinder – gezeigt, die ich fotografieren soll. Ich muss noch lernen, wie all diese großen Tiere genannt werden."

„Nun, Ma'am", Scotty hielt inne, um noch etwas zusätzlichen Tee in ihr Glas zu füllen, während er durch den Raum schlenderte und sich vergewisserte, dass jeder hatte, was er brauchte, „solange Sie die Fotos schießen, kann Levi ihnen immer noch den richtigen Namen zuordnen. Ich kann Ihnen versichern, dass die Rinder den Unterschied nicht bemerken werden. Nur diese Cowboys."

Levi legte einen Ellbogen auf den Tisch und tippte mit den Fingern darauf. „Scotty hat recht. Du machst die Bilder. Meine Aufgabe ist es, sie zu beschriften. Aber wenn du wissen willst, wie man sie nennt, dann frage mich einfach und ich werde es dir jedes Mal sagen, ohne mich über dich lustig zu machen. Wenn man sich mit Rindern nicht auskennt, weiß man nicht, was der Unterschied zwischen einer Färse und einer Kuh ist oder der zwischen einem Bullen und einem Ochsen oder einem Brahman-Rind und einem Hereford."

„Nein, den kenne ich in der Tat nicht! Mich verwirrt schon, was du gerade gesagt hast, auch wenn ich weiß, dass eine Färse eine Kuh ist, die noch kein Junges zur Welt gebracht hat, oder?"

Er erhob seine Hand zu einem High Five. „Sieh an – du weißt doch schon einiges über Rinder. Das ist richtig."

Sie lachte und schlug ihre Hand gegen seine. Die Berührung jagte einen Adrenalinschub durch seinen Körper.

„Ich freue mich darauf, mehr zu erfahren."

Das gefiel ihm an ihr – sie wollte immer noch mehr wissen. „Das klingt nach einer guten Idee."

Sie sah Scotty an. „Scotty, das Abendessen war wunderbar. Das gebratene Hähnchensteak war köstlich. Ich habe nicht viel davon gegessen, aber es war großartig – so zart. Und ich habe noch nie Kartoffelbrei wie deinen probiert. Davon könnte ich leben, auch wenn es meiner Taille womöglich nicht allzu gut bekäme. Aber ach du lieber Himmel, es war so lecker. Außerdem habe ich diesen Schokokuchen bereits seit einiger Zeit im Blick, auch wenn ich glaube, dass ich nur noch ein kleines Stück schaffe, weil ich bereits so satt bin."

Das sorgte für Gelächter in der ganzen Kantine.

Neugierig sah sie Levi an. „Was habe ich gesagt?"

„Du denkst nur, du bist satt." Er gluckste. „Wenn Scotty erstmal ein Stück Schokokuchen auf deinen Teller gelegt hat, spielt es keine Rolle mehr, wie groß es ist – du wirst es verputzen."

Scotty kam zu ihr und stellte ein Stück Kuchen

ordentlicher Größe vor ihr ab. „Ich habe versucht, es ein wenig kleiner zu schneiden als die, die Kerle hier bekommen. Ich backe eine Menge Kuchen, um diese Crew satt zu bekommen. Jeder einzelne verdrückt einen Viertel Kuchen problemlos allein."

Sie betrachtete das vor ihr liegende Stück, ein Viertel, das noch einmal geteilt worden war. Er hatte das größere Stück vor sie hingestellt. „Okay, ich werde es versuchen. Aber der Reaktion der Männer entnehme ich, dass ich pappsatt hier rausgehen werde."

„Ich hätte dich warnen sollen." Levi sah ihr dabei zu, wie sie die Gabel in den Kuchen steckte und die Spitze abteilte.

Sie nahm einen winzigen Bissen, wobei ihr alle zusahen, besonders Scottys Interesse war groß.

„Oh, oh", murmelte sie, als der Schokoladenkuchen auf ihre Geschmacksnerven traf. Ihre Augen weiteten sich und während sie kaute, erblühte ein Lächeln auf ihrem hübschen Gesicht.

„Scotty, es sieht so aus, als hättest du einen weiteren Anhänger. Jetzt lassen wir die Männer besser aufstehen, damit sie sich ein eigenes Stück holen können, bevor sie noch alle aufspringen und versuchen, Rita dieses wegzunehmen."

Rita legte eine Hand über ihren Kuchen und zog ihn näher zu sich heran. „Wagt es nicht, Leute. Ich habe eine

Gabel in der Hand und ich werde sie benutzen."
Grinsend richtete sie sie auf sie und alle lachten.

Levi grinste. Sie wusste genau, wie man in dieser Kantine Freunde gewann.

* * *

Rita hatte auf einer Bank der Metalltribüne Platz genommen, die an den Reitplatz grenzte. Levi saß ungefähr dreißig Zentimeter von ihr entfernt, den Stetson aus der Stirn geschoben, die Ellbogen auf die Knie gestützt. Ihre Füße ruhten auf der Bank, die sich eine Reihe weiter unten befand, während sie den Cowboys auf ihren Pferden dabei zusahen, wie sie durch ein Tor galoppiert kamen, sobald ein Kalb aus der Rindergasse kam. Die Cowboys übten, das Seil so zu werfen, dass es sich um den Hals des Kalbes legte.

Es bereitete ihr Freude, ihnen dabei zuzusehen, doch der Duft von Levis Eau de Cologne lenkte sie ab. Und sie hatte das Gefühl, dass es ihm genauso ging.

Seine Anziehungskraft überrascht sie. In einer Million Jahren hätte sie sich nicht träumen lassen, dass sie nach True Love, Texas kommen und sich auf eine Hochzeit schleichen würde, um heimlich ein paar Fotos zu schießen, um dann von einem der milliardenschweren Brüder gezwungen zu werden, die Bilder herauszugeben, nur um anschließend einen Job von ebenjenem angeboten zu bekommen. Und dass sie dann, sobald sie diesen Job, der das Potential hatte, ihr gesamtes Leben zu beeinflussen, eine unkluge Schwärmerei für ihren Chef entwickeln würde. Letzteres hätte sie schon aus dem Grund nie gedacht, weil sie nur zu gut verstand, dass er sich weit außerhalb ihrer Liga befand. Eine der vielen Lektionen, die sie während ihrer Ehe mit Dan gelernt hatte, war, dass sie von der sprichwörtlichen falschen Seite der Gleise kam und wenn man nach der Meinung seiner Eltern ging, nie gut genug für ihn gewesen war.

Trotz des Aufruhrs, der in ihrem Inneren tobte, erfüllte es sie mit Frieden, hier neben Levi zu sitzen.

Sie sah zu ihm hinüber. „Warum bist du nicht da draußen?"

Er zuckte leicht mit den Schultern. „Ich mache das ab und zu. Es macht Spaß und ist eine gute Übung. Man muss mit einem Seil umgehen können, wenn wir Rinder treiben und eines der Kälber oder Rinder auszubrechen versucht. Doch an diesem Abend sitze ich hier neben meinem Gast."

Seine Worte wärmten sie. Trotz all der Warnungen, die ihr Verstand aussandte, darüber, dass sie nicht gut genug war und trotz des Wissens darum, dass einer solchen Schwärmerei nachzuhängen, keine schlaue Sache war.

„Das ist sehr aufmerksam von dir", sagte sie vorsichtig. „Aber ich kann dir auch dabei zusehen, wie du ein Kalb fängst. Das macht mir nichts aus."

Seine Lippen hoben sich langsam zu einem Lächeln, dass ihr Herz zum Klopfen brachte. „Ich kann jeden Tag Kälber fangen, aber hier neben dir zu sitzen ist ein Genuss, den ich mir nicht entgehen lassen möchte."

Beinahe wäre sie bei seinen Worten erstickt und ein warmes, süßes Gefühl machte sich in ihr breit. „Levi, du kannst mit Worten umgehen."

Sein Lächeln wurde breiter. „Ich sage nur die Wahrheit. Schon lange war kein hübscher Gast mehr hier, neben dem ich hätte sitzen können. Und keinen einzigen habe ich so interessant gefunden wie dich."

Sie wusste, dass es albern und falsch war, zu viel in seine Worte hineinzuinterpretieren. Schließlich war er ein Cowboy, und die waren dafür bekannt, zu flirten und Komplimente zu verteilen. Aber so sehr sie es auch versuchte, es gelang ihr nicht, ihre Freude darüber zu unterdrücken, dass er hier mit ihr sitzen wollte.

KAPITEL ACHT

„Die Kälber sind so süß."
Es war ein wunderschöner Morgen auf der Ranch. Sie waren früh aufgebrochen – naja, mehr oder weniger früh. Er hatte sie um acht vor ihrer Hütte abgeholt, war aber bereits seit sechs Uhr am Arbeiten. Sie war aufgestanden, hatte Kaffee getrunken und ein Stück Toast gegessen. Sie aß für gewöhnlich keine Unmengen zum Frühstück und nachdem sie am Morgen zuvor den köstlichen, aber hochkalorischen Stapel Pfannkuchen verdrückt hatte, hatte sie beschlossen, an diesem Morgen wieder zu ihrer üblichen Menge Essen zurückzukehren.

„Ja, alle lieben die Kälber. Unsere sind exzellenter Abstammung und wachsen zu großartigen Ochsen heran. Die Qualität unserer Züchtung ist super. Sollen wir sie ein wenig bewegen, damit du bessere Bilder von ihnen machen kannst?"

Sie hatte sich den Kälbern aus verschiedenen Winkeln genähert, um sie dabei zu fotografieren, wie sie neben ihren Müttern herumtollten. Sie musste darauf achten, dass man ihre Marken auf dem Foto sah und ihre Körper gut zur Geltung kamen, so wie sie es am Tag zuvor besprochen hatten. Es war nicht so schwierig wie die Aufgabe, ein weinendes Baby zur Kooperation zu bewegen, aber einfach war es auch nicht. Trotzdem war es ihr gelungen, ein paar richtig gute Aufnahmen anzufertigen. Sie taten das jetzt bereits seit ein paar Stunden. Zunächst war sie verlegen gewesen, weil sie wusste, dass er sie beobachtete. Aber im Laufe des Morgens hatte sie sich damit abgefunden. Das war auch besser so – denn er würde häufig mit ihr unterwegs sein. Aber er hatte gesagt, dass sie später, wenn sie sich an die Aufgabe gewöhnt hätte und den Geländewagen sicher fuhr, gern auch allein arbeiten konnte. Sie würde eine Liste der Marken der Tiere erhalten, die fotografiert werden mussten, und würde so auch allein arbeiten können, wenn er aus irgendeinem Grund verhindert wäre.

Sie genoss es, mit ihm zusammen unterwegs zu sein und würde sich dieser Herausforderung stellen, wenn es so weit war – allein über die Ranch zu streifen. Nachdem sie die letzten Bilder geschossen hatte, ging sie zu ihm. Er stand gegen den Geländewagen gelehnt da. „Das sollte für diese Gruppe reichen. Wohin jetzt, Boss?"

Er grinste. „Ich denke, es ist Zeit für eine Pause. Du hältst die Kamera jetzt schon seit zwei Stunden am Stück in die Höhe. Werden deine Schultern nicht langsam müde davon?"

„Von dem kleinen Ding? Nein, werden sie nicht. Wenn man auf Hochzeiten fotografiert und mit einer großen Kamera hantiert, kann das passieren. Aber die hier ist leicht. Eine kleinere Kamera, aber sie erfüllt ihre Aufgabe großartig. Ich werde die Bilder heute Abend oder später am Nachmittag auf meinen Computer laden und du kannst sie abrufen und dir anschauen. Du kannst mir eine Mail schreiben und sagen, was du an ihnen magst und was nicht, damit ich mich danach richten kann, wenn wir fortfahren."

„Eine gute Idee, aber es klingt, als ob es einfacher wäre, wenn wir sie uns gemeinsam anschauen. Warum machen wir das nicht heute Abend beim Abendessen im Haus? Ich kann uns etwas kochen und wir können auf der Terrasse essen. Bring deinen Computer mit, oder wir nutzen meinen, um die Aufnahmen durchzugehen. Alternativ könnte ich auch zu deiner Hütte kommen und wir schauen uns die Fotos auf der Veranda an. Wir machen es so, wie du willst. Du entscheidest."

Sie zögerte nur einen Augenblick. „Abendessen auf deiner Veranda wäre großartig. Ich weiß, es klingt schrecklich, aber ich würde wirklich gerne dein Haus von Innen sehen, wenn es möglich ist – nur eine kurze Tour. Es sieht so schön aus."

Er nickte erfreut. „Ich mag es sehr. Mein Bruder Cole hat alle Schreinerarbeiten erledigt. Er ist wirklich gut. Er arbeitet nicht für andere, macht das nur für Menschen, die ihm am Herzen liegen. Er gab mir das Gefühl, etwas Besonderes zu sein, da er alle Schränke gezimmert hat. Du wirst sehen – es ist wunderschön."

„Das klingt gut. Ich freue mich schon darauf." Sie war neugierig auf das Haus. Und alles andere an ihm.

„Wann wirst du deinen Kleinen holen?"

„Ich dachte, ich könnte übermorgen fahren. Passt dir das?"

„Perfekt. Ich werde alles arrangieren."

Es klang einfach perfekt. Er kümmerte sich um die Details und sie musste sich um nichts kümmern. Wann hatte sie sich zum letzten Mal nicht um alles selbst kümmern müssen? Sie konnte sich nicht einmal mehr daran erinnern. „Danke, Levi. Wirklich. Ich schätze das sehr. So, die Pause ist vorüber. Sag mir, welche glücklichen Kühe sich als nächstes über ein Porträt freuen dürfen."

* * *

Cole Tanner erwachte und lächelte, als er Tulip auf ihrem privaten Balkon mit Blick auf das beruhigende blaue Wasser von Kauai stehen sah.

Er konnte es immer noch kaum glauben, dass er verheiratet und die schöne Frau in dem weißen Morgenmantel, mit dem im Wind flatternden Haar auf dem Balkon seine Frau war.

Während der Kaffee durchlief, trat er auf den Balkon und schlang seine Arme um Tulip. Sie lehnte ihren Kopf an seine Schulter und er küsste ihre Schläfe, während sie auf das schöne Wasser sahen, das sich bis zum Horizont erstreckte.

„Guten Morgen, Mrs. Tanner. Ich werde dir jeden Morgen sagen, dass ich dich liebe – vielleicht sogar mehrfach. Ich hoffe, du wirst nie müde, das zu hören."

Sie drehte ihren Kopf, um ihm einen Kuss auf den Kiefer zu geben und ihre grünen Augen funkelten. Er liebte diese Augen. „Ich glaube, wir beide werden ziemlich kitschig sein, denn ich werde dir das auch die ganze Zeit über sagen. Kannst du es glauben, dass wir wirklich hier sind, verheiratet und dabei, unser gemeinsames Leben zu beginnen? Ich musste mich heute Morgen kneifen, als ich in deinen Armen aufgewacht bin."

„Ich kann es nicht glauben. Wenn ich nur daran denke, dass alles damit begann, dass ich in einer dunklen und stürmischen Nacht eine fortgelaufene Braut fand, die die Straße entlang stolperte. Klingt wie aus einem Liebesroman, nicht wahr?"

„Du meinst, wie aus einem Liebesfilm, oder? Oder hast du etwa Liebesromane gelesen ohne das ich es bemerkt hätte?" Sie lachte – ungläubig, wie er annahm – und sein Herz schwoll vor Liebe für sie an.

„Hey." Er lachte voller Freude. „Ich war ein neugieriger Teenager, vielleicht habe ich also ein paar Bücher meiner Mutter durchgeblättert. Eigentlich lese ich eher Mystery, aber auch in solchen Büchern gibt es Romantik, weißt du."

Sie lächelte immer noch. „Ich bin mir sicher, du weißt, dass Liebe die Welt regiert. Es gab eine Zeit, in der ich nicht glaubte, dass es Liebe für mich geben würde. Und dann hast du das geändert."

Er drehte sie in seinen Armen herum, sodass sie ihn ansah, und seine Augen gruben sich plötzlich ernst in ihre. „Du hast schwere Zeiten durchgemacht, aber das lag nicht daran, dass du nicht liebenswert bist. Es war, weil wir füreinander bestimmt waren. Gott sei Dank bist du schlau genug um die Stärke zu haben, davonzulaufen, bevor du einen Fehler machst. Ich denke manchmal darüber nach, dass ich dich vielleicht nie getroffen hätte, und der Gedanke daran zerreißt mir das Herz. Ich bin so dankbar, dass ich in dieser Nacht den Umweg genommen und dich gefunden habe." Er umfasste ihr Gesicht, dann beugte er sich herab und küsste sie – von ganzem Herzen, mit all der Liebe und Dankbarkeit, die ihn erfüllte und die immer da sein würde, weil sie sein war und er der ihre.

* * *

Am Abend grillte Levi Steaks über dem Feuer, seine Lieblingsart zu kochen. Er hätte einen Koch für das Haus einstellen können, aber er wollte keine Leute in seinem Haus haben. Deshalb kochte Scotty in der Kantine für die Rancharbeiter und nicht hier bei ihm zu Hause. Wenn er abends nicht kochen wollte, ging er hinüber und aß mit den Jungs, aber hier in seinem Haus grillte er am liebsten. Und das tat er häufig. Von Zeit zu Zeit, so wie am vergangenen Abend, als er dort mit Rita gespeist hatte, genoss er das Beisammensein in der Kantine, aber meistens zog er die Privatsphäre seines eigenen Zuhauses der Kantine vor. Und an diesem Abend tat er etwas, was er inzwischen nur noch selten tat: er kochte für eine Dame. Es kam ihm seltsam vor; im reifen Alter von neunundzwanzig hätte er eigentlich vollständig beim Daten aufgehen sollen.

Zu der Zeit, als sie vor fünf Jahren auf Öl gestoßen waren, war er häufig ausgegangen. Dann war plötzlich der Teufel losgewesen und er zum Aushängeschild des Bad Boys geworden – Jake ebenfalls. Sie waren die beiden jüngeren Brüder und hatten Fehler gemacht, da sie noch überheblich, grün hinter den Ohren und ziemlich dumm waren, wie ihr Großvater gesagt hätte. Sie hatten viele Fehler gemacht und die verdammten Boulevardzeitungen hatten sie in die Welt hinausposaunt. Sie waren als „milliardenschwere Bad Boys" verschrien gewesen, und es war so viel Unsinn über sie berichtet worden, dass es lächerlich war.

Selbst wenn er jetzt daran dachte, überkam ihn das Verlangen danach, auf etwas einzuschlagen.

Seine Brüder hatten ihm gut zugeredet und er hatte erwachsen werden müssen. Er hatte sehr viel Wut verspürt, doch seine älteren Brüder hatten sich mit ihm hingesetzt und ihm unmissverständlich klargemacht, dass er aufhören musste, mit jeder Frau im Umkreis von einem Meter auszugehen, wenn er nicht wollte, dass die Boulevardpresse weiterhin solch lächerliche Geschichten über ihn druckte. Dass er eine Pause einlegen und damit beginnen solle, sich gezielt zu verabreden. Sich gezielt zu verabreden – diesen Satz hatte er nicht verstanden, bis Cole gesagt hatte, er solle herausfinden, was er von einer Frau wollte, und dann auf die Richtige warten.

Er hatte seinen Weg noch ein paar Monate fortgesetzt, voller Groll darüber, dass sein Leben so entwurzelt war, dass ihm keine Normalität vergönnt war. Er hatte über die Zusammenkunft mit seinen Brüdern nachgedacht, aber anstatt das zu tun, was sie vorgeschlagen hatten, hatte er rebelliert und sich jeden Abend mit einer anderen Frau verabredet. Er hatte in jeder Tanzhalle von Hill Country getanzt und schließlich, an einem Abend, an dem er etwas Alkohol getrunken hatte, eine der Paparazzi-Ratten geschlagen.

Der darauffolgende Prozess hatte die Familie eine ordentliche Summe Geld gekostet und sein Vater hatte ein Gespräch mit ihm geführt. Er hatte gesagt, er solle sich entweder zusammenreißen und aufhören, den Dummkopf der Boulevardpresse zu spielen, oder sich woanders einen Job suchen. Die Enttäuschung seines Vaters hatte dafür gesorgt, dass er aufhörte, ein rebellischer Narr zu sein und wieder die Verantwortung für seine Taten zu übernehmen begann. Aus Wut darüber, dass seine Familie mit einem Mal an all das Geld gekommen war und Außenstehende über ihr Leben bestimmten – die all die Lügen und ein paar Wahrheiten über ihn in den Boulevardzeitungen erzählten – hatte er aus den Augen verloren, wer er wirklich war.

Er war sich lächerlich vorgekommen und hatte sich von allem außer der Ranch zurückgezogen. In den folgenden Jahren hatte er beinahe wie ein Einsiedler gelebt; die Boulevardzeitungen hatten kaum einen Blick auf ihn erhaschen können. Er hatte mehrere geheime Ausfahrten auf der riesigen Ranch angelegt, über die er in seinem verstaubten alten Truck entwischen konnte. Und er hatte Wege zu den anderen Ranches geschaffen, die seine Brüder jetzt gelegentlich nutzten. Er aß an abgelegenen Orten an Tischen in der Nähe des Ausgangs um unter dem Radar fliegen zu können.

Dieser Tage mahnten ihn seine Brüder, er müsse aufhören, sich derart zu verstecken. Er führte ein langweiliges Leben und wenn man ihn entdeckte, dann war da nichts, was sich zu berichten lohnte. Doch nun war Rita hier und das Leben schien nicht mehr gewöhnlich und langweilig zu sein. Gestern war ein toller Tag gewesen. Er hatte es genossen, ihr sein Land und sein Vieh zu zeigen, und es hatte ihm Spaß gemacht, mit den Jungs zu Abend zu essen und ihre Reaktion auf das Lassowerfen zu beobachten. Er hatte ihre Gesellschaft genossen, heute war es das Gleiche gewesen. Und er freute sich auf die kommenden Tage.

Er sah sie aus der Richtung ihrer Hütte über den Kiesplatz kommen. Sein Puls schoss in die Höhe, wenn er sie nur beobachtete. Sie bewegte sich so anmutig, dass es eine Freude war, ihr dabei zuzusehen. Wem wollte er etwas vormachen? Er genoss es, sie zu beobachten, egal wie sie sich bewegte – sie könnte wie ein Holzfäller herumstapfen und es wäre ihm gleich; etwas an Rita Snow berührte ihn.

„Hey. Hast du den Spaziergang genossen?"

Sie lächelte, als sie den Rand der Veranda erreichte. „Das habe ich. Ich mag es hier sehr, nur damit du es weißt. Leute wie du, die immer so leben, halten es wahrscheinlich für selbstverständlich, aber ich, die in einem winzigen Haus auf einem winzigen Grundstück mit einem winzigen Garten aufgewachsen ist – ich liebe das. Und ich kann es kaum erwarten, Toby hierher zu bringen."

Er legte seine Grillzange beiseite und ging zur Tür. „Das freut mich. Du musst nicht länger warten. Ich habe ein paar Anrufe getätigt und wir können morgen oder übermorgen runterfliegen und ihn abholen, wenn du das willst. Komm herein. Ich hole dir etwas zu trinken. Du kannst deinen Computer dort auf den Tisch legen, wenn du möchtest."

Sie legte ihren Laptop ab und ging dann an ihm

vorbei ins Haus. „Es würde dir nichts ausmachen, bereits morgen zu fahren?"

„Ganz und gar nicht. Ich rufe meinen Freund Beck an, der ein Chartergeschäft hat, und er oder einer von seinen Leuten kommt hierher geflogen und holt uns an unserer Landebahn ab und dann holen wir deinen Jungen innerhalb von einer Stunde."

„Wir fahren nicht, du charterst ein Flugzeug, um meinen Sohn abzuholen?" Unglaube färbte ihre Worte.

„Okay, sieh mal, ich verstehe deinen Punkt. Glaub mir, so habe ich früher auch gedacht. Es hat eine Weile gedauert, bis ich mich daran gewöhnt hatte, dass ich einfach ein Flugzeug chartern und irgendwo hinfliegen kann um dort zu erledigen, was ich erledigen will anstatt in einen Pickup zu steigen und tagelang zu fahren. Es ist anders und ja, es kostet etwas Geld, aber ich kann es tun. Und es gibt keinen Grund, es nicht zu tun. Wir können es so machen und wenn wir zurück sind, kannst du mit deiner Arbeit weitermachen, falls es das ist, was dich stört. Auch in Bezug auf deine Arbeit ist es viel effizienter, wenn wir dorthin fliegen, deinen Kleinen abholen und dann wieder zurückfliegen. Stell dir nur vor, wie sehr er es genießen wird."

„Nun ja, er ist vier, wahrscheinlich wird er es wirklich genießen… Wow, ich kann nicht glauben, dass ich das sage, aber okay, lass es uns so machen."

„Dann ist es beschlossene Sache – wir holen ihn morgen früh ab. Ruf deine Mutter an. Wie wäre es mit zehn Uhr? Wir fliegen hin, holen ihn ab, gehen vielleicht mit Toby und deiner Mutter Mittag essen und fliegen dann zurück. Wir werden nach dem Mittagessen zurück sein, dann kannst du dich mit ihm einrichten und am nächsten Tag machen wir uns wieder an die Arbeit."

KAPITEL NEUN

Levi holte Rita am nächsten Morgen mit dem Truck ab und gemeinsam fuhren sie zur Start- und Landebahn, die sich auf dem Gelände der Hauptranch befand. Das Flugzeug war noch nicht gelandet, als sie dort eintrafen und Ritas Nerven flatterten ein wenig, als sie es näherkommen sah. Das alles war neu für sie. Sie hatte sich zunächst selbst gut zureden müssen, diesem Unterfangen zuzustimmen, denn er würde ihre Mutter kennenlernen und das allein war bereits ein wenig nervenaufreibend. Doch sie hatte sich dafür entschieden und es machte auch Sinn, nach Amarillo und wieder zurückzufliegen, sodass sie am nächsten Tag arbeiten konnte. Ein effizientes Unterfangen, das jedoch seinen Preis hatte. So machten die Reichen Geschäfte. Am Ende würde diese Art des Handelns dafür sorgen, dass sie ihr eigenes Unternehmen führen würde. Levi war bisher so hilfreich gewesen, dass sie es nicht in Betracht gezogen hatte, sein Angebot, dorthin zu fliegen, abzulehnen.

„Es ist einer dieser kleinen Learjets."

„Ja, Beck und sein Chartergeschäft."

„Also fliegen sie dich, wohin du willst?"

Levi grinste. „Ja, das tun sie. In der Realität fliege ich jedoch nicht sehr häufig irgendwohin. Ich bin mehr der Einzelgänger. Ich bleibe gerne auf meiner Ranch. Heutzutage manchmal ein bisschen zu viel. Meine Brüder reden mir beständig zu, ich solle etwas öfter rausgehen."

„Wirklich? Ich schätze, du bist mir nicht wie ein Einzelgänger vorgekommen."

„Ehrlich gesagt bin ich heute mehr Einzelgänger als früher. Aber egal, komm. Lass uns rübergehen. Wenn Beck fliegt, wird er uns fix einsammeln und wir sind in Amarillo, bevor wir unsere Sicherheitsgurte anlegen konnten."

Sie lachte und stieg flink aus dem Wagen. Sie warteten, bis das Flugzeug zum Stehen gekommen war und die Stufen heruntergelassen worden waren. Ein gutaussehender Cowboy trat auf die Treppe und winkte ihnen zu. Er trug ein T-Shirt, Jeans, Stiefel und einen Cowboyhut – nicht gerade der Pilot, den sie erwartet hatte.

Levi ging zu den Stufen und die beiden schüttelten

einander die Hände.

Beck, dessen Namen sie bereits kannte, zog sich seinen Hut vom Kopf und hielt ihn sich vor die Brust, bevor er ihr die Hand entgegenstreckte. „Ich bin Beck McCoy und wir freuen uns, dir heute zu Diensten sein zu können. Ich habe es so verstanden, dass wir deinen Sohn abholen werden."

„Ja, das werden wir. Toby wird sich freuen, in einem Flugzeug zu sitzen. Soweit er es verstehen kann."

„Nun, ich kann dir sagen, dass ich begeistert war, als ich vier war und mein Daddy mich in einem Flugzeug mitnahm. Ich mag noch jung gewesen sein, aber ich verstand, dass wir in die Luft gehen würden und war voll dabei."

„Nun, dann wird er es vielleicht auch sein. Ich habe Kaugummis eingepackt, wenn ihm die Ohren wehtun, kann er sie kauen."

„Wir haben auch Ohrstöpsel, falls sie gebraucht werden. Aber die werden wir wahrscheinlich nicht brauchen, die Kabine verfügt über einen guten Druckausgleich. Wir werden nicht allzu lange in der Luft sein, wenn ihr also bereit seid, kommt herein."

Sie betrat die extravagante weiß und cremefarbene Kabine des Flugzeugs und fühlte sich äußerst fehl am Platz. Sie war in Armut aufgewachsen – als es ihrer Mutter besonders schlimm gegangen war, hatte sie manchmal nicht einmal gewusst, wo ihre nächste Mahlzeit herkommen sollte. Sie würde sich schon daran gewöhnen, Dinge zu besitzen, schließlich arbeitete sie hart. Dies hier war jedoch etwas anderes: ein riesiger Genuss. Sie beschloss, den Moment zu genießen, die Realität wäre bald genug zurück, doch erst einmal würde sie mit Levi Tanner fliegen und dies war nun einmal sein Lebensstil. Es hatte sie neugierig gemacht, als er gesagt hatte, dass er ein Einzelgänger sei. Sie wollte mehr über Levi herausfinden. Sie hoffte, dass sie im Laufe der Zeit mehr über ihn herausfinden würde.

Sie setzten sich und dann holte Levi ihr eine Limonade, die sie auf dem Flug trinken konnte. Beck ging in den vorderen Teil des Flugzeugs und schloss die Tür; innerhalb weniger Augenblicke waren sie in der Luft. Alle Nervosität, die sie zuvor verspürt hatte, verschwand, nachdem sie die Wolkendecke durchquert hatten und alles um sie herum aussah wie eine wunderschöne weiße, Schneedecke.

„Es sieht beinahe so aus, als könnte man einfach rausgehen und darauf herumlaufen."

Levi beugte sich über sie, um besser sehen zu können. „Ja, das tut es. Ich erinnere mich daran, dass ich als Kind immer annahm, man könnte das tun."

Er roch so gut. Es ließ sich nicht ignorieren, wie gut er roch. Sie mochte sein Eau de Cologne; es würde kein

Tag vergehen, an dem sie nicht an diesen Duft und Levi denken würde. Sie musste sich in den Griff bekommen. Er musste sich zurücklehnen, sich in den Sitz sinken lassen und so für etwas Abstand zwischen ihnen sorgen.

Doch er zögerte und sah dann zu ihr herüber. „Bist du nervös? Nein, oder?"

Nervös, weil er so nahe war. „Nein. Ich bin nur ein wenig verunsichert, hier zu sein. Ich war noch nie von dieser Art Luxus umgeben. Erst deine Ranch und dann das Fliegen. Ich sage es dir besser gleich – meine Mutter lebt in einem wirklich kleinen Haus, das nicht gerade in der besten Nachbarschaft liegt."

„Ich störe mich nicht an der Größe des Hauses. Geht es ihr gut?"

„Ja. Aber sie hat es nicht immer leicht gehabt. Sie hat mich allein aufgezogen und es manchmal ziemlich schwer. Ich hoffe, dass sie vielleicht in unsere Nähe ziehen kann, wenn es mir gelingt, mein eigenes Unternehmen zu gründen. Ich hätte sie gerne näher bei mir, damit ich auf sie achtgeben kann."

„Nun, vielleicht wird ja alles einfacher, wenn du dein neues Geschäft in Gang bringst."

„Das hoffe ich. Das ist mein eigentliches Ziel – wenn ich nur erstmal den Anfang schaffe, dann könnte ich meine Zukunft und die meines Sohnes sichern, und vielleicht sogar meiner Mutter helfen."

Er lächelte sie an. „Nun, dann werden wir genau das versuchen."

Aus seinem Mund klang es so einfach. Levi Tanner dachte, er könne mit den Fingern schnippen und alles wäre gut. Sie wünschte, es wäre so einfach.

* * *

Das Flugzeug landete, noch bevor sie die Möglichkeit gehabt hatten, eine vernünftige Unterhaltung zu führen. Levi hatte die kurze Zeit genossen, in der er neben Rita gesessen hatte. Ihm gefiel ihre Sorge um ihre Familie. Wie ihm selbst war ihr die Familie wichtig. Er hatte das Gefühl, dass sie schwere Zeiten durchlebt hatte. Hatte das Gefühl, dass sie sich Sorgen machte, weil er sehen würde, wie sie aufgewachsen war. Irgendetwas beschäftigte sie und er hoffte, sie beruhigen zu können. Einer Sache war er sich sicher: er wollte, dass sie ihr Geschäft in Fredericksburg bekam und die Möglichkeit, es zum Florieren zu bringen. Das wollte er mit größerer Vehemenz als alles andere, was er seit langem gewollt hatte. Ein wenig verblüffte ihn sein starkes Verlangen danach, aber wenn er ehrlich zu sich selbst war, dann wusste er, dass dieser Umstand daherkam, dass er Rita wirklich mochte.

Beck manövrierte das Flugzeug über die Rollbahn

in Richtung des Hangars, neben dem ein gemietetes Fahrzeug auf sie wartete. Levi hatte sich statt eines Trucks für einen SUV entschieden, da er nicht gewusst hatte, wieviel Gepäck und Ausrüstung sie zusätzlich zu Toby transportieren würden. Der schwarze SUV glänzte im Sonnenlicht, als das Flugzeug zum Stehen kam.

Beck kam zu ihnen. „Wie versprochen habe ich euch hergebracht. Ich werde hier warten, wann immer ihr so weit seid, kommt ihr wieder her."

„Ich weiß nicht, wie lange wir bleiben werden, aber lass einfach die Uhr laufen und dann verrechnen wir die Zeit später."

Beck lachte. „Da du mich für den ganzen Tag gebucht hast, zähle ich nicht mit. Ihr könnt den ganzen Tag hier verbringen, ich werde hier sitzen und warten, vielleicht gehe ich aber auch hinein und hole mir einen Schokoriegel oder so."

„Wird er wirklich nur einen Schokoriegel essen?", fragte Rita, Besorgnis auf dem ganzen Gesicht.

Beck lachte. „Nein, Madam. Dort drin wartet ein Mittagessen auf mich. Ich kann tun und lassen, was ich will. Ich mag es nur, Levi aufzuziehen. Ich entferne mich nicht allzu weit, aber manchmal fahre ich herum oder tue irgendetwas… treffe mich mit Leuten oder erledige eigene Angelegenheiten, während ich warte. Aber wir wissen nicht, wie lange ihr bleiben werdet und ich stehe zu eurer Verfügung, also mach dir keine Sorgen um mich. Ich liebe das."

Levi schüttelte ihm die Hand und sie gingen die Treppe hinunter. Er legte seine Hand auf Ritas Rücken, während er sich zu ihr beugte. „Um Beck musst du dir keine Sorgen machen. Er ist gut versorgt und wir werden früher oder später zurück sein – was immer du machen möchtest, okay?"

„Okay. Ich weiß nicht, warum ich all diese Fragen gestellt habe. Es geht mich sowieso nichts an. Das ist einfach alles neu für mich."

„Nun, das Chartergeschäft ist schon besonders. Ich buche ihn für den Tag und er gehört uns. Wir könnten auf der Stelle in das Flugzeug steigen und nach Hawaii fliegen, wenn du das willst. Wir müssten später zurückkommen – wahrscheinlich würden wir es nicht an einem Tag schaffen, aber er steht zu unserer Verfügung, also denk drüber nach." Er grinste sie an. „Wenn du Lust haben solltest, den Tag mit deinem Kleinen im Zoo von San Francisco zu verbringen, dann könnten wir das tun. Es liegt ganz bei dir."

Sie lachte. „Levi Tanner, ich weiß wirklich nicht, was ich von all dem halten soll. Aber ich glaube nicht, dass ich ihn heute in den Zoo bringen werde. Ihn nach Hause zu bringen ist das Beste."

Er zuckte mit den Schultern. „Ich mag es, mit dir

zusammen zu sein, daher ist es mir egal, was wir tun."

Sie blieb stehen; sie hatten den SUV erreicht. „Auch ich verbringe gern Zeit mit dir. Aber ich muss dich warnen, bevor wir ankommen. Meine Mom wird weinen, wenn wir Toby mitnehmen. Wir haben eine Weile bei ihr gelebt, bis ich mir überlegt hatte, was ich tun möchte. Sie hat sich daran gewöhnt, uns in der Nähe zu haben und wird ihn schrecklich vermissen, wenn er nicht hier ist, auch wenn es sie erschöpft. Sie macht sich Sorgen um ihn. Aber Levi, ich möchte nicht, dass meine Mutter oder sonst irgendjemand Toby großzieht. Ich möchte einen Weg finden, um meinen Lebensunterhalt zu verdienen und für mein Kind zu sorgen. Dieses Geschäft, das du mir ermöglichst, ist die Antwort auf meine Gebete."

Unfähig, etwas anderes zu tun, hob er seine Hand und umfasste ihren Kiefer. „Und genau das will ich für dich. Ich werde alles in meiner Macht Stehende tun, es dir zu ermöglichen, dieses Geschäft zu führen, das dein Leben und das deines Kleinen sichern wird und von dem du träumst."

Sie starrten einander an. Sein Herzschlag raste und er ermahnte sich selbst, zurückzutreten und seine Hand von ihrem Kiefer zu lösen. Aber ihre Haut war so weich und ihre Augen so groß, er konnte es einfach nicht. Er kämpfte gegen den Drang an, sich nach vorn zu beugen und sie zu küssen. Das wäre nicht gut. Doch für den Moment begnügte er sich mit dem Gefühl ihrer weichen Haut und dem Ausdruck in ihren Augen. Schließlich zog er seine Hand weg und griff nach der Tür. „Wir fahren besser. Wenn wir dein Geschäft zum Laufen bringen wollen, dann müssen wir deinen kleinen Jungen holen, nach Hause fliegen und loslegen."

Sie hielt inne, nachdem er die Tür geöffnet hatte und legte eine Hand auf seinen Arm. „Danke, Levi. Wirklich."

Er schenkte ihr ein übermütiges halbes Grinsen, von dem er hoffte, es würde die plötzlich so mit Dankbarkeit ihm gegenüber aufgeladene Situation erleichtern. „Ich bin froh, dass ich helfen kann. Lass uns jetzt deinen Jungen holen."

* * *

Rita stieg in dem Moment aus dem Auto, als sie in die Einfahrt des kleinen weiß getünchten Hauses ihrer Mutter einbogen. Sie sehnte sich danach, ihren Jungen zu sehen. Die Fliegengittertür öffnete sich und Toby raste auf seinen kleinen Beinen die Stufen herunter. Ihre Mutter kam hinter ihm an die Tür. Rita kniete sich hin und breitete die Arme aus, und Toby warf sich in ihre Arme. Er liebte es, das zu tun. Es war ihm wichtig, sie zu umarmen, wenn er sie einen ganzen Tag oder länger nicht gesehen hatte. Er rief „Mommy" auf dem ganzen Weg von der Türschwelle bis in ihre Arme.

Sie schloss ihre Arme um ihn, umarmte ihn fest und küsste seine Schläfe. Ihr Herz zog sich vor Liebe zusammen. Niemals würde sie irgendetwas oder irgendjemanden so sehr lieben, wie sie dieses Kind liebte. Natürlich hoffte sie, eines Tages einen Mann zu finden, den sie lieben konnte, aber das würde eine Weile dauern. Sie hatte seit Tobys Daddy keine Lust verspürt, etwas in dieser Hinsicht zu unternehmen. Ihr Vertrauen in Dan war bitter enttäuscht worden, doch sie hoffte, ihre Ängste und die Beklommenheit eines Tages überwinden und sich irgendwann eine Zukunft mit jemandem aufbauen zu können. Sie hoffte, Toby eines Tages eine Familie schenken zu können. Sie wusste nur nicht, wann sie so weit sein würde.

Sie fühlte sich zu Levi hingezogen, so unmöglich das auch sein mochte. Das mit Levi war eine ganz neue Situation.

„Ich freue mich so sehr, dich zu sehen", sagte sie zu Toby, da sie wusste, es wäre besser, ihre um Levi Tanner kreisenden Gedanken in eine andere Richtung zu lenken.

Toby sah sie mit großen grünen Augen an. „Ich freue mich, dass du hier bist, Mom. Wer ist das?" Seine

Stimme war winzig.

Sie sah zu Levi auf. „Das ist Mr. Tanner oder Mr. Levi. Ich arbeite für ihn."

Toby musterte ihn neugierig. Er war in seinem jungen Leben nicht von sehr vielen Männern umgeben gewesen. Es hatte keinen Großvater auf ihrer Seite der Familie gegeben und Dans Vater war nur kurze Zeit nach Dans Tod gestorben. Was ein weiterer Grund dafür war, warum ihre Schwiegermutter Laura versuchte, das Sorgerecht für Toby zu bekommen. Sie trauerte und dachte, Toby könne ihr helfen. Laura tat ihr leid, aber sie hatte nicht vor, Toby aufzugeben. Doch sie wusste, dass es von Vorteil wäre, wenn es einen Mann in seinem Leben gäbe. Die Zeit auf der Ranch würde ihm guttun. Dort waren überall Männer. Und Levi würde viel Zeit mit ihnen verbringen.

„Wie geht's dir, kleiner Kerl? Ich habe deine Mom hergebracht, damit sie dich abholen kann."

Sie lächelte Levi an. Er gab sich Mühe, doch sie erkannte an seinem Blick, dass er nicht viel Zeit mit Kindern verbrachte. Doch das verbarg er gut. Sie hatte so ein Gefühl, dass Levi sich durch die meisten Situationen hindurchbluffen konnte.

„Mr. Levi nimmt uns mit in ein Flugzeug."

Tobys Augen weiteten sich. „Ein Flugzeug am Himmel?"

„Ja, genau… dort oben, wo die Wolken sind."

„Wie ein Vogel?"

Ihre Mutter trat auf die Veranda hinaus. Sie war dünner als noch vor ein paar Tagen und Rita machte sich Sorgen um sie. „Levi, das ist meine Mutter Glinda."

Er nahm seinen Hut ab und hielt ihn in den Händen. „Guten Morgen, Ma'am. Ich bin Levi Tanner. Ich freue mich, Ihre Bekanntschaft zu machen."

„Ebenfalls. Wirklich nett, Sie kennenzulernen. Sind Sie sicher, dass Sie einen kleinen Jungen bei sich haben wollen? Denn ich kann ihn auch hier bei mir behalten."

„Mom, darüber haben wir doch gesprochen. Ich weiß, dass du helfen willst, aber Toby kommt mit mir. Und du brauchst etwas Ruhe."

Sie spürte Levis Blick auf sich.

Ihre Mutter stemmte die Hände in die Hüften. „Ich weiß. Ich wollte nur sicherstellen, dass Mr. Tanner seine Meinung nicht geändert hat. Ich kann es schaffen, wenn ich muss."

Levi lächelte sie beruhigend an. „Ja, Ma'am, ich bin es absolut zufrieden, Toby in der Nähe zu haben. Das war Teil der Abmachung mit Ihrer Tochter."

Der Gesichtsausdruck ihrer Mutter entspannte sich merkbar. „Das wird ihm gefallen. Ich werde seine Sachen in eine Tasche packen."

Sie drehte sich um und ging wieder hinein. Rita sah,

wie langsam sie sich bewegte und wusste, dass ihre Mutter Schmerzen hatte. Es würde ein paar Tage dauern, vielleicht eine Woche, bis sie sich davon erholt hatte, eine Woche lang auf einen aktiven Vierjährigen aufzupassen.

„Grammy war grummelig."

Rita lächelte Toby an. „Grammy ist nur müde. Sie ist nicht mehr so jung wie du und hat nicht annähernd die Energie, die du hast. Aber sie liebt es, dich hier zu haben. Ich hoffe, du hast deine Spielsachen aufgeräumt, um ihr zu helfen, so wie ich es dir gesagt habe."

Er nickte. „Habe ich. Denn ich kann ein ganz schönes Chaos anrichten."

Levi gluckste.

Sie sah zu ihm auf und lächelte. „Glaub mir, er macht keine Witze."

„Denk nur an meine arme Mutter, die mich und meine Brüder hatte."

„Ich bin mir sicher, sie hat jede Minute genossen und bestimmt habt ihr mit vier Jahren auch schon beim Aufräumen geholfen."

„Ja, das hat sie. Dad hat uns in diesem Alter schon auf die Pferde gesetzt und wir haben beim Ausmisten der Ställe geholfen."

„Du hast Pferde?" Toby sah Levi mit großen Augen an.

„Ja, habe ich. Und ich kann dir das Reiten beibringen, wenn deine Mutter mir grünes Licht gibt."

Auf diese Weise gewann Levi die Bewunderung ihres Kindes. Einfach so.

„Lasst uns reingehen, ich werde Grammy helfen, deine Sachen zu holen. Außerdem muss ich selbst auch meinen Koffer packen." Sie nahm Tobys Hand und gemeinsam gingen sie die Stufen hinauf ins kleine Wohnzimmer. Die Möbel waren alt, aber sauber, und an der Wand klebten Buntstiftzeichnungen, die Toby gemalt hatte. Von ihr und ihrer Mutter standen auch ein paar Bilder herum. Ein Korb neben dem Sessel ihrer Mutter enthielt deren Stricksachen. Sie arbeitete an einer hellbraunen und cremefarbenen Häkeldecke, die über die Armlehne drapiert war. Sie musste mit ihrer Mutter reden, bevor sie gingen. „Toby, zeigst du Levi deine Kunstwerke, während ich Grammy helfe?"

„Klar. Komm mit, Levi." Toby kroch auf die Couch und zeigte ihm die Blätter, die hinter dem Sofa an der Wand hingen.

Ihre Mutter kam gerade aus dem Schlafzimmer, gemeinsam gingen sie in die Küche, von wo aus sie Toby und Levi immer noch sehen konnten, sie aber trotzdem genug Privatsphäre für eine Unterhaltung hatten.

„Wie fühlst du dich", fragte sie. „Musst du zum Arzt?"

„Nein, mir geht es gut. Ich hasse es, fünfzig und immer so müde zu sein. Aber es wird mir wieder besser gehen, wenn ich ein paar Tage herumgesessen habe."

Ihre Mutter war eine lebhafte Frau gewesen, bevor sie an der Autoimmunerkrankung zu leiden begonnen hatte. Sie hatten eine gute Ärztin für sie gefunden, die ihr eine neue kohlenhydratarme Ernährung und Nahrungsergänzungsmittel empfohlen hatte, die halfen. Man hatte ihnen gesagt, dass ihr Immunsystem im Laufe der Zeit immer schlechter geworden war und es einige Zeit dauern würde, um es zu heilen. Und obwohl es ihr immer noch schwerfiel, auf Toby achtzugeben, so schien sie doch stärker geworden zu sein und Rita hoffte auf weitere Verbesserungen.

„Hast du mit Laura gesprochen? Ich habe mich schrecklich gefühlt, weil ich ihr nicht gesagt habe, dass Toby hier war, aber ich hatte Angst, dass sie ihn für einen Tag mitnehmen und dann nicht zurückbringen würde."

„Ich weiß. Ich habe mich deswegen auch schlecht gefühlt, aber sie ist diejenige, die damit droht, mir das Sorgerecht streitig zu machen, daher ist es das Beste, ihn mitzunehmen. Es wird alles gut werden. Das verspreche ich. Du ruhst dich aus und machst dir keine Sorgen. Ich werde mich um alles kümmern."

Sie umarmte ihre Mutter, dann gingen sie um die

Theke herum und ihr wurde klar, dass Toby Levi inzwischen die Bilder zeigte, die an der Wand hingen, hinter der sie sich unterhalten hatten. Hoffentlich hatte er ihr Gespräch nicht mitangehört. Sie wollte nicht, dass Levi hörte, wie dysfunktional ihre Familie war. Laura tat ihr leid wegen allem, was sie durchlitten hatte, aber sie würde Toby nicht bekommen.

Rita musste eine Lösung finden, sie betete darum, dass eine gute Karriere und ein stabiles Umfeld ausreichen würden, um Laura klarzumachen, dass sie in diesem Fall das Gesetz nicht auf ihrer Seite hatte.

KAPITEL ZEHN

Toby gefiel der Flug nach Hause sehr. Sie hatten ihn ans Fenster gesetzt und er war gerade groß genug, um nach draußen blicken und die Wolken und den Himmel betrachten zu können. Der kleine Junge plapperte aufgeregt und stellte eine Unmenge an Fragen.

Levi lachte viel. Es machte ihn glücklich, Rita und Toby dabei zu beobachten, wie sie miteinander umgingen. Sie beantwortete seine Fragen geduldig und es war klar, dass sie ihr Kind liebte und verehrte.

Toby konzentrierte seine Aufmerksamkeit auf Levi, als er es schließlich satthatte, die Wolken anzuschauen. Er sah ihn an und verzog sein kleines Gesicht voller Ernst. „Ich möchte auf einem Pferd reiten."

„Darf er das?", fragte Levi und blickte Rita an.

Sie musterte ihn, während Toby sie erwartungsvoll ansah. „Wenn du versprichst, dass ihm nichts geschieht."

„Levi wird nichts geschehen", sagte Toby voller Überzeugung.

„Ich werde ihn beschützen. Das verspreche ich." Levi.

Toby grinste. „Darf ich jetzt reiten?"

„Nicht jetzt, wir sitzen im Flugzeug. Aber vielleicht morgen."

„Morgen. Yay! Mom, morgen reite ich mit Mr. Levi."

„Ja, und ich werde euch dabei zusehen."

Er blickte sie ernst an. „Levi kann es dir auch beibringen."

Sie kicherte und begegnete Levis Blick.

Sie war schön, aber er mochte ihre Geduld und Entschlossenheit. Während sie bei ihrer Mutter gewesen waren, hatte er bemerkt, dass sie sich Sorgen um sie machte. Sie hatte ihre Mutter fest umarmt und dafür gesorgt, dass diese alles hatte, was sie brauchte, bevor sie aufgebrochen waren. Sie war ein fürsorglicher Mensch und beschützte diejenigen, die sie liebte. Das gefiel ihm an ihr.

Kurz vor der Landung schlief Toby ein. Rita stellte seinen Sitz zurück und Levi holte ihm eine Decke. Als er sie über Toby breitete, legte ihm Rita eine Hand auf den Arm.

„Danke, dass du so freundlich und gut zu meinem

Sohn bist. Und meiner Mom."

Er hatte sich nach unten gebeugt, um Toby zuzudecken und befand sich auf Augenhöhe mit Rita. Wenn er dreist gewesen wäre und es ihn nicht gestört hätte, sie davonzujagen, dann hätte er sich vorlehnen und sie küssen können. Aber er wollte ihr Vertrauen gewinnen und nicht dafür sorgen, dass sie davonlief. Also lächelte er. „Ich bin kein schrecklicher Mensch. Ich weiß, dass wir uns auf dem falschen Fuß kennengelernt haben, aber ich hoffe, du kannst darüber hinwegsehen und mich so sehen, wie ich bin."

Sie lächelte. „Das tue ich. Bereite dich schon mal darauf vor, dass mein Sohn dich vergöttern wird."

„Klingt lustig. Ich werde mein Bestes geben, angesichts des Drucks, der auf meinen Schultern lastet."

Sie lachte leise. „Danke. Ich habe keinen Moment daran gezweifelt."

Am Nachmittag waren sie zurück auf der Ranch, Toby schlief, als Levi den Truck vor der Hütte zum Stehen brachte. „Soll ich ihn für dich hereintragen?", fragte er, als sie den Sicherheitsgurt des Kindes löste.

„Das wäre nett. Er wird größer und mir fällt es immer schwerer, ihn aus dem Autositz zu heben."

Er fand, dass er sich ungeschickt anstellte, als er die Hände unter den Körper des schlafenden Jungen gleiten ließ, ihn aus dem Autositz hob und den kleinen Kopf an seine Schulter legte. Er folgte Rita die Stufen hinauf in die Hütte.

Sie führte ihn in das zweite Schlafzimmer, wo sie die Tagesdecke des Queensize-Bettes zurückzog. „Leg ihn einfach in die Mitte. Falls er sich bewegt, hat er so das ganze Bett zum Herumrollen und fällt nicht auf den Boden. Vielleicht wacht er desorientiert auf, deswegen soll er hier schlafen, hier kann ich öfter nach ihm sehen."

„Er scheint ein gutes Kind zu sein."

Sie blickte auf ihren friedlich schlafenden kleinen Jungen herunter. „Das ist er. Ich bin so dankbar für diesen Job, bei dem ich Zeit mit ihm verbringen kann. Möchtest du etwas zu trinken? Hast du Zeit, um noch etwas auf der Veranda zu sitzen?"

„Ich würde mich über ein Glas Tee freuen."

„Das lässt sich einrichten."

Sie verließen den Raum und sie schloss die Tür. Dann gingen sie in die kleine Küche und sie holte einen Krug mit Tee aus dem Kühlschrank.

„Du hast ihn schon fertig."

Sie lachte und ihre Augen kräuselten sich an den Rändern. „Ich trinke viel Tee."

„Gesagt wie eine echte texanische Frau."

* * *

Rita trug ihr Glas mit Tee auf die rückwärtige Terrasse der kleinen Hütte. Levi folgte ihr. Sie setzte sich auf einen der hölzernen Liegestühle, er auf den anderen. Sie lehnte sich in ihrem Stuhl zurück und nippte an ihrem Tee. Dann beobachtete sie, wie er sich vorbeugte, die Ellbogen auf seine Knie stützte und das Glas in einer Hand hielt, während er mit dem Ringfinger der anderen Hand gegen die Seite des Glases klopfte. Levi hatte hübsche Hände. Sie studierte, wie er gegen das Glas tippte, anstatt ihm in die Augen zu sehen. Sie waren allein und sie fragte sich, ob er Fragen hatte. Sie wartete.

„Mir ist aufgefallen, dass deine Mutter krank wirkt."

„Ja, sie hat Lupus, eine entzündliche Autoimmunerkrankung. Ihre weißen Blutkörperchen greifen ihren Körper und die roten Blutkörperchen an. Die Krankheit raubt ihre Energie. Und Stress und Sorgen verschlimmern das noch."

„Das tut mir leid. Macht sie sich Sorgen um dich und Toby?"

Sie war beunruhigt und hatte das Bedürfnis, mit jemandem darüber zu sprechen, auch wenn sie wusste, dass er ihr Chef war und sie ihm nicht ihre ganze elende

Lebensgeschichte erzählen sollte. „Erinnerst du dich noch, dass ich dir erzählt habe, dass meine Schwiegermutter beweisen möchte, dass ich nicht für Toby sorgen kann, damit sie versuchen kann, ihn mir wegzunehmen? Meine Mutter macht sich große Sorgen deswegen und versucht, mir zu helfen, auch wenn sie keine Kraft dafür hat."

„Machst du dir auch Sorgen deswegen?"

Sie begegnete seinem suchenden Blick. „Ja. Zumindest habe ich das. Jetzt, wo die Möglichkeit, mein eigenes Geschäft zu eröffnen, in greifbare Nähe gerückt zu sein scheint, habe ich nicht mehr so viel Angst. Das ist meine Chance, ihn zu behalten, bevor sie anfängt, um ihn zu kämpfen. Heutzutage haben Großeltern viele Rechte, insbesondere die Eltern eines verstorbenen Ehepartners."

Sein Gesichtsausdruck verdüsterte sich. „Ich verstehe, dass sie Zeit mit ihrem Enkel verbringen möchte, aber dass sie versucht, ihn dir wegzunehmen? Das wird nicht geschehen."

Ihre Hand hatte die Armlehne des Stuhls gepackt und mit einem Mal legte er seine Hand über ihre und drückte sie sanft. „Jetzt bin ich mir noch sicherer, dass wir dafür sorgen werden, dass du das Geschäft in Fredericksburg bekommst und hier Vollzeit arbeiten wirst, bis das geschieht. Und der Kleine ist uns jederzeit herzlich willkommen."

Sie war versucht, ihre Hand umzudrehen und nach seiner zu greifen, ihre Handfläche an seine zu legen. Dieser gütige Mann erwies sich als solch ein Segen für sie. Es war beinahe nicht zu glauben. Sie hatte ihren Stolz und mochte es nicht, das Ziel von wohltätigen Gaben zu sein, doch er sorgte dafür, dass es sich nicht so anfühlte. Und dafür war sie dankbar. Sie konnte nicht sprechen; Tränen verstopften ihre Kehle.

„Wir machen morgen mit den Bildern weiter und ich werde Toby auf ein Pferd setzen, bevor wir aufbrechen. Ich werde jetzt gehen – damit ihr euch entspannen könnt. Morgen machen wir weitere Bilder und dann geht es nächste Woche nach Montana. Es ist deine Entscheidung, aber ich wette, ihm würde die Reise gefallen."

„Wir werden sehen, wie die Woche läuft – wie klingt das? Ich möchte dir nicht mich und mein Kind aufbürden, wenn es nicht so läuft, wie gedacht. Das wäre dir gegenüber nicht fair."

„Wir werden sehen. Ich habe das Gefühl, es wird gut. Und hey, dieses Wochenende findet ein Fest in der Stadt statt. Möchtest du dorthin gehen? Wir nehmen Toby mit. Er wird einen Riesenspaß haben. Es gibt viele Aktivitäten für Kinder. Ich gehe da nicht mehr so oft hin. Abends gibt es einen Streetdance, und tagsüber finden alle möglichen Dinge statt, zum Beispiel dieses Spiel, wo man mit dem Mund versucht, Äpfel aus einem Behälter mit Wasser zu fischen und ein Dreibeinrennen. Solche Sachen. Es findet jedes Jahr statt."

„Das klingt nach Spaß. Bist du sicher, dass du dorthin möchtest?"

„Verdammt, ja, da bin ich mir sicher. Wer würde das nicht wollen? Mit einer hübschen Dame und einem süßen kleinen Jungen als Begleitung – ich werde euch ausführen. Wir haben ein Date."

Das hatte er so rasch gesagt, so schnell und selbstverständlich, dass sie sich fragte, ob er bemerkt hatte, dass er gesagt hatte, sie hätten ein Date. Sie entschied, dass er das nur so dahingesagt hatte und es nicht bedeutete, dass es ein Date sein würde – ein echte Date. Also sagte sie nichts; sie nickte nur.

Er erhob sich und nahm seine Hand von ihr, bevor sie der Versuchung erliegen konnte, ihre Hand zu drehen und seine ganz fest zu halten. „Ich mache mich besser wieder an die Arbeit. Wenn ich mir morgen das Vergnügen gönnen möchte, den ganzen Tag mit dir zu verbringen, dann muss ich jetzt ins Büro und ein bisschen Papierkram erledigen. Verdammter Papierkram – ich wäre überglücklich, wenn er sich von selbst erledigen würde, aber leider tut er das nicht. Falls ihr heute Abend zum Essen mit den Jungs kommen wollt, würde sie das sicher begeistern. Vielleicht zeigen sie ihm draußen vor der Kantine an der Vorrichtung, wie man ein Seil nach einem Ochsen wirft."

„Wir werden sehen. Vielleicht kommen wir. Toby würde das wahrscheinlich sehr genießen. Er hat bisher nicht viel Zeit unter Männern verbracht, deswegen freut mich der Gedanke sehr, dass er eine Weile hier ist. Die Jungs scheinen nett zu sein, daher werde ich das wahrscheinlich öfter in Anspruch nehmen, während ich hier bin."

Er tippte sich an den Hut. „Nun, ich kann dir sagen, dass die Männer wahrscheinlich mehr Freude an seiner Gesellschaft haben, als er von ihnen profitieren kann. Dann sehen wir uns beim Abendessen."

Und dann war er weg. Sie saß da und starrte über die Weide, nachdem er die Terrasse verlassen hatte und um das Haus herum zu seinem Truck gegangen war. *Wie hatte sie nur so viel Glück haben können?*

* * *

Am nächsten Morgen setzte Levi Toby nach dem Frühstück auf sein Pferd und führte ihn ein paar Runden auf dem Reitplatz herum. Toby grinste die ganze Zeit über und Rita schoss Unmengen an Fotos. Anschließend stiegen sie in den Geländewagen und fuhren auf die

Weiden, um das Vieh zu fotografieren. Sie entdeckten Tiere, die fotografiert werden mussten, und Levi wies ein paar Männer auf Pferden an, sie aus der Herde zu trennen, damit Rita bessere Aufnahmen von ihnen machen konnte.

Toby war einfach nur süß. Er hatte das Abendessen am Abend zuvor in höchstem Maße genossen. Die Cowboys hatten sich um ihn versammelt und ihn geneckt und zum Kichern gebracht; er hatte sie angenommen, als wären sie ein Sack Süßigkeiten. Es war nicht zu übersehen, dass er nach männlicher Interaktion hungerte. Levi erkannte, dass er die Anwesenheit seines Vaters immer für selbstverständlich gehalten hatte, als er aufgewachsen war. Sein Vater hatte ihm so viel beigebracht und er hatte nie daran gedacht, wie es wäre, ohne einen Vater aufzuwachsen. Preacher dabei zuzusehen, wie er Toby zeigte, wie man ein Lasso in der Hand hielt, um einer Kuh eine Schlaufe um den Hals zu werfen, hatte ihn mit Freude erfüllt. Der kleine Junge hatte die richtige Handhaltung nicht hinbekommen, doch als es ihm schließlich gelungen war, hatte er stolz und mit leuchtenden Augen zu Preacher aufgesehen.

Rita war genauso. Auch ihre Augen leuchteten, während sie ihren Sohn betrachtete. Es war offensichtlich, wie sehr sie ihn liebte. Und auch wenn er verstehen konnte, dass ein Elternteil, das einen Sohn verloren hatte, in der Nähe des Kindes dieses Sohns sein wollte, so konnte er doch die Großmutter nicht verstehen, die dachte, sie könne der Mutter das Enkelkind nehmen. Außer vielleicht, wenn die Mutter nicht in der Lage wäre, sich um das Kind zu kümmern und es dem Kindeswohl diente. Doch das war bei Rita definitiv nicht der Fall.

Toby saß auf seinem Knie und half ihm dabei, den Geländewagen langsam über die Weide zu lenken. Das Kind liebte das. Er beschäftigte Toby mit dem Lenkrad des Gefährts, während Rita auf der Weide herumlief und Fotos von den Kühen schoss, die die Jungs für sie von den anderen Tieren abgesondert hatten. Levi hätte nie gedacht, dass er mal Babysitter sein würde, aber er genoss es in vollen Zügen. Er hatte bisher nicht darüber nachgedacht, ob er eines Tages gern Vater wäre oder nicht, doch als er nun Toby immer besser kennenlernte, wusste er, dass seine Zukunft wahrscheinlich Kinder beinhalten würde.

Das Kind war großartig und er war ebenso schnell zu seinem Fan geworden, wie er ein Fan von Rita geworden war. Am vergangenen Abend hatte er seine Hand auf ihre gelegt, als sie sich unterhalten hatten, um ihr Trost zu spenden. Doch er hatte ihre Hand sanft umdrehen, ihre Hände ineinander verschränken wollen, und dann hatte er sie von dem Stuhl hochziehen und in seinen Armen halten wollen. Hatte ihr zuflüstern wollen, dass sie hübsch war, reizend und eine gute Mutter. Und er hatte ihr sagen wollen, wie gern er sie küssen würde. Wie gern er sie ausführen würde und mit ihr einen schönen Abend in der Stadt verbringen wollte. Es war schon eine Weile her, dass er das hatte tun wollen, doch er wollte mit ihr zum Tanzen gehen. Wollte sie ganz fest halten. Wollte, dass sie einander besser kennenlernten, während sie einen schönen Abend miteinander verbrachten.

Während sie ihr zusahen, brach plötzlich ein dreihundert Kilogramm schwerer Ochse aus und raste direkt auf Rita zu. Seine Männer riefen und versuchten beide, dem Stier mit ihren Pferden den Weg abzuschneiden, doch dieser wich zur Seite aus und hielt direkt auf Rita zu. Levi hielt Toby mit einer Hand fest, während er den Geländewagen vorwärtstrieb. Er schlingerte nur vorwärts, doch das Geräusch des Motors lenkte den Stier so weit ab, dass er sich umdrehte und in die andere Richtung floh, während Levi das Fahrzeug zwischen ihn und Rita brachte.

Rita sah ihn mit großen Augen an. „Er kam direkt auf mich zu. Danke, dass du auf mich achtgegeben hast."

„Ja, sie sind unberechenbar. Du musst immer bereit sein, wegzulaufen oder musst zumindest wissen, wohin du versuchen willst zu kommen, wenn einer in deine Richtung läuft. Vielleicht hat er sich erschreckt und du warst ihm lediglich im Weg. Wir wissen es nicht, aber das kommt nicht häufig vor. Geht es dir gut?"

Sie nickte. „Danke nochmal."

„Nun, ich bin froh, dass ich hier war, aber falls ich mal nicht da bin, dann schwenke am besten deine Arme. Vielleicht übst du das – schwenke deine Arme und schreie laut „Whoa!" oder „Hau ab!" oder etwas in der Art. Du musst dich ganz groß machen und wirklich laut schreien, okay? Wie klingt das?"

Sie lächelte und sein Herz machte einen kleinen Sprung. „Klingt gut. Ich werde das ausprobieren. Wenn mehr nicht nötig ist, werde ich vielleicht doch noch ein richtiges Cowgirl."

Er lachte. „Ich hoffe, mehr ist nicht nötig. Das Letzte, was ich will, ist, dass du hier draußen verletzt wirst."

„Das werde ich nicht. Ich werde hart daran arbeiten, zu lernen, mich wie ein Cowboy zu verhalten."

Er lachte, weil sie so ernst aussah, und ihm das gefiel.

* * *

Am Samstagmorgen kleidete sich Rita für das Fest. Sie hoffte, dass sie die passende Kleidung gewählt hatte. Sie hatte sich für ein Sommerkleid entschieden, dass sie aus einem Impuls heraus eingepackt hatte. Sie hatte gelernt, ein besonderes Kleidungsstück dabei zu haben, nur für den Fall und dies war ihr „Nur-Für-Den-Fall-Kleid". Sie schlüpfte in ein Paar Flip-Flops und zog Toby Shorts, T-Shirt und Turnschuhe an.

Toby hatte in den letzten Tagen die Stiefel der Cowboys bewundert. Als er nun seine Turnschuhe anzog, sah er zu ihr auf. „Ich brauche Stiefel. Wie Mr. Levi."

Levi und Toby hatten sich auf Anhieb verstanden und die Bewunderung ihres Jungen für seinen neuen Helden war riesig. Sie hatte diese Woche nur fotografieren können, weil Levi sich als Tobys Kindermädchen betätigt hatte – oder als männliche Nanny oder Nanny-Cowboy. Alles war so seltsam. Sie war von einem Milliardär eingestellt worden, um dessen Kühe zu fotografieren, und nun kümmerte er sich um ihren kleinen Jungen, während sie für ihn fotografierte. Sie hatte sich deswegen gesorgt, doch Levi hatte ihr versichert, dass er und Toby eine gute Zeit unter

Männern miteinander verbachten. Und es war offensichtlich gewesen, dass Toby eine Menge Spaß gehabt hatte. Und wenn man bedachte, dass Levi heute mit ihnen zu dem Fest gehen würde, anstatt sich vor ihnen zu verstecken, dann hatte er wohl die Wahrheit gesagt, als er erklärt hatte, auch er hätte seinen Spaß.

Sie kannte Levi Tanner erst seit einer Woche, doch es war in vielerlei Hinsicht eine Woche voller Wunder gewesen. Zusätzlich zu alldem, das er für sie getan hatte, war er auch noch ein perfekter Gentleman gewesen. Abgesehen von der einen Gelegenheit, als er tröstend ihre Hand gehalten hatte, nachdem sie mit ihm über das Sorgerecht für Toby gesprochen hatte, hatte er sie nicht berührt. Ihre anderen Chefs hatten ständig versucht, sie zu berühren, was sie nicht gewollt hatte. Nun empfand sie widersprüchliche Gefühle in Anbetracht der Anziehung, die sie für Levi empfand. Denn es hatte ihr gefallen, als er ihre Hand gehalten hatte und es würde ihr nichts ausmachen, wenn er das noch einmal tun würde.

Was verrückte Vorstellungen ihrerseits waren. Sie hatte Levi nichts zu bieten.

Das Geräusch des nahenden Trucks, gefolgt vom Zuschlagen einer Tür und dem Geräusch von Stiefeln auf den Stufen ließen Toby zur Tür rennen.

„Mr. Levi", schrie er aufgeregt.

Sie folgte ihm nach draußen auf die Veranda und sah, wie Levi Toby auffing, als sich der Kleine in seine Arme warf. Levi packte ihn und hob Toby über seinen Kopf. Toby quietschte vor Freude.

Levi trug ein T-Shirt mit der Flagge auf der Brust. Auf dem Kopf hatte er einen weißen Strohhut, und als er Toby wieder auf den Boden stellte, stützte er seine Hände in die schlanken Hüften, die in gestärkten, aber verblichenen Bluejeans steckten. Und wie an jedem anderen Tag der zurückliegenden Woche trug er Stiefel. Diese sahen ein wenig neuer aus als die, die er hier auf der Ranch getragen hatte. Er hatte ihr erklärt, dies seien seine Lieblingsstiefel für die Arbeit mit den Rindern; sie hatten schon vieles mitgemacht und doch jede Situation gemeistert. Er hatte sie schon so oft neu besohlen lassen, dass der Schuhmacher ihm zu verstehen gegeben hatte, dass er dies kein weiteres Mal würde machen können. Dann waren diese Stiefel wohl diejenigen, über die er gesagt hatte, dass er sie widerstrebend eintrug, um den Platz des anderen Paares einzunehmen.

Sie mochte das an Levi. All das Geld zu besitzen bedeutete nicht, dass er losging und sich die neuesten, besten Dinge kaufte. Bequemlichkeit war ihm wichtig – Dinge, an die er gewöhnt war. Er fühlte sich nicht zu glänzenden neuen Dingen hingezogen. Sie hatte das Gefühl, dass Levi diese Eigenschaft auch auf die Frau übertragen würde, die er heiratete. Er kam ihr wie ein Typ vor, der auf der Suche nach der Einen war. Auch wenn sie ein bisschen von dem gelesen hatte, was die Boulevardpresse in seiner Jugend über ihn geschrieben hatte und dass er auf viele Dates gegangen war. Sie fand, dass Dating nur die Suche nach dem richtigen Partner bedeutete. Und wenn sie selbst ein bisschen mehr gesucht hätte, wäre sie vielleicht nicht bei Dan gelandet. Andererseits würde sie Toby für nichts in der Welt aufgeben, daher bereute sie nichts.

Sie hatte das Gefühl, dass Levi ein Mann war, der, wenn es möglich war, fürs Leben heiratete. Das hatte sie selbst auch gewollt, aber eine schlechte Wahl getroffen. Vielleicht hatte sich auch Dan verändert. Sie war sich diesbezüglich nicht sicher, würde es aber auch nie mehr erfahren. Was sie jedoch wusste, war, dass sie beim nächsten Mal den wichtigen Dingen besondere Aufmerksamkeit schenken würde. Und im Augenblick schnitt Levi in der Kategorie Wichtige Dinge hervorragend ab.

Nicht, dass das von Bedeutung war, erinnerte sie sich selbst, denn sie war nur wegen der Arbeit hier und anschließend würden sie getrennter Wege gehen. Das musste sie sich merken.

„Seid ihr zwei bereit für einen tollen Tag? Die Spiele auf dem Fest rufen bereits nach uns", sagte er zu Toby.

„Ich bin bereit einen großen Stoffbären zu gewinnen."

Er hatte Toby von dem Wettkampf mit der Knallkorkenpistole erzählt, bei dem es darum ging, Ziele zu treffen und man große Stoffbären gewinnen konnte. Und dass sie einen für Toby gewinnen würden.

„Dann machen wir uns mal auf den Weg und gewinnen den Bären."

Sie brachten den Autositz in den Truck. Heute fuhr er einen glänzenden Truck neueren Baujahrs, der nicht sehr alt aussah. Das überraschte sie, denn es war das erste Mal, dass sie ihn etwas anderes als den verbeulten alten Truck fahren sah. Vielleicht hatte er diesen Wagen auch am Tag der Hochzeit gefahren, doch sie hatte damals nicht aus dem Fenster geschaut.

„Klingt gut. Ich hole noch meine Handtasche und dann können wir los."

Kurz darauf waren sie unterwegs, Toby plapperte wie eine Elster auf dem Rücksitz und Levi fuhr. Der Cowboy grinste und beantwortete jede Frage, die ihr Sohn ihm stellte. Sie beteiligte sich, wenn es nötig war, genoss es aber zum größten Teil, einfach nur zuzuhören. Sie musste zugeben, dass sie sich mehr auf diesen Tag freute als sie sich seit langem auf einen Tag gefreut hatte.

KAPITEL ELF

True Love war eine kleine Stadt. So klein, dass Rita nicht auf das vorbereitet war, was sie sah, als sie die Stadtgrenze erreichten.

Levi konnte nicht verhindern, dass sich ein Grinsen auf sein Gesicht stahl, als er den überraschten Gesichtsausdruck bemerkte, der sich auf Ritas Zügen breitmachte.

„Überall sind Autos. Diese Stadt ist nur ein winziger Fleck auf der Karte – woher kommen all diese Autos?"

„Die Leute kommen von überall her zum True Love Festival. Manche unternehmen einen größeren Ausflug ins Hill Country. True Love veranstaltet dieses Festival schon lange, außerdem hat es einen einprägsamen Namen. Ich mag voreingenommen sein, aber es ist etwas ganz Besonderes. Es gibt die True Love Kuss-Bude. Als ich noch zur High School ging, war ich eines

Jahres deren Hauptattraktion." Er wackelte mit den Augenbrauen.

Sie lachte. „Das kann ich mir vorstellen."

„Die Kids hängen immer noch jedes Jahr gerne an diesem Stand ab, daher kann es dort ziemlich voll werden. Sie sind im Grunde der König und die Königin der kleinen Parade, die hier in Kürze stattfinden wird. Und dann gibt es noch die True Love Single-Cowboy-Auktion, die dieses Jahr verschoben wurde – sie wird während des Weihnachtsfests stattfinden. Ich weiß nicht genau, warum sie verschoben wurde, aber so hat man es beschlossen.

Außerdem gibt es den True Love Backwettbewerb und den True Love Untertauch-Stand. Dort bin ich schon oft untergetaucht worden. Auch wenn ich es unter allen Umständen zu verhindern versuche, dass dies noch einmal geschieht. In einem Jahr bin ich fast darin ertrunken. Noch nie habe ich so viele Cowboys gesehen, die versucht haben, mich in das Wasser zu tauchen."

„Warst du schwimmen?", fragte Tobi. „Das möchte ich auch."

Er sah Toby an, während er den Wagen rückwärts in eine Parklücke bugsierte. „Nicht dort, Toby." Er grinste Rita an und beugte sich über den Sitz zu ihr, damit nur sie ihn hörte. „Ich dachte, die Mädchen würden dorthin kommen. Stattdessen sind alle meine

Kumpels und meine Brüder gekommen, um mich mit den Bällen zu bewerfen, es war, als übten sie für die Aufnahme in ein Baseballteam der Major League."

„Nein, ich glaube nicht, dass Toby oder ich an diesem Spiel teilnehmen wollen. Es klingt ziemlich ruppig."

„Das ist eine kluge Entscheidung. Toby, wir werden in einem Bach oder Pool schwimmen gehen."

„Yeah! Aber ich muss Schwimmflügel an den Armen tragen."

„Wir werden dir welche besorgen. Und denk daran, du gehst nie ohne sie ins Wasser. Okay?"

„Hand aufs Herz. Ich musste es Mama versprechen."

„Danke, dass du ihm das gesagt hast. Und ich wette, du hast die Jungs noch angestachelt, während sie die Bälle nach dir geworfen haben."

„Da hast du recht."

„Ich verstehe nicht, warum Mädchen das tun wollen."

„Die meisten High-School-Mädchen haben es gemacht, weil sie dachten, es würde die High-School-Jungs beeindrucken, die versuchten, sie unterzutauchen. Und manchmal hat es auch funktioniert – bei mir einmal."

„Oh, jetzt erzählst du Geschichten aus deiner

Highschool-Zeit. Du hast Mädchen untergetaucht, um ein Date zu bekommen?"

„Hey, es hat funktioniert. Sadie Louise Jörgensson ist einmal mit mir ausgegangen und entschied dann, dass ich nichts für sie sei. Damals hatte ich noch kein Geld. Ich meine, wir waren bloß arme Viehzüchter – du weißt schon, wir versuchten, mit unserem Vieh genug Geld zu verdienen, um davon leben und im nächsten Jahr weitere Tiere kaufen zu können. So war es, bevor wir auf das Öl stießen. Dann wurde es richtig lächerlich. Nichts ändert die Meinung der Leute von dir schneller als Geld. Das ist wirklich ärgerlich. Wie auch immer, seid ihr bereit, Spaß zu haben?"

„Ja! Mama, kann ich mich abschnallen?"

„Nur zu."

Sie stiegen aus dem Truck und gingen dann mit Toby zwischen ihnen die Straße entlang in Richtung des Festivals, wobei jeder von ihnen eine von Tobys Händen hielt.

Als erstes entdeckte Toby das Steckenpferd-Labyrinth und Levi kaufte eine Handvoll Tickets, hieß ihn ein Steckenpferd holen und sich den anderen Kindern in dem abgesperrten Bereich anschließen.

Direkt neben dem Eingang befand sich ein Stand, an dem Funnel Cakes verkauft wurden, in heißem Fett gebratene Küchlein. Während der süße Duft von Vanille und Zimt sie umwehte, beobachteten sie Toby, der mit seinem Steckenpferd um Kisten raste, die so hoch übereinandergestapelt waren, dass ein Kind nicht über deren Rand hinwegsehen konnte, die zuschauenden Eltern aber in der Lage waren, die Köpfe ihrer Kinder zu sehen, während diese versuchten, sich durch das Labyrinth zu schlängeln.

„Dachtest du, ich mache Witze, als ich meinte, dass die Leute mich anders ansehen, seitdem wir reich geworden sind?" Er sagte das nur halb im Scherz, er hatte zuvor ihren Gesichtsausdruck bemerkt und war neugierig, was sie im Truck hatte sagen wollen.

Sie tippte sich gegen die Herzgegend und tat dann so, als würde sie Geige spielen. „Ich spüre deinen Schmerz, genau hier."

Sein Mund klappte auf, diese Antwort hatte er nicht erwartet. „Oh, du findest das lustig, oder?"

„Hey, es gibt schlimmere Dinge auf dieser Welt, als Milliarden zu besitzen, weißt du. Und ja, ich ziehe dich auf. Es gibt bestimmt viele Dinge, über die man sich beschweren kann, aber ich weiß nicht, ob ich mich über zu viel Geld beschweren würde, wenn so viele gibt, die davon nicht genug haben."

„Wir sind dankbar und tun mit dem Geld viel Gutes. Wir haben weitere Rinder gekauft und die Ranch ausgebaut, denn wir wollen die Ranch fortführen und in dem verwurzelt bleiben, was wir lieben und wo unsere Ursprünge liegen."

Sie sah heute so hübsch aus und er war stolz, mit ihnen unterwegs zu sein. Er hoffte, dass niemand mit einer Kamera in der Nähe war, der sie stören würde. Er hatte jedoch bereits entschieden, dass er versuchen würde, es zu ignorieren, wenn er eine Kamera sah. Er war es leid, sich ständig zu verstecken, und hatte mit Rita und Toby auf das Festival gehen wollen.

Er würde den Tag genießen, denn er verbrachte ihn mit Rita.

Er genoss es, sie an seiner Seite zu haben, sie lachte und lächelte immerfort. Toby mochte er ebenso. Sie kannten sich erst seit ungefähr einer Woche und mussten noch die Bilder fertigstellen, dann würden sie nach Montana fahren und wieder zurückkommen und dann ihr Geschäft in Fredericksburg aufbauen. Und dann würde er endlich tun können, was er schon seit ihrem gemeinsamen Frühstück tun wollte: sie um ein Date bitten. Dieser Tag kam einem Date bis dahin so nahe, wie es nur ging und er verdankte ihn Toby und den Traditionen der Stadt.

Er hegte bezüglich vieler Dinge im Leben Zweifel, aber eine Sache wusste er ohne jeden Zweifel: dass er sich in Rita verliebte, und zwar schnell. Und heftig.

Aber er musste behutsam vorgehen, ansonsten

würde sie sich aufbäumen und in Richtung der Hügel davonstürmen.

Als Toby mit einem breiten Grinsen auf dem Gesicht aus dem Labyrinth geritten kam, klatschten sie. Anschließend kauften sie ihm Zuckerwatte und dann liefen sie herum, um sich alles anzuschauen. Er stellte sie vielen Bewohnern der Stadt vor, aber es waren so viele Leute hier, dass es ihm schwerfiel, die Einheimischen ausfindig zu machen, wenn sie nicht gerade an einem Stand arbeiteten.

Er gewann am Spielzeugschießstand einen großen Stoffbären für Toby, wo er drei kleine Monster abschießen musste. Dann fuhren sie mit dem Riesenrad. Levi überprüfte zunächst, ob die Sitze ausreichend gesichert waren, der Sicherheitsgurt funktionierte und der Sicherheitsriegel sicher schloss war. Als er sich umdrehte, bemerkte er, dass Rita ihn mit einem Lächeln und tanzenden Augen beobachtete.

„Danke, dass du dich um unsere Sicherheit kümmerst."

„War mir ein Vergnügen. Ihr zwei seid mir ans Herz gewachsen und ich werde nicht zulassen, dass euch etwas zustößt."

Toby saß zwischen ihnen und nachdem sie hoch in den Himmel aufgestiegen waren, sah sie Levi über seinen Kopf hinweg an und sie lächelten einander zu. Er hatte das merkwürdige Gefühl, dass sie dasselbe dachte wie er – dass es der perfekte Zeitpunkt für einen Kuss war.

Wären sie allein gewesen und wären sie auf einem Date – dann hätte er genau das in diesem Moment getan.

Doch sie waren weder allein noch auf einem Date, daher grinste er nur und hoffte, dass er nicht wie ein liebeskranker Narr aussah. Tobys Aufregung und der ununterbrochene Strom an Fragen zu allem, was man unter ihnen sehen konnte, rettete ihn. Er zeigte ihm alles: das Labyrinth, den Stand mit der Zuckerwatte, den Streichelzoo.

„Können wir zum Streichelzoo gehen?"

„Klar können wir", sagte Levi.

Und als sie aus dem Riesenrad ausgestiegen waren, gingen sie ohne Umschweife zu dem kleinen Streichelzoo hinüber.

Als sie den Greased-Pig-Wettbewerb entdeckten, bei welchem es darum ging, eingeölte Schweine zu fangen, zogen er und Toby sich die bereitgestellten Plastiktüten mit Löchern für den Kopf und die Arme über, die die Kleidung der Teilnehmenden schützen sollten. Es gab kleinere Müllsäcke für die Kinder und größere für die Erwachsenen. Rita holte ihr Handy aus der Tasche, um Fotos zu schießen, als sie den Pferch mit den Schweinchen betraten. Als Toby nach dem ersten griff, stoben alle auseinander. Er jagte ihnen hinterher, und das war alles, was es brauchte, um einen Wildwest-Aufruhr auszulösen. Sowohl Levi als auch Toby landeten im Dreck und sie lachten gemeinsam, wenn ihnen eines der quiekenden Schweine entkam, nachdem sie es schon gehabt hatten, weil es so glitschig war.

Am Ende gelang es Levi endlich, angestachelt von Tobys Jubel und Gebrüll, eines zu fangen! Im Matsch kniend und mit ganzer Kraft das sich windende Schwein festhaltend, lachte Levi. „Toby, hilf mir mal." Als sie beide den schmierigen kleinen Kerl in ihren Händen hielten, grinsten sie Rita siegreich an.

Beinahe wäre es ihr vor lauter Lachen nicht gelungen, ein Foto zu schießen.

Er hätte niemals vermutet, dass der Jubel und das Gebrüll eines kleinen Jungen einen solchen Einfluss auf sein Herz haben könnten und ihm mehr bedeuten könnten als alles, was er je getan hatte. Und als er dann zu Rita aufsah und feststellte, wie glücklich sie die Freude ihres Jungen machte, gab ihm das den Rest. Es war offiziell um ihn geschehen, diese beiden hatten sein Herz erobert.

* * *

Später am Nachmittag wurde Toby müde und Levi und Rita beschlossen, etwas Richtiges zu essen, daher joggte er zurück zum Truck und schnappte sich eine Decke, die er mitgebracht hatte. Als er zu ihnen zurückkehrte, breitete er diese auf dem Boden unter den Ästen einer Eiche aus.

Rita setzte sich und Toby legte seinen Kopf in den Schoß seiner Mama, woraufhin er unverzüglich einschlief.

Levi machte sich auf die Suche nach etwas Gegrilltem. Die Verkäufer, die er suchte, kamen jedes Jahr und sie boten eines der besten BBQs an. Während er in der Schlange wartete, entdeckte er ein bekanntes Gesicht. Es war eine der Paparazzi-Ratten, ein Typ, den er häufig sah. Er musste in der Gegend leben, denn er war einer derjenigen, die ständig Bilder von den verschiedenen berühmten Sängern und Künstlern, die im Hill Country lebten, schoss und damit wahrscheinlich gut über die Runden kam. In der näheren Umgebung lebten einige Berühmtheiten und die fand man auch, wenn man wusste, wo man zu suchen hatte. Levi blickte sich um und hoffte, dass er unter einem der Sommerhüte oder einer Baseballmütze jemand Berühmten entdeckte, der interessanter war als er selbst. Dieser Typ wusste offenbar, wo die interessanten Leute wohnten und sich aufhielten. Doch während er ihn noch beobachtete, kam ein kleines Mädchen auf den Mann zugelaufen, sie umarmte ihn und dann gesellte sich noch eine lächelnde Frau zu den beiden. Levis Laune verbesserte sich. Vielleicht war der Typ mit seiner Familie hier und es war ihm egal, was andere taten.

Von Zeit zu Zeit verschwand der Mann und Levi nahm an, dass er sich an den üblichen Orten aufhielt – Vegas und Hollywood – und Bilder von den wirklich berühmten Leuten schoss, die ihm gutes Geld brachten. Levi wusste nur zu gut, dass er und seine Brüder in der Regel nicht so viel Geld einbrachten wie die Celebrities. Der jüngste Zustrom zwielichtiger Paparazzi-Ratten war entstanden, weil Cole mit einem Star des Lokalfernsehens ausgegangen und sich dann von der Frau getrennt hatte. Zum Glück schien das nachgelassen zu haben und er konnte sich wieder frei bewegen, ohne dass ihn jemand störte.

Er kehrte dem Kerl den Rücken zu und ging zurück zu Rita und Toby. Wenn der Typ hier gewesen war, um Fotos von ihm zu machen, dann hatte er seine Bilder wahrscheinlich ohnehin schon. Er würde es hassen, wenn Toby und Rita morgen auf der Titelseite einer Boulevardzeitung auftauchen würden, aber er konnte nichts dagegen tun. Er hatte genug davon, eine Szene zu machen. Aber er würde Rita über diese Möglichkeit in Kenntnis setzen müssen.

Er trug das gegrillte Fleisch zurück und ließ sich mit dem Rücken zur Menge auf die Decke sinken. Seine

Stimmung war durch den Anblick des Fotografen etwas getrübt.

Rita nahm das sofort wahr. „Stimmt etwas nicht? Du siehst irgendwie niedergeschlagen aus."

„Ich muss dich warnen – ich habe einen Fotografen gesehen. Vielleicht ist er nicht wegen mir hier. Ich bin nicht arrogant genug zu glauben, dass sie mir die ganze Zeit über folgen. Ich möchte dich nur warnen, dass er hier ist. Er ist ein Typ, der irgendwo hier im Hill Country lebt, denn ich sehe ihn oft aus der Ferne. Er hatte ein kleines Mädchen und eine Frau bei sich, er könnte also mit seiner Familie hier sein. Aber ich wollte dich warnen, denn es besteht die Möglichkeit, dass er ein Foto von uns geschossen hat. Vielleicht auch nicht, aber da er hier ist, besteht die Möglichkeit, dass du und Toby morgen in der Boulevardpresse auftaucht. Das tut mir leid."

Ihre hübschen Augen hielten seinen Blick und sie lächelte. „Ich schätze, das habe ich nur verdient nach dem, was ich deinem Bruder antun wollte. Ich kann mich nicht wirklich beschweren, oder?"

Er gluckste, weil ihm ihre Einstellung gefiel. „Ich denke nicht. Aber was du vorhattest, hat sich zum Guten gewendet, also wird vielleicht auch jetzt alles gut."

„Vielleicht. Ich kann mir nicht vorstellen, dass es für Aufregung sorgt, wenn ich in einer

Boulevardzeitung auftauche. Nicht, dass es mir gefallen würde, Tobys Foto dort zu sehen, aber er hat sich den ganzen Tag den Cowboyhut ins Gesicht gezogen, also wäre sein Gesicht vielleicht gar nicht zu erkennen." Mit einem Mal sah sie besorgt aus, doch dann schüttelte sie es ab. „Wir können im Moment nichts deswegen tun. Ich habe jetzt eine andere Meinung zu dem Thema als zu dem Zeitpunkt, als ich die Bilder von Cole und Tulip machen wollte. Jetzt würde nicht einmal im Traum daran denken, solche Fotos zu schießen. Dank dir und deiner Anmerkungen zu diesem Thema." Sie lächelte ihn an und er lächelte zurück.

Sie griff nach dem Behältnis mit Gegrilltem, das er für sie mitgebracht hatte. Sie öffnete den Deckel der Packung und machte ein entzücktes Geräusch. „Das sieht köstlich aus." Mit zusammengekniffenen Augen sah sie sich um. „Mir ist soeben klar geworden, dass ich mit der Sauce vorsichtig sein sollte für den Fall, dass jemand mich ablichtet. Schließlich will ich mich nicht mit am Kinn herablaufender Grillsauce in der Zeitung wiederfinden. Das wäre ein bisschen so wie Tim McGraw in seinem Song über BBQ, das auf sein T-Shirt tropft."

Levi lachte. „Schau mal in die Tüte, ich habe für alle Fälle ein paar Servietten eingepackt. Guten Appetit." Er rutschte auf seiner Position ihr gegenüber ein wenig näher zu ihr. „Ich werde versuchen, Aufnahmen von dir abzublocken. Auch wenn ich sagen muss, dass es mir lieber wäre, dein hübsches Gesicht abzulichten, wenn ich der Fotograf wäre."

Sie lächelte und sein Inneres erwärmte sich. In diesem Moment wollte er sich nur nach vorn beugen und sie küssen. Es war ihm egal, wer in der Nähe war.

KAPITEL ZWÖLF

Rita genoss die Zeit mit Levi sehr. Mit ihm auf der Decke zu sitzen und gemeinsam zu essen, nachdem sie den Tag mit Toby verbracht hatten, fühlte sich beinahe an, als ob sie eine Familie wären. Doch es war gefährlich, so etwas auch nur zu denken. Alles an Levi war gefährlich. Aber so fühlte es sich nun einmal an und das zeigte ihr, dass sie irgendwann einen Ehemann haben wollte, mit dem sie und Toby eine Familie bilden würden. Toby war in der vergangenen Woche in Levis Gegenwart aufgeblüht. Es war offensichtlich, dass er sich nach mehr Interaktion mit Männern sehnte. Ehrlich gesagt tat sie das auch. Aber um sie ging es im Moment nicht; eines Tages würde sie jemanden finden, der ein Daddy für Toby sein konnte. Doch die Wahrscheinlichkeit, dass dies Levi sein würde, ging gegen Null und das wusste sie.

Das wäre geradezu ein Wunder.

Und dennoch dachte sie manchmal, wenn er sie ansah, dass da vielleicht mehr war als zwischen einem Chef und seiner Angestellten oder jemandem, dem man half, weil er Hilfe brauchte. Wenn er ihr ein Kompliment machte, so wie heute, darüber, dass sie hübsch war, begann ihr Inneres zu schmelzen. Und heute hatte sie ein paar Mal das Gefühl gehabt, dass er vielleicht sogar daran dachte, sie zu küssen. Sie selbst hatte sich mehrere Male versucht gefühlt; sie sehnte sich nach einem Kuss von diesem wunderbaren, freundlichen und umsichtigen Mann.

Als Toby erwachte, fühlte er sich nicht gut.

„Mein Bauch tut weh", jammerte er. Er hatte mehr Zucker und Fast Food gegessen als normalerweise.

Sie sah Levi an. „Davor hatte ich Angst. Ich hätte ihm sagen sollen, dass es genug ist, bevor er all die Zuckerwatte aß. Und der ganze Funnel Cake war auch nicht gerade hilfreich. Wahrscheinlich wäre es besser, wenn wir ihn nach Hause bringen." Sie hasste es, die Krankheit ihres Kindes als Ausrede zu benutzen, um nicht bis zum Tanz zu bleiben, aber sie musste ihn nach Hause bringen, wenn es ihm nicht gut ging.

„Klar, tut mir leid. Ich habe nicht daran gedacht, dass so viel ungesundes Zeug nicht gut für ein Kind ist. Man merkt, dass ich Kinder nicht gewohnt bin."

„Es ist nicht deine Schuld – ich habe es vermasselt.

Ich habe es so sehr genossen, seine Freude mitanzusehen, dass ich für eine Weile meine Besorgnis beiseiteschob und ihn gewähren ließ. Was schrecklich klingt, aber weißt du, manchmal möchte man einfach nur zusehen, wie sie Spaß haben."

„Das verstehe ich. Komm, wir räumen noch auf und dann sorgen wir dafür, dass der Kleine nach Hause und in sein Bett kommt, damit er sich wieder besser fühlt. Willst du von mir getragen werden?"

Toby nickte.

„Gut. Gib uns noch eine Minute, wir räumen schnell auf und dann machen wir uns auf den Weg, Großer."

Kurz darauf hatten sie die Decke zusammengerollt und er trug Toby zu seinem Truck. Auf dem Weg dorthin kamen sie an Jake vorbei. Er war im Rodeobereich gewesen und sah nicht aus, als ob ihm irgendetwas Sorgen bereiten würde.

„Hey", sagte Levi, als sie einander erreichten. „Rita, das ist mein Bruder Jake. Und Jake, das ist Rita. Sie macht die Fotos von unseren Rindern für den Verkauf."

Sie lächelte. „Hallo Jake. Nett, dich kennenzulernen."

„Ich freue mich ebenfalls, dich kennenzulernen. Sieht aus, als hättest du noch einen kleinen Kumpan bei dir." Er grinste Toby an. "Wie geht's dir, Kumpel? Hattest du Spaß?"

"Das ist Ritas Sohn Toby, es geht ihm nicht so gut, deswegen bringen wir ihn jetzt nach Hause. Es war ein langer Tag, aber er hatte viel Spaß."

Toby hob seinen kleinen Kopf und lächelte schwach. "Ich hatte Spaß. Aber mein Bauch tut weh." Er legte seinen Kopf zurück auf Levis Schulter.

Jake runzelte die Stirn. "Nun, das tut mir leid. Ich hoffe, du fühlst dich bald wieder besser. Dann bringt mal Toby nach Hause." Er begann, sich zu entfernen. "Ach so, ich habe übrigens von Cole erfahren, dass sie morgen zurückkommen. Sie hatten tolle Flitterwochen."

"Das freut mich. Sie haben es verdient."

"Ja, das haben sie." Jake grinste. "Besser er als ich. Ich bin noch nicht so weit – noch nicht. Wie auch immer, ich werde mir mal die Mädels ansehen, die heute Abend hier sind. Ich habe vor, so lange zu tanzen, bis sie die Beleuchtung ausschalten und uns davonjagen."

"Sieh dich vor, hier läuft eine Paparazzi-Ratte herum", warnte ihn Levi.

Jake grinste und sah sich um. "Dann werde ich wohl besonders breit grinsen müssen und der Kamera einen Kuss zuwerfen, wenn sie in meine Richtung zeigt, schätze ich."

Rita lachte. Jake schien nicht im Geringsten besorgt

zu sein. Levi musste sich ein dickeres Fell zulegen wie sein Bruder; es würde ihm helfen, sich zu entspannen, auch wenn er zuletzt bereits entspannter geklungen hatte.

„Tu das." Levi gluckste, als sich Jake salutierend an den Rand seines Hutes tippte und dann auf die Musik zu schlenderte, die gerade an Fahrt aufnahm.

„Ich mag seine Einstellung." Rita lächelte Levi in der Hoffnung an, ihm vermitteln zu können, dass er sich nicht so viele Sorgen zu machen brauchte. „Es tut mir leid, dass wir nicht für den Tanz bleiben können. Wenn du uns nach Hause bringen und dann zurückkommen willst…"

„Verdammt, nein, das ist schon in Ordnung. Komm, bringen wir den Jungen nach Hause." Er zwinkerte ihr zu und sie biss sich auf die Lippe, als sie von Freude erfüllt wurde.

* * *

Toby schlief, als sie die Ranch erreichten und Levi machte sich Sorgen um den kleinen Jungen. „Bist du dir sicher, dass wir nicht meinen Bruder Austin anrufen sollten? Wir könnten ihn auch ins Krankenhaus bringen. Er arbeitet heute in der Notaufnahme."

„Ach ja, stimmt. Ich habe vergessen, dass Austin Arzt ist."

„Ja, wir könnten also einfach vorbeifahren und ihn mal einen Blick auf ihn werfen lassen."

„Toby geht es gut. Er hat heute einfach nur zu viel Mist gegessen. Wir sind jetzt zu Hause. Wenn es ihm aus irgendeinem Grund schlechter gehen sollte, können wir immer noch fahren. Aber eigentlich hat er einfach nur zu viel Zucker gegessen."

Er erkannte, dass er übernervös war und sich zu viele Sorgen um den Jungen machte, weil er an all die Dinge gedacht hatte, die nicht in Ordnung sein könnten. „Okay, du denkst also nicht, dass er eine Blinddarmentzündung oder etwas Ähnliches hat."

Sie lächelte und legte ihm eine Hand auf den Arm. „Danke für deine Besorgnis, aber atme durch und entspanne dich. Die Bäuche von kleinen Jungen schmerzen von Zeit zu Zeit und es ist nicht ratsam, gleich an die schlimmsten Szenarien zu denken. Wir werden ihn erst mal im Auge behalten."

Ihre Berührung und die beruhigenden Worte sorgten dafür, dass seine Besorgnis ein wenig nachließ. „Okay, ich nehme dich beim Wort, da du diejenige mit der Erfahrung bist."

Sie erreichten die Hütte. Er trug Toby in sein Zimmer und legte ihn aufs Bett. Dann trat er zurück und sah dem kleinen Jungen beim Schlafen zu.

„Siehst du, er schläft friedlich. Er war nur müde

und auf einem Zuckerhoch. Er hatte einen Riesenspaß", sagte Rita leise, während sie dicht neben Levi stand.

Er spürte, wie ihr Haar seinen Arm streifte, und konnte ihren süßen Duft riechen. „Den hatte ich auch. Es gefällt mir nicht, dass der Tag so endete, denn ansonsten war es ein guter Tag."

„Ja, das war er. Ich mache ihn jetzt fertig fürs Bett und dann schläft er hoffentlich durch alles hindurch, bis es ihm besser geht."

„Ist es okay, wenn ich auf der Veranda sitze und warte, falls du mich noch brauchst?"

„Levi, das musst du wirklich nicht tun."

„Aber ich will es tun. Ich mache mir Sorgen um ihn."

Ihre Augen hielten seinen Blick und für einen Moment dachte er, dass sie aussah, als bräuchte sie eine Umarmung. Doch dann schenkte sie ihm nur ein kleines Lächeln, drehte sich um und begann Tobys Schuhe auszuziehen. Da er nicht wusste, was er sonst tun sollte, ließ er sie zurück und ging nach draußen, um sich auf die Schaukel auf der Veranda zu setzen. Es konnte nicht einfach sein, ein Kind allein großzuziehen. Darüber hatte er noch nie nachgedacht. Bis er Rita getroffen hatte.

Nach ein paar Minuten kam sie nach draußen. Sie blieb in der Tür stehen, ihr Körper wurde vom Licht hinter ihr erleuchtet. Sie hatte eine schöne Figur; er genoss ihren Anblick und fühlte sich sofort schuldig, weil er an so etwas dachte, während ihr Kind krank war. Er war ein Idiot.

„Geht es ihm besser?"

„Scheint so. Er hat sich nicht übergeben und stöhnt nicht. Er schläft friedlich. Alles gute Zeichen. Du musstest mir nicht einmal dabei zusehen, wie ich Kotze aufwische. Auch nicht gerade der Lieblingsjob von Müttern, aber irgendjemand muss es ja machen."

„Ja, ich kann mich daran erinnern, dass meine Mutter das öfters mal tun musste, mein Vater auch. Das kommt wahrscheinlich mit den Freuden der Elternschaft."

Sie lachte, während sie ein Stück weiter auf die Veranda hinaustrat und die Tür hinter sich zuzog. „Ja, kommt es. Komischerweise stört es einen nicht, wenn es das eigene Kind ist. Meistens zumindest nicht. Es wäre seltsam, wenn ich verschweigen würde, dass es ziemlich eklig sein kann, wenn es schlecht läuft, aber Gott hat uns die Fähigkeit gegeben, mit so etwas klarzukommen."

„Ich denke, du bist eine gute Mama."

Sie trat an das Geländer der Veranda, schlang ihre Finger darum und sah zum Mond auf. „Ich versuche es. Danke für heute." Sie drehte sich um, lächelte ihn an und lehnte sich gegen das Geländer.

Er wippte mit der Schaukel methodisch vor und zurück, während ein Stiefel fest auf dem Boden stand. Er wollte aufstehen, zu ihr hinübergehen, sich neben sie ans Geländer stellen und sie in seine Arme ziehen. Vielleicht brauchte sie etwas Trost. Er wollte der Mann sein, der ihr diesen Trost spendete. An etwas anderes dachte er nicht; er wollte nur der Mann sein, der für sie da war. Ein seltsames Gefühl. Das waren Dinge, die er noch nie gefühlt hatte.

„Toby hat Glück, dich als Mama zu haben."

„Danke. Ich bin sehr glücklich, ihn zu haben."

Er hatte das Gefühl, als würde sich ein Faden zwischen ihnen zusammenziehen, und er tat was er konnte, um auf seinem Platz zu verharren.

Sie hatte ihre Hände hinter sich auf das Geländer gelegt und wippte auf ihren Händen vor und zurück, während sie ihn ansah.

Er schaukelte und hielt ihren Blick fest und wünschte sich mehr als alles andere, sie festzuhalten und nicht nur ihren Blick. Er erhob sich. „Ich denke, ich gehe besser zurück zum Haus. Schade, dass wir nicht tanzen konnten, aber ich bin froh, dass es Toby besser geht. Es ist wahrscheinlich sowieso das Beste, dass wir nicht miteinander getanzt haben. Das wäre wahrscheinlich keine gute Idee."

Nachdem er aufgestanden war, war er nur noch Zentimeter von ihr entfernt. Sie sah zu ihm auf und Spannung pulsierte zwischen ihnen. Er trat näher, wie von einem Magneten angezogen.

„Du hast wahrscheinlich recht", sagte sie mit bebender Stimme.

„Ja", murmelte er und hatte das Gefühl, in ihre Augen zu fallen. Er würde sie küssen. Er musste die Kontrolle zurückgewinnen. „Dieses Boss-Schrägstrich-Angestellte-Ding bringt gewisse Komplikationen mit sich."

Sie nickte, eine Geste, die seinem Herz einen Schlag versetzte. *Wenn sie dachte, es wäre kompliziert, dann war das gut, oder?*

„Ich sehe besser mal nach Toby." Sie trat zurück. „Gute Nacht, Levi. Machen wir morgen mit den Fotos weiter?"

„Ja, klar, wenn Toby sich entsprechend fühlt. Nein, wenn nicht. Lass es mich einfach wissen."

„Danke. Es war ein wunderschöner Tag." Sie berührte seinen Arm und das fühlte sich an, als hielte sie einen Feuerball zwischen ihren Fingern, einen Feuerball, der seine Haut versengte.

„Jederzeit gern. Schlaf gut. Ruf mich an, wenn du mich brauchst."

„Mache ich."

Er trat von der Veranda, beinahe wäre er gestolpert, doch im letzten Moment fing er sich. Er drehte sich um und ging zu seinem Truck. Er musste seine gesamte Willenskraft aufwenden, um in das Fahrzeug zu steigen, schaffte es jedoch. Dann fuhr er über die Auffahrt und in seine Garage. Noch lange saß er in seinem Truck und dachte darüber nach, zu ihr zurückzukehren.

Was wirklich dumm wäre.

Richtig. Das wäre es, und er bemühte sich dieser Tage wirklich, kein Dummkopf zu sein.

KAPITEL DREIZEHN

Levi fuhr über die Weide und knipste Bilder von den Rindern auf seiner Liste. Er war früh wachgeworden an diesem Morgen und hatte keinen Gedanken an die Boulevardblätter verschwendet oder die Frage, ob sich ein Foto von ihnen darin befinden mochte. Als er wieder in seinem Haus gewesen war, war ihm klargeworden, dass er keine Kontrolle darüber hatte, was andere Menschen taten. Rita und er hatten einen schönen Tag mit Toby verbracht und nichts Verwerfliches getan. Nichts davon spielte heute eine Rolle. Wichtig war nur, dass es Toby wieder besser ging und er einen Heidenspaß dabei hatte, mit ihm und Rita im Geländewagen über die Weiden zu fahren.

Der Junge hatte sich in die Kühe verliebt; Levi war es in jungen Jahren ganz genauso ergangen. Er erinnerte sich noch gut an das Gefühl.

An diesem Tag drangen sie tiefer in das

ausgedehnte Gelände der Ranch vor. Und er hatte seine liebe Mühe damit, sich auf das Geschäftliche zu konzentrieren und nicht auf die hübsche Dame auf dem Sitz neben ihm.

Als sein Telefon klingelte, erfüllte das laute Geräusch die Luft und er wünschte, er hätte es auf lautlos gestellt. Widerstrebend zog er es aus dem Schlitz auf dem Armaturenbrett des Geländefahrzeugs.

Überrascht nahm er zur Kenntnis, wer ihn anrief. „Hallo."

„Levi, hier ist Virgil."

Levi hatte den Fuß bereits vom Gaspedal genommen und trat nun auf die Bremse. Virgil war der Constable von True Love und stand nicht gerade auf ihrer Freundesliste. Wenn er anrief, ging es wahrscheinlich um nichts Gutes. „Virgil, warum rufst du an?"

„Nun, nicht, weil ich es wollte. Ich habe erst daran gedacht, Cole anzurufen, aber ich weiß, dass er sich in den Flitterwochen befindet und weißt du, nach all dem Theater, als ich seine Braut ins Gefängnis geworfen habe, dachte ich, er würde wahrscheinlich sowieso nicht mit mir reden wollen."

„Da hast du wahrscheinlich recht."

„Nun ja, ich bin nur noch wenige Wochen im Amt, aber ich habe hier ein Problem. Ich habe mich gefragt, ob ihr mir vielleicht dabei helfen könntet, schließlich habt ihr das auch früher schon getan."

Was in aller Welt? „Was steht an?"

„Ich bin hier draußen auf der alten Clauson Road, du weißt bestimmt, wie weit die Schotterstraße sich noch hinzieht, bevor sie in einer Sackgasse endet? Wir haben hier ein Pferd, eine Stute, die schrecklich vernachlässigt wurde. Jemand hat wegen ihr angerufen, deswegen bin ich hergefahren. Es ist fast am Ende der Straße. Das Land hat gerade den Besitzer gewechselt und der neue Eigentümer hat das Tier auf seinem Grundstück entdeckt, in einem Pferch im rückwärtigen Teil des Anwesens. Das Pferd ist in keinem guten Zustand und ich habe mich gefragt, ob ihr es vielleicht aufnehmen könntet. Ich habe den Tierarzt angerufen; sie werden es versorgen, haben aber momentan keinen Platz, um es aufzunehmen. Könnt ihr es bei euch unterbringen?"

Wenn Levi eines nicht ausstehen konnte, dann waren es Menschen, die Kinder oder Tiere misshandelten. Er spürte das Verlangen in sich aufsteigen, jemandem kräftig in den Hintern zu treten. „Das werden wir. Ich sage noch Jake Bescheid, wir sind gleich da. Ich bringe den Anhänger mit." Nachdem er eine genaue Wegbeschreibung erhalten hatte, legte er auf. „Es tut mir leid, das sagen zu müssen, aber ich muss ein Pferd abholen, das vernachlässigt wurde. Wir müssen das Fotografieren verschieben."

„Ich komme mit."

„Das musst du nicht."

„Nein, wir kommen mit. Ich werde die Kamera mitnehmen. Vielleicht ist es nötig, ein paar Bilder zu machen."

„Okay." Es behagte ihm nicht recht, sie mitzunehmen, aber er würde nicht widersprechen. Gute Bilder mochten in dieser Situation nützlich sein. Sie wendeten das Geländefahrzeug und fuhren zur Scheune zurück. Er kuppelte einen Anhänger an den Truck und rief Jake an. Dieser sagte, er käme aus Blanco zurück und würde sie dort treffen.

Trotzdem Levi so schnell fuhr, wie er es wagte, brauchten sie etwa dreißig Minuten, bis sie ihr Ziel erreichten. Toby saß in seinem Kindersitz auf dem Rücksitz und sprach davon, dass sie ein Abenteuer erleben würden. Levi hatte ihm erklärt, dass sie ein krankes Pferd abholen würden. Toby wollte alles dafür tun, um ihm zu helfen, wieder gesund zu werden.

Virgil stand neben einem Tor, als sie anhielten. Nach einer langen Karriere bei den Strafverfolgungsbehörden hatte er, inzwischen Ende Siebzig, den Job des Kleinstadt-Constable übernommen, damit er etwas zu tun hatte. Im

Augenblick sah er alles andere als glücklich aus.

Levi konnte ihm das nicht zum Vorwurf machen, als er das Pferd erblickte, das sich in dem Pferch befand. Dies mochte der Zeitpunkt sein, an dem Virgil sich in ihren Augen ein wenig rehabilitieren konnte. Levi wendete den Truck samt Anhänger und manövrierte den Anhänger dann rückwärts bis zum Tor des Pferchs.

„Darf ich aussteigen?", fragte Toby, als er den Motor abstellte.

„Ja, aber bleib bei deiner Mutter. Ich muss mit Virgil reden."

„Ich habe ihn." Erschüttert warf Rita einen ersten Blick auf das Pferd. „Mach du, was du tun musst."

Er schnappte sich das Halfter, das er neben sich auf den Sitz gelegt hatte, sprang dann heraus und ging hinüber, um mit Virgil zu sprechen. „Sie sieht schlecht aus. Es ist ein Wunder, dass sie noch steht."

„Danke, dass du hergekommen bist. Wenn der Anruf nicht gekommen wäre, würde sie das wahrscheinlich nicht mehr tun. Sie braucht Pflege und Futter. Sie besteht nur noch aus Haut und Knochen. Ich weiß nicht, was in manchen Leuten vorgeht."

„Ich auch nicht."

Jake hielt neben Levis Truck, sein Bruder sprang heraus und joggte herüber, wobei er wütender aussah als Levi ihn in langer Zeit gesehen hatte.

„Sie sieht mitleiderregend aus. Ich würde gern denjenigen ausfindig machen, der das getan hat und ihn über ein Feld mit Feigenkakteen ziehen. Hast du eine Ahnung, nach wem ich Ausschau halten muss, Virg?" Jake sah wild aus.

„Ich werde mit dem früheren Besitzer des Grundstücks anfangen. Aber das Land stand schon ein paar Jahre zum Verkauf und das Pferd kann noch nicht so lange hier sein. Ich denke, jemand hat es gestohlen und vorgehabt, zurückzukommen und es zu holen, das dann aber aus irgendeinem Grund nicht getan."

„Das macht Sinn. Ich habe gehört, dass es in dieser Gegend einige Viehdiebstähle gegeben hat." Jake stemmte die Hände in die Hüften und betrachtete das Pferd in dem Gehege.

Levi hatte von den Viehdiebstählen gehört. Bisher hatten sie keine Probleme gehabt, aber er dachte daran, dass sie vielleicht besser achtgeben sollten, für den Fall, dass jemand versuchte, ihre Rinder zu stehlen. Oder ihre Pferde. „Okay, Jake, komm, holen wir sie", knurrte Levi.

Jakes Pferd befand sich in dessen Anhänger, er war mit ihm in Blanco gewesen, wozu auch immer. Er führte es aus dem Anhänger, falls sie es brauchen sollten. Doch sie beschlossen, sich der armen Stute zunächst zu Fuß zu nähern, denn sie konnte ohnehin nirgendwohin flüchten.

Virgil öffnete ihnen das Tor. Sie bewegten sich mit langsamen, ruhigen Bewegungen, um das Pferd nicht noch mehr in Panik zu versetzen, eine Regung, die es vielleicht jetzt schon verspürte, als es sie von seinem Standpunkt aus beobachtete. Es hatte seine Ohren angelegt und das Fell zuckte. Je näher sie kamen, desto schlimmer wurde sein Anblick – es bestand quasi nur noch aus Haut und Knochen. Sie wollten verhindern, dass sie zu galoppieren begann, weil sie Angst bekam. Der Plan war, sie sanft einzufangen und zum Anhänger zu bringen.

Levi ging in die eine Richtung, Jake ging in die andere, beide streckten ihre Arme weit aus. Ohne darüber zu sprechen, wussten sie, was zu tun war. Wenn möglich, würden sie das Pferd dazu bringen, sich dem offenen Tor zu nähern, das in den Anhänger führte. Doch zunächst machte Levi ein paar vorsichtige Schritte auf die Stute zu. Er hielt ein Halfter in der Hand und war überrascht, als sich das Pferd nicht bewegte. Es beobachtete ihn mit vorsichtigen, beinahe bittenden Augen. Levi war kurz davor, sich zu übergeben, ihm war schlecht in Anbetracht dessen, was diesem Pferd angetan worden war.

„Hey, schöne Dame, wir sind hier, um dir zu helfen. Darf ich dich berühren?" Langsam schob er seine linke Hand in die Nähe des Kopfes der Stute, wobei er sicherstellte, dass sie seine Hand sah. Sie schnaubte leise, schüttelte leicht den Kopf und wich einmal aus. Aber sie lief nicht davon, entweder war sie zu schwach dafür oder an Menschen gewöhnt und wollte ihm vertrauen. Levi schob seine Hand stetig nach vorn und war erleichtert, als das Pferd ihm gestattete, ihm die Handfläche auf den Hals zu legen.

„Ich glaube, das wird einfach", sagte Jake erleichtert. Sie wussten beide, dass Angst dem Tier nur weiteren Stress bereiten würde.

Es gelang ihnen, sie in den Anhänger zu führen. Es war offensichtlich, dass die Stute trainiert worden war. Levi legte ihr das Halfter an, führte sie in Richtung des Anhängers und sie stieg mit trägen Bewegungen die Rampe hinauf, die Levi mitgebracht hatte, um ihr behilflich zu sein. Er hatte zu Recht befürchtet, dass sie zu schwach sein mochte, um aus eigenen Kräften hineinzugelangen.

Rita und Toby hatten sich an die Seite gestellt und beobachteten schweigend, wie das Pferd in den Anhänger stieg. Sie hatte mehrere Fotos gemacht. Ihre Augen waren vor Traurigkeit geweitet und Tränen schimmerten darin. Virgil war zu seinem Auto zurückgegangen.

„Das ist schrecklich. Ich bin so froh, dass jemand den Constable darauf hingewiesen hat. Was werdet ihr tun?"

„Zunächst lassen wir den Tierarzt kommen. Jake hat sie bereits von unterwegs angerufen. Sie wird uns auf der Ranch treffen. Und dann werden wir sie gesund pflegen. Wir haben das schon ein paarmal für andere Counties getan. Virgil hat uns nie zuvor angerufen, aber ich denke, dies ist sein Friedensangebot nach dem, was er Cole und Tulip angetan hat."

„Du musst mir davon erzählen. Ich bin froh, dass er dich angerufen hat."

Sie stiegen in ihre Fahrzeuge und machten sich auf den Rückweg zur Ranch. Toby hatte eine Unmenge an Fragen. Levi war erstaunt über die Geduld, die Rita hatte. Er selbst war auch geduldig, hätte aber auf viele der Fragen keine Antwort gewusst. Toby mochte erst vier Jahre alt sein, aber er stellte viele Fragen über das kranke, vernachlässigte Pferd.

Der Tierarzt wartete bereits auf sie, als sie die Auffahrt entlangfuhren. Sie war neu in der Gegend und hatte die Veterinärschule erst vor Kurzem abgeschlossen. Sie waren dankbar, dass es sie gab, der nächste andere Tierarzt war Ash McCoy mit seiner Klinik und die lag zwischen Stonewall und Fredericksburg. Auf dieser Seite von True Love gab es nicht genug Ranches, um einen Tierarzt zu ernähren. Sie machte Hausbesuche, was genau das war, was sie brauchten. Jake war kurz mit ihr ausgegangen, als sie neu in der Stadt gewesen war, doch das war recht abrupt vorbeigewesen. Jake hatte nie genau gesagt, was geschehen war, aber Levi hatte ihn daran erinnert, dass sie einen Tierarzt brauchten – und Jake besser nicht die Beziehung zum neu eingetroffenen Tierarzt ruinierte. Jake hatte ihm versichert, dass er nichts getan hatte, was die Tierärztin davon abhalten würde, zu ihnen herauszukommen. Doch ein einziger Blick reichte, um Levi davon zu überzeugen, dass zwischen den beiden eine gewisse Spannung herrschte. Zum Glück konzentrierte sich Hanna mehr auf das unterernährte Pferd als auf seinen Bruder.

Als sie das Pferd erst einmal im Stall hatten, hielt Rita Tobys Hand, damit er ihnen nicht in die Quere kam und gemeinsam beobachteten sie die Geschehnisse aus der Entfernung. Rita interessierte sich für das verletzte Tier und es gefiel ihm, dass sie sich genug um es sorgte, um sich zu vergewissern, dass es in Ordnung war. Er, Jake und Hanna brachten das Pferd in einen Stall. Aus der Nähe bot es einen traurigen Anblick. Hanna murmelte leise vor sich hin, während sie eine Spritze hervorholte und aufzog.

„Was ist das?"

„Antibiotika und eine Schiffsladung Medikamente. Ich werde regelmäßig vorbeikommen, um nach ihr zu sehen, aber wir müssen sie sauber machen. Sie hat keine

Schnitte oder Prellungen, das ist schonmal gut. Wir müssen es langsam angehen lassen und ihr ein paar Nahrungsergänzungsmittel geben."

„Okay. Jake und ich werden uns um sie kümmern. Danke fürs Kommen."

„Danke, dass Sie bereit sind, Ihre Ranch für die Pflege kranker Tiere zur Verfügung zu stellen. Ich habe gehört, dass Sie das schon einmal getan haben."

„Ja. Wir haben immer dafür gesorgt, dass alle wissen, dass wir bei all dem Land, das wir besitzen, genug Platz für solche Fälle haben."

Ihr Blick wanderte zu Jake. „Gut zu wissen. Schön zu hören, dass Cowboys ein Herz haben."

Jakes Brauen trafen sich. „Manchmal."

Sie riss ihren Blick von ihm los und wandte sich wieder dem Pferd zu.

Levi starrte Jake an und fragte sich, was in aller Welt zwischen den beiden vorgefallen war. Sie waren nicht lange miteinander ausgegangen. Irgendetwas war also geschehen. Er würde Jake danach fragen, ein bisschen tiefer graben. Normalerweise mischten sie sich nicht in die Angelegenheiten des anderen ein, aber irgendetwas war passiert.

Eine Stunde später eskortierte Jake Hanna zurück zu ihrem Truck und Levi blieb bei dem Pferd.

Rita kam zur Stalltür. „Wird es ihr wieder besser gehen?"

„Ja, das wird es. Das wird nur ein bisschen dauern. Und besonderer Sorgfalt bedürfen."

„Kann ich bei der Pflege des Pferdes helfen?"

Levi sah Toby an. „Ja, Großer, das kannst du. Sie wird gute Pflege, ganz viel Liebe und einen Freund brauchen. Aber Toby, ohne mich darfst du hier nicht reinkommen."

Rita warf ihm einen Blick zu. „Das wird er nicht. Ohne mich kommt er nicht hierher. Es sieht also so aus, als ob dieses arme Pferd drei Pfleger haben wird."

Levi lächelte sie an. „Ich denke, dass sich die Stute nach all dem Pech, das sie bisher hatte, sehr glücklich schätzen kann. Wir kümmern uns gemeinsam um sie."

Rita lächelte ihn an, auch wenn Traurigkeit in ihren Augen lag, als sie das Pferd ansah. Er spürte dasselbe. Es freute ihn, dass Ritas Herz ebenso sehr für Tiere schlug wie seines. Eine weitere gute Eigenschaft. Sie besaß viele davon.

KAPITEL VIERZEHN

Am Morgen, nachdem Levi und Jake das Pferd gerettet hatten, wachte Toby früh auf und weckte sie aufgeregt. „Mama, Mr. Levi hat gesagt, ich könnte heute Morgen helfen, das Pferd zu versorgen. Komm, wir müssen helfen gehen."

Es war noch früh und sie stöhnte und wünschte, sie könnte die Augen wieder zuklappen, aber er war zu aufgeregt. „Gib mir eine Minute, dann gehen wir. Ich bin mir sicher, dass er deine Hilfe braucht."

„Tut er. Das hat er gesagt." Sein Gesichtsausdruck war so glücklich und voller Stolz und Aufregung. Levi wusste instinktiv, wie er mit ihrem Sohn kommunizieren musste. Es war, wie wenn man einem perfekt geschriebenen Drehbuch folgte. Sie machte ständig Fehler, doch Levi schien so im Einklang mit Toby zu sein, dass es sie tief berührte.

Sie fanden Levi in der Scheune, genau wie Toby

gesagt hatte. Er kümmerte sich um die Stute, die etwas wacklig aussah. „Kommt rein", sagte er, als er sie entdeckte. „Beweg dich aber langsam, Kumpel."

Sie betrat die Box als Erste und forderte dann Toby auf, zu ihr zu kommen. Sie erschrak, als die Stute zu Toby ging. Als hätte sie erkannt, dass der kleine Junge keine Gefahr für sie darstellte. Sie presste ihre Nüstern direkt neben Toby gegen die Wand der Box.

„Toby, berühre sie ganz sanft mit deiner Hand – direkt dort über ihren Nüstern. Wenn sie es zulässt, dann kannst du sie etwas streicheln. Du kannst etwas Liebes zu ihr sagen, wenn du willst."

Toby nickte und legte seine Hand mit äußerster Vorsicht auf die Schnauze des Pferdes. Die Stute zuckte kaum zusammen. „Schönes Pferd. Ich liebe dich."

Das Pferd betrachtete den kleinen Jungen aus tiefschwarzen Augen, als Toby fortfuhr, mir ihm zu reden. „Sieh mal – sie will, dass ich mit ihr spreche", sagte Toby strahlend über seine Schulter.

„Da hast du recht, kleiner Mann. Deine Zuwendung wird ihr helfen, sich besser zu fühlen, besser zu essen und schneller gesund zu werden. Du bist ein guter Helfer, Toby." Er sah sie an. „Ich glaube, sie war früher schon mit Kindern zusammen. Sie hat Toby so schnell angenommen. In unserer Gegenwart zuckt sie immer noch zusammen."

Rita verspürte den Drang, ihre Arme um ihn zu legen und ihn zu umarmen, weil er so süß zu ihrem Kind war. „Ich glaube, du könntest recht haben. Nicht, dass ich genug über Pferde weiß, um mir diesbezüglich sicher zu sein, aber sie reagiert eindeutig auf ihn. Und sieh dir an, wie sie ihn ansieht, wenn er sie streichelt."

„Sie hat es gleich bemerkt, als ihr den Stall betreten habt. Es ist mir aufgefallen, sie ist sichtlich munterer geworden, noch bevor ich euch überhaupt gehört habe."

„Das ist erstaunlich." Ritas Herz schwoll an, als sie beobachtete, wie Toby sich näher beugte und reizend mit der Stute redete. „Ich glaube, er würde die Nacht hier draußen verbringen, wenn wir ihn ließen."

Levi grinste. „Ich denke, du hast recht. Ich glaube, es ist ein gutes Zeichen, dass ihr beide hier seid."

Rita hielt seinen Blick, wusste aber nicht recht, wie sie seine Worte auffassen sollte. *Ein gutes Zeichen wofür?* Die Frage hing in der Luft, doch sie sprach sie nicht aus.

Rita taten das arme Pferd und sein Zustand furchtbar leid, doch es rührte sie, wie gut sich Levi um das Tier kümmerte. Und um ihren Sohn. Jedes Mal, wenn er mit Toby sprach, zog sich ihr Herz zusammen. Jedes Mal kämpfte sie darum, die Gefühle zu unterdrücken, sie sie für ihren Chef zu entwickeln begann. Es ließ sich nicht anders sagen: Levi war ein großartiger Mann. Ehrenhaft. Großzügig. Mitfühlend.

Sie steckte wirklich in Schwierigkeiten.

Als sie später unterwegs waren, um Fotos zu schießen, erzählte er ihr, dass Cole und Tulip zurück waren und alle zum Abendessen am nächsten Abend eingeladen hatten und dass sie ebenfalls eingeladen war. Sie hatte versucht, die Einladung abzulehnen, doch das hatte er nicht hören wollen. Er bestand auf ihr Kommen, weil sie sein Gast war. Außerdem, fügte er hinzu, wäre es gut, wenn sie alle kennenlernen würde, schließlich würde sie demnächst ein Geschäft in der Stadt haben und schon jetzt die Fotos des Viehbestandes anfertigen. Und er wollte, dass alle Toby kennenlernten. Er hatte auf jeden Einwand eine Erwiderung, seine Argumentation war ganz darauf ausgerichtet, sie dazu zu bringen, zum Abendessen zu kommen.

„Aber ich wollte ihre Bilder verkaufen. Es ist mir so peinlich. Ich fühle mich schuldig." Schuld lastete schwer auf ihrem Herzen.

Er legte einen Arm um ihre Schultern und zog sie an seine Seite. Er hob sanft ihr Kinn, sodass sie ihn ansah. „Du solltest dich deswegen nicht schlecht fühlen. Vergiss es. Du hast es nicht getan und hattest einen wirklich guten Grund für den Versuch, an das Geld zu kommen. Ich kann dir versichern, dass Tulip und Cole dir das nicht vorhalten. Komm mit mir. Stell dich deinen

Sorgen und lass sie hinter dir. Ich werde dich nicht in Ruhe lassen, bis du Ja sagst. Und ich bin ein äußerst sturer Cowboy. Ich weiß nicht, ob dir das bereits aufgefallen ist."

Sie sah ihm in die Augen, spürte seinen Arm um ihre Schultern und die Wärme seines Körpers, der sich an ihren schmiegte, und sie konnte nichts anderes als Ja sagen. Levi hatte seine ganz eigene Art der Überredung.

„Ich werde kommen. Ich muss mich dem stellen. Und du bist stur." Ihre Lippen zuckten, seine taten das gleiche. Und dann drückte er ihr zu ihrer Überraschung sanft einen Kuss auf die Stirn, bevor er sie losließ und zurücktrat.

Daher stand sie nun ein weiteres Mal mit Toby in ihrer kleinen Hütte und wartete darauf, dass Levi sie abholte. Sie hatte den Morgen damit verbracht, Fotos durchzusehen, die sie bereits geschossen hatte, da Levi in die Stadt hatte fahren müssen und an diesem Tag keine Fotos machen wollte. Außerdem hatte er nach dem Pferd sehen müssen. Der Stute ging es schon besser, auch wenn erst zwei Tage vergangen waren. Sie sah aus, als würde sie Fortschritte machen. Die Tierärztin war gekommen, um sie sich noch einmal anzusehen und ihr eine weitere Spritze zu geben, und hatte gesagt, alles sehe gut aus.

Toby stand am Fenster und hielt nach Levi

Ausschau. Es war nicht zu übersehen, dass ihr Sohn seinen neuen Cowboy-Helden vergötterte. Die gemeinsame Pflege der Stute, die auch an diesem Morgen stattgefunden hatte, festigte nur seine Heldenverehrung. Sie hätte sich keinen anderen Mann wünschen können, um positiv auf ihr Kind einzuwirken. Sie hoffte jedoch, dass es die sich entwickelnde Freundschaft der beiden nicht stören würde, wenn sie ihr Geschäft in der Stadt eröffnen und die Ranch verlassen würde. Hoffentlich würde sich Levi daran erinnern, dass es einen kleinen Jungen gab, der ihn verehrte und ein wenig Zeit für Toby erübrigen. Doch darüber wollte sie sich im Moment noch nicht den Kopf zerbrechen, vorerst würde sie sich um das Hier und Jetzt kümmern. Sie versuchte, nicht daran zu denken, was sie für Levi empfand. Sie erlaubte sich nicht, darüber nachzudenken.

Toby begann auf und ab zu springen und Levis Namen zu rufen, als der große Truck draußen vorfuhr. Er rannte zur Tür und riss sie auf, bevor Levi aus seinem Truck aussteigen konnte.

Levi langte zum Beifahrersitz hinüber und griff nach einem großen Karton, den er sich unter den Arm klemmte, als er ausstieg. Er grinste und ihr Herz schlug heftig, so wie es das immer tat, wenn sie ihn sah.

„Wie geht es meinem kleinen Kumpel?" Levi kam

auf die Veranda und strich über Tobys sandfarbenes Haar.

Toby strahlte ihn an. „Gut. Ich bin bereit für das Essen."

„Das ist großartig, aber ich war in der Stadt und habe eine Kleinigkeit für dich besorgt." Er reichte Toby die Schachtel.

Mit weit aufgerissenen Augen blickte Toby von der Schachtel zu Levi und dann zu ihr. „Für mich?" Ehrfurcht erfüllte seine Stimme.

„Niemand hat es mehr verdient. Also mach und öffne sie, mein Sohn."

Ihr Herz zog sich zusammen, als sie hörte, wie Levi ihren Sohn *mein Sohn* nannte. Er hatte ihrem Jungen etwas Besonderes gekauft. Sie blinzelte die Tränen zurück. Toby hatte nie ein Geschenk von seinem Daddy bekommen. Sein Daddy hätte ihn beinahe getötet, doch das wussten nur sie und ihre Mutter. Sie schloss die Augen in dem Versuch, den Sturm, der in ihrem Inneren tobte, zum Erliegen zu bringen. Sie atmete ruhig ein und aus und als sie die Augen wieder öffnete, starrte Levi sie mit beunruhigtem, besorgtem Blick an.

Sie lächelte. „Los, öffne ihn", drängte sie Toby, weil sie nicht wollte, dass Levi zur Sprache brachte, dass ihm ihre Bemühungen aufgefallen waren.

Zum Glück tat er das nicht. Einen Augenblick

später hatte Toby den Deckel geöffnet. Ein Paar braune Stiefel – ähnlich denen, die Levi trug und liebte – lag in der Schachtel. Levi hatte sie zuvor gefragt, welche Schuhgröße Toby trug und welche Jeansgröße. In der Schachtel befanden sich zwei neue Jeans, ein Cowboy-Shirt und ein paar weitere T-Shirts mit Cowboy-Sprüchen darauf.

Toby war begeistert und kreischte, dann ließ er sich auf den Boden fallen und zog seine Tennisschuhe aus, während er nach den Stiefeln griff. Levi ging auf die Knie und während Toby sich ein ums andere Mal bedankte, half Levi ihm, die Stiefel anzuziehen. Sie passten perfekt.

Genau wie Levi in ihr Leben.

Sie ignorierte den Gedanken. „Danke, Levi. Wie wunderschön, aber das hättest du nicht tun müssen. Doch Toby liebt die Sachen und ich kann dir gar nicht sagen, wie glücklich es mich macht, seine Begeisterung mitanzusehen."

„Ich habe es gerne getan. Ich habe ihm versprochen, ich würde ihm ein Paar Stiefel besorgen. Jetzt bist du ein richtiger Cowboy, kleiner Kerl."

„Und eines Tages werde ich ein Pferd reiten können. Wenn Rosey wieder fit und gesund ist, kannst du mir beibringen, wie man sie reitet."

Levi lächelte. „Du hast sie also Rosey genannt? Ein

guter Name, und ich werde dir das Reiten beibringen. Wenn du mir mit dem Pferd hilfst und es uns gelingt, sie wieder aufzupäppeln und sie in der Lage ist, einen Reiter zu tragen, dann wäre sie perfekt für dich, nachdem ich mich vergewissert habe, dass sie sicher und leicht zu reiten ist. Wenn nicht, besorgen wir dir ein anderes Pferd, auf dem du reiten kannst."

Sie wollte Levi sagen, dass er nicht zu viele Versprechungen machen sollte, dass Toby verletzt werden könnte. Doch das wollte sie nicht vor Toby tun. Vielleicht später am Abend, nach dem Essen.

Als Toby sich mit seinen neuen Stiefeln und dem neuen Westernhemd herausgeputzt hatte, machten sie sich auf den Weg zu Coles und Tulips Ranch. Sie hatten beschlossen, dass er zunächst seine alten Jeans tragen würde, denn die neuen waren noch kratzig, weil sie noch nicht gewaschen worden waren. Coles Ranch war nicht weit entfernt. Rita kämpfte gegen ihre Aufregung an. Es war Geschichte, sie hatte die Bilder nicht verkauft und musste nach vorne sehen. Ihre Anwesenheit bei der Hochzeitsfeier hatte ihr verraten, dass Tulip und Cole großartige Menschen waren. Sie hatten mit allen geredet und hatten so bodenständig gewirkt, dass sie den Gedanken gehasst hatte, ihre Bilder zu verkaufen, was sie jedoch in die Lage versetzt hätte, ein gemeinsames Leben mit Toby zu führen und das hatte alles andere übertrumpft. Sie beschloss, die Fotos zu bearbeiten und sie dem Paar zu geben, um ein wenig das wiedergutzumachen, was sie beinahe getan hatte.

Als sie ausstiegen und gerade im Begriff standen, hineinzugehen, griff Levi nach unten und nahm ihre Hand. Toby ging vor ihnen. Sie blickte Levi an, unsicher, warum er ihre Hand hielt. Ein Teil von ihr wollte, dass er ihre Hand hielt und sie nie wieder losließ, doch der vernünftige, kluge Teil von ihr wusste, dass es besser war, sich keine Hoffnungen zu machen.

„Entspann dich." Er drückte ihre Hand und sie verstand, dass er nur ein Freund war.

Sie nickte und drückte ebenfalls seine Hand. „Ich versuche es. Es ist eine guter Zeitpunkt, um sich ihnen zu stellen."

„Komm schon, alles wird gut. Sie wissen es bereits und haben kein Problem damit. Wahrscheinlich werden sie es nicht einmal erwähnen."

„Aber ich werde es. Das muss ich. Ich muss ihnen sagen, dass es mir leidtut, dass ich es beinahe getan hätte."

„Wie du meinst. Aber es ist nicht nötig." Als er die Tür aufstieß, ließ er ihre Hand los und ließ sie vor ihm eintreten.

Sie wurden von einem Haufen lächelnder Gesichter begrüßt. Tulip trat zu ihr, schön und glücklich und mit einem riesigen funkelnden Ring am Finger. „Hallo. Ich bin Tulip – das weißt du natürlich schon – aber wir sind so froh, dich in unserem Haus zu haben." Mit diesen Worten umarmte sie Rita.

Rita erwiderte die Umarmung und wurde rot, weil ihr das so peinlich war. „Danke, dass ihr mich eingeladen habt, und es tut mir so leid."

Tulip sah ihr in die Augen. „Entschuldige dich nicht. Du hast getan, was du für nötig hieltest und selbst wenn du die Bilder verkauft hättest, hätten wir das überlebt. Wir haben gehört, dass du großartige Arbeit leistest beim Fotografieren der Rinder von Cole und seinen Brüdern. Wir schätzen dich mehr, als du denkst." Dann bückte sie sich und hielt Toby die Hand hin. „Hallo, ich bin Tulip."

Toby grinste sie an. „Ich bin Toby und dein Name ist eine Blume."

„Ja, das stimmt. Ich habe gehört, du hilfst, für die kranke Stute zu sorgen, die sie gefunden haben und die viel Liebe braucht. Levi sagt, du bist ihr Freund."

Toby strahlte. „Ja, sie ist meine Freundin. Und sieh mal – ich trage meine neuen Stiefel, die hat mir Mr. Levi geschenkt. Sind die nicht toll? Mit ihnen werde ich ein Cowboy, wie er."

„Sie sind perfekt. Er ist ein gutes Cowboy-Vorbild, und er ist sehr stolz auf dich."

Rita war überglücklich darüber, dass Levi in jener Nacht in ihr Zimmer gekommen war und sie davon abgehalten hatte, einen großen Fehler zu begehen.

Alle waren so herzlich, auch seine Mutter und sein Vater, und als der Abend verging, beneidete sie sie. Nicht um das Geld, das sie besaßen, sondern um die erstaunliche Nähe zueinander.

Ihre Gedanken wanderten zu Dan und ihren kalten Schwiegereltern, die nicht gewollt hatten, dass ihr Sohn sie heiratete. Die immer gefunden hatten, sie seien besser als sie und ihre Mutter und dass ihr Sohn nichts Unrechtes tun konnte.

Oh, wie falsch sie gelegen hatten.

KAPITEL FÜNFZEHN

Nachdem alle gegangen waren, wischte Tulip die Küchentheke ab und fühlte sich äußerst glücklich. Sie und Cole hatten fantastische, wundervolle Flitterwochen verbracht, aber jetzt waren sie wieder zu Hause und sie war so begierig darauf, ihr gemeinsames Leben zu beginnen, dass es ihr nicht einmal etwas ausmachte, in die Realität zurückzukehren. An diesem Abend hatten sie eine spontane Dinnerparty veranstaltet, weil Coles Eltern, die zu ihrer Hochzeit angereist waren, immer noch in der Stadt waren. Sie würden morgen aufbrechen, um Freunde zu besuchen. Sie hatte alle seine Brüder eingeladen, was ein großer Spaß gewesen war. Sie hatte es geliebt, hier in Coles Haus – ihrem Haus – die Gastgeberin zu sein.

Auch ihre Mutter war eingeladen worden, aber Mira war mit einer Gruppe von Damen nach Hot Springs gefahren, wo sie sich damit amüsierten, die

Sehenswürdigkeiten zu besichtigen und Zeit im Spa zu verbringen. Sie liebten die Stadt und versuchten, einmal im Jahr dorthin zu fahren. Deswegen war sie nicht gekommen. Tulip würde sie jedoch bald sehen; sie würden essen gehen, wenn Mira zurückkam, und sie würde ihr von den Flitterwochen berichten.

Coles Mutter räumte die Spülmaschine ein. Rita hatte angeboten zu helfen, doch sie hatten ihr gesagt, sie solle ihren schläfrigen kleinen Jungen nach Hause und zu Bett bringen, sie würden sich um die Küche kümmern, und so war sie mit Levi aufgebrochen. Sie alle hatten ihnen nachgesehen, wie sie den Flur entlanggegangen waren, hatten beobachtet, wie Levi den süßen kleinen Jungen trug, dessen Kopf auf Levis Schulter ruhte. Den gesamten Abend über war Levis Gesichtsausdruck sehr interessant gewesen.

Tulip faltete das Handtuch, mit dem sie die Theke abgewischt hatte, lehnte sich mit dem Rücken dagegen und begegnete Barbaras Blick. „Es war ein toller Abend, findest du nicht?"

„Ich fand ihn fantastisch, vielen Dank dafür. Wir vermissen unsere Jungs. Wir freuen uns sehr, Cole und dich so glücklich zu sehen. Du strahlst geradezu. Wir freuen uns, dass du ein Teil der Familie bist und die Ranch mit Cole führen wirst. Ich kann dir gar nicht oft genug sagen, wie schön der Garten aussieht, seitdem du ihn umgestaltet hast. Er ist atemberaubend. Ehrlich gesagt habe ich mir Sorgen gemacht, dass er kaputtgehen würde, als ich aufbrach, doch dann bist du gekommen und hast alles zum Blühen gebracht, inklusive meinem Sohn. Ich danke dir."

Tulip war entzückt. „Ich bin gesegnet, hier zu sein. Gott hat mich zu deinem Sohn geführt. Die Blumen waren ein Bonus."

„Da stimme ich dir zu. Und wo wir gerade von Glück sprechen, hast du auf Levi geachtet? Er ist verzaubert." Barbara sprach langsam und voll Erstaunen.

„Das ist mir auch aufgefallen. Verzaubert, gefesselt – er konnte seine Augen kaum von Rita abwenden. Und die Art, wie er und Toby miteinander umgehen, ist einfach nur wunderschön. Man merkt, dass der kleine Junge ihn vergöttert."

„Ich frage mich, ob sie verliebt sind. Sie sehen so aus."

Tulip vernahm die freudige Erwartung und Hoffnung in ihren Worten. „Es wird interessant, zu sehen, wohin das führt, wenn sie erstmal diese Reise nach Montana unternommen haben, um dort Fotos zu schießen. Ich glaube, dass Liebe in der Luft liegt."

Coles Mutter lächelte. „Ich wäre begeistert. Ich sage das nicht oft, aber ich freue mich darauf, dass diese Familie wächst und auf Enkelkinder. Im Moment sind wir noch viel unterwegs und tun das, was wir tun wollen, aber wenn die ersten Enkelkinder auftauchen, werde ich in der Nähe sein. Und nein, keine Sorge – wir werden nicht hierher zurückkommen und in dem großen Haus leben. Wir werden uns etwas Kleineres bauen und es dir und Cole überlassen, also mach es ganz zu deinem eigenen Haus, Liebes. Ich hoffe, du füllst es mit Liebe und kleinen Füßen, die darin herumrasen."

„Danke." Tulips Herz wurde warm. „Wir wollen viele Kinder. Wir genießen noch eine Weile das Leben zu zweit, aber du und meine Mutter seid auf das Gleiche aus, das kannst du mir glauben. Ich habe das Gefühl, dass ihr euch lieben werdet. Ich weiß, dass du meine Mom auf der Hochzeit kennengelernt hast, aber es wird schön sein, wenn sie einfach vorbeikommen und uns besuchen kann. Sie macht gerade diesen Ausflug nach Hot Springs, sie und die Mädels aus dem Salon machen das jedes Jahr. Ich denke, sie wird mehr Zeit hier verbringen, wenn irgendwann die Babys kommen."

Sie lächelten einander an, beendeten die letzten Arbeiten in der Küche und machten sich dann auf die Suche nach ihren Männern, bevor sie zu Bett gingen.

Tulip ging zu Cole, der am Außenkamin stand und mit seinem Vater sprach. Er breitete die Arme aus, sie trat zu ihm, umarmte ihn und legte ihren Kopf an seine Brust.

Er küsste sie auf den Kopf. „Danke für den schönen Abend. Du hast alle wundervoll unterhalten und das Essen war fantastisch."

Sie blickte zu ihm auf. „Ich habe es geliebt. Ich habe alles daran geliebt." Und das hatte sie.

KAPITEL SECHZEHN

Am Tag nach dem Essen bei Cole arbeitete Levi mit der Stute, bevor er sich auf den Weg zu Toby und Rita machen würde, um weitere Fotos zu schießen. Rita hatte Toby zurück zum Ranchhaus gebracht, um dort zu frühstücken und ihn für den Tag fertig zu machen.

Jake kam zu ihm, eine gefaltete Zeitschrift unter dem Arm. „Wie geht es der Stute heute Morgen?"

„Schon besser. Sie wird jeden Tag kräftiger. Sie hat noch einen langen Weg vor sich, aber die Antibiotika wirken und die Vitamine auch. Was ist das da unter deinem Arm?"

Jake grinste. „Nun, weißt du, du hast gestern Abend beim Essen nichts gesagt, dabei war ich so neugierig wie du reagieren würdest. Normalerweise wirfst du bei deinem morgendlichen Ausflug immer auch einen Blick auf die Boulevardzeitungen. Wie dem auch sei, du hast es zwei Tage hintereinander auf die Titelseiten geschafft. Du bist der ungestüme Tanner-Junge, der die Liebe gefunden hat. Vielleicht wird es noch weitere Ausgaben mit deinem Bild geben, du bist der nächste, der an der Reihe ist, spekulieren sie."

Jake hielt ihm zwei Boulevardzeitungen hin – die eine war vom Vortag, die andere von diesem Morgen. Auf dem ersten Cover prangte ein Bild von Rita und ihm mit Toby auf dem Arm und es wurde darüber spekuliert, ob er sich verliebt habe. Die Bilder vom heutigen Morgen stammten von derselben Veranstaltung und zeigten einmal ihn und Rita dicht beieinanderstehend, auf einem anderen Bild saßen sie gemeinsam auf der Decke, der schlafende Toby, dessen Kopf im Schoß seiner Mutter lag, neben ihnen. Sie sahen glücklich aus. Er grinste, als er an diesen Tag dachte. Er hatte eine wundervolle Zeit gehabt.

„Grinst du?"

Levi sah von der Boulevardzeitung auf. „Ja, tue ich. Ein gutes Bild, findest du nicht?"

Jake lachte. „Nun ja, es sind gute Bilder, aber sie zeigen dich. Normalerweise lächelst du nicht, wenn du dir eine Boulevardzeitung ansiehst – stattdessen setzt du einen finsteren Blick auf, wirst wütend und ungehalten und stürmst wütend hinaus, um es mit der ganzen Welt aufzunehmen und wie ein Wahnsinniger zu kämpfen."

„Ja, ich weiß, aber nun ja, das… das ist nicht

wichtig. Und um ehrlich zu sein, es könnte stimmen."

Jake starrte ihn an. „Ernsthaft? Ich habe mich das auch schon gefragt. Ihr habt gestern Abend so ausgesehen, als würdet ihr euch sehr nahestehen. Du hast sie angeschaut, als ob du denken würdest, sie wäre die beste Entdeckung seit Bananen-Splits, und sie hat dich ganz genauso angesehen, deswegen dachte ich, da könnte etwas Besonderes zwischen euch sein."

„Oh ja, das ist es. Und doch ist es irgendwie seltsam. Ich bin es nicht gewöhnt, mich so zu fühlen, und denke, es ist vielleicht nicht wahr oder dass es verschwinden könnte, und das würde sich nicht wirklich gut anfühlen."

„Ich verstehe. Ich staune über das, was du sagst. Ich weiß nicht… ich glaube, ich dachte, du wärst der letzte von uns, der von Liebe und Ehe angezogen wird."

„Nun, das dachte ich irgendwie auch, aber ich weiß es nicht. Da ist einfach etwas an Rita, das ich nicht abschütteln kann. Ich möchte die ganze Zeit in ihrer Nähe sein. Das ist so, seit ich sie beim Tanz zum ersten Mal gesehen habe, obwohl sie eine Hochzeitscrasherin war und ich annahm, ich würde sie verachten. Ich konnte nicht anders. Ich denke, es stimmt vielleicht, dass man es manchmal weiß, wenn man jemanden kennenlernt, der eine besondere Rolle in seinem Leben spielen wird, denn genauso fühle ich mich. Und diese

Boulevardzeitungen sagen nur die Wahrheit. Sie schreiben nichts Unwahres oder Hässliches. Das haben sie in der Vergangenheit getan, aber diesmal nicht. Ich hoffe, diese Berichte werden einfach wieder verschwinden, aber im Moment kann ich deswegen nicht böse sein."

„Nun, Kumpel, ich würde sagen, du hast es weit gebracht. Und viel Glück."

Levi holte tief Luft. „Danke. Ich lasse es allerdings sehr langsam angehen. Ich will sie nicht in die Flucht schlagen."

„Das ist wahrscheinlich das Beste – langsam und entspannt ist besser als schnell und ungestüm, das birgt sicher nur das Risiko, dass sie davonläuft."

„Und Toby… nun ja, ich möchte nicht das Risiko eingehen, Toby zu verletzen. Er ist sehr empfindlich und hat nicht viel mit Männern zu tun gehabt, daher vergöttert er mich. Das fühlt sich gut an, aber ich möchte nichts tun, was ihn durcheinanderbringen könnte, verstehst du was ich meine? Ich möchte eine gute Sache in seinem Leben sein. Ich will nicht, dass etwas zwischen mir und Rita passiert und er mich dann nicht mehr sieht, verstehst du? Ich hoffe, dass, falls etwas geschehen sollte und ich und Rita am Ende nicht zusammen sind, zumindest Toby und ich eine dauerhafte Beziehung haben."

„Mann, dich hat es wirklich erwischt."

„Ja, hat es."

* * *

Am Montag stiegen sie in den Jet, der sie nach Montana bringen würde. Toby hielt ein kleines Lunchpaket in der Hand, das Scotty am Morgen für ihn vorbereitet hatte. Scotty genoss es, Leckereien für Toby zuzubereiten. Rita hatte in den Behälter gelugt und gesehen, dass er mit drei verschiedenen Dosen mit verschiedenen Keksen gefüllt war, die Toby liebte. Zweimal in der vergangenen Woche war Toby bei Scotty geblieben, während sie mit Levi Fotos geschossen hatte, um mit ihm Kekse zu backen. Der ältere Mann war begeistert gewesen, Gesellschaft in der Küche zu haben und hatte es genossen, dass ihm der kleine Junge half. Er hatte einen Enkel, den er in ein paar Wochen besuchen würde. Rita war der Koch in Windeseile ans Herz gewachsen.

Toby grinste Levi an. „Ich wünschte, Scotty könnte mit uns kommen."

„Aber wenn Scotty bei uns wäre, wer würde dann die Cowboys verköstigen?"

Toby nahm das mit ernster Miene auf. „Ja, sie brauchen Scotty. Ich werde ihn sehen, wenn wir zurückkommen. Und ich habe Kekse."

„Vielleicht muss ich versuchen, dir einen Keks zu stehlen."

„Kannst du. Mama auch. Er hat mir viele mitgegeben."

Levis Blick begegnete ihrem von der anderen Seite des schmalen Ganges. Die Sitze befanden sich einander gegenüber; ihre Knie berührten sich beinahe; wenn er seine Beine ausstreckte, waren sie neben ihren.

„Ich habe dir ein paar Malbücher mitgebracht, sie sind hier in diesem Rucksack." Sie stellte den kleinen Rucksack neben Toby auf den Sitz, und er öffnete unverzüglich dessen Reißverschluss und zog eins heraus. Es enthielt Bilder mit Cowboys und Pferden und Kühen und einigen Nutztieren, die die Szenen vervollständigten.

„Cool. Danke Mama."

Sie sah zu, wie er mit dem Ausmalen begann, während das Flugzeug abhob. Sie staunte noch immer über diese Art zu leben, die Privatjets und Limousinen und Boulevardzeitungen. Am Tag zuvor hatte sie die Boulevardzeitungen entdeckt, als sie in einen Laden gegangen war, um Malbücher und ein paar andere Utensilien für Toby und sie für die Reise zu besorgen. Levi hatte auf Toby aufgepasst und sie hatten die Stute versorgt, während sie ihre Einkäufe erledigte.

Sie hatte die Bilder entdeckt, als sie sich in die

Schlange an der Kasse gestellt hatte. Überrascht hatte sie das Bild betrachtet, das sie gemeinsam zeigte, wie sie vor dem Labyrinth auf Toby warteten. Aus dem Winkel, aus dem das Foto aufgenommen war, wirkte es so, als wäre Levi drauf und dran gewesen, ihr einen Kuss zu geben. Als Fotografin wusste sie, dass der Fotograf genau richtig gestanden hatte, um eine optische Täuschung zu erzeugen, als Levi sich während des Gesprächs zu ihr gebeugt hatte. Die Augen und Fantasie des Betrachters taten das ihre und die Schlagzeile unterstrich die Lüge. *Ungestümer Levi Tanner findet auf lokalem Fest endlich seine Liebe.* Sie zuckte zusammen und fragte sich, was Levi wohl denken würde. Als sie sich umsah, bemerkte sie, dass niemand sie beachtete, wahrscheinlich erkannte sie niemand.

Bis auf die ältere Dame, die an der Kasse arbeitete. Ihre Augen hellten sich auf, als Rita ihre Sachen auf das Band stellte.

„Sie und Levi sehen auf diesem Foto wirklich glücklich aus. Levi war in letzter Zeit nicht hier. Früher kam er beinahe jede Woche um zu sehen, ob etwas über ihn auf der Titelseite stand. Er hasst sie. Als er nicht vorbeikam, um sie sich anzusehen, dachte ich, er sei vielleicht krank oder so. Dann kam Jake vorbei und hat sie gekauft, daher weiß ich, dass er es weiß. Armer Kerl.

Sie haben früher alle möglichen Gerüchte über ihn verbreitet. Heutzutage bleibt er meist auf seiner Ranch, daher haben sie es schwer, eine Aufnahme von ihm und einer Frau auf das Cover zu bekommen. Es ist schon eine Weile her. Aber er wird auch sauer, wenn seine Brüder dort abgebildet sind."

Sie redete weiter, während Rita versuchte, Sinn in all das zu bringen. *Levi wusste, dass sie auf dem Cover waren, und hatte nichts gesagt?*

Dankbar stellte sie fest, dass niemand hinter ihr in der Reihe stand und ihnen zuhörte. „Nun, sie verbreiten immer noch Gerüchte. Ich arbeite zum Beispiel nur für ihn, und er hat mich und meinen Sohn zum Festival mitgenommen. Wir haben darauf gewartet, dass er aus dem Labyrinth kommt. Wir haben uns nicht geküsst. Der Fotograf lässt es lediglich so wirken. Das sind Lügen."

„Nun, das ist schade. Du siehst nett aus, und ich denke, dieser junge Mann braucht eine gute Frau in seinem Leben. Es sind alles Lügen, aber ich führe diese Zeitschriften trotzdem, weil sie sich verkaufen."

Seit sie den Laden verlassen hatte, hatte sie an diese Begegnung denken müssen. Sie hatte ein seltsames Gefühl im Bauch, weil er die Bilder nicht erwähnt hatte. Er schien nicht einmal aufgebracht zu sein. *Woran lag das?* Er war wütend auf die Boulevardzeitungen gewesen, doch nun schien es, als ob die Geschichte über sie und ihn gar keine Rolle spielte. *Was bedeutete das?* Früher hatten sie schreckliche Lügen über Levi verbreitet, als dieser noch jünger und nicht reif genug gewesen war, um mit solchen Dingen umzugehen. *Hatte er entschieden, dass es egal war?*

„Bist du bereit für eine lustige Woche?", fragte er und beobachtete sie.

„Während wir was machen?", fragte sie unkonzentriert.

„Die Ranch erkunden."

„Ah ja, richtig. Ich denke, wir tun das in einem Truck?"

Sein Blick grub sich tiefer in ihren. „Zum Teil. Für den anderen nutzen wir einen Helikopter. Es gibt viel Land zu entdecken, daher habe ich einen Piloten engagiert. Wir werden über verschiedene Areale fliegen und wenn wir etwas sehen, das wir fotografieren möchten, werden wir landen und die Aufnahmen machen. Aber einen Teil des Geländes werden wir auch mit dem Truck erkunden."

Ein Hubschrauber. Das hatte sie nicht erwartet. Es gab so vieles an dieser Art zu leben, über das sie sich wunderte. „Ist das normal?"

„Auf großen Ranches, ja. Manche Ranches nutzen die Helikopter auch für den Viehtrieb. Ich mag das nicht. Ich möchte die Rinder nicht erschrecken. Aber wir werden kein Vieh treiben; wir werden uns nur alles anschauen. Aber dafür ist er praktisch. Manchmal braucht man sie. Lenkt dich irgendetwas ab?" Er warf Toby einen Blick zu, als wollte er sich vergewissern, dass dieser nicht auf ihre Unterhaltung achtete.

„Nein, mir geht es gut." Sie nickte und versuchte ihm zu vermitteln, dass es ihr gut ging, ohne etwas zu sagen, das Tobys Aufmerksamkeit weckte.

„Bist du dir sicher?"

Sie nickte. „Bin ich." Auch wenn sie vorhatte, mit ihm über die Zeitschriften zu sprechen, war jetzt nicht der richtige Zeitpunkt.

Sie verbrachten den Rest des Fluges damit, über Viehzucht zu reden und Toby hatte viele Fragen, die Levi geduldig beantwortete. Die Hälfte der Zeit hörte Rita ihnen nur zu. Es war aufschlussreich, dass sie ihrem Sohn und Levi den ganzen Tag zuhören konnte. Ihr Herz hatte sich ein wenig mehr geöffnet, als das Flugzeug in Montana landete.

Sie konnte nur einfach nicht herausfinden, warum er wegen der Fotos und der offensichtlichen Lügen nicht verärgert zu sein schien.

KAPITEL SIEBZEHN

Jake hatte recht gehabt: das Ranchhaus in Montana war geräumig und hübsch und eine großartige Unterkunft für sie, wenn sie die Montana-Ranch besuchten. Diese verfügte über ein separates Haus für den Vorarbeiter, der die Ranch schon seit geraumer Zeit führte, wie Jake ihnen erklärt hatte; sein Ruf war gut, weswegen sie ihn behalten hatten. Sie hatten Gordon an der Landebahn getroffen und er hatte sie zum Ranchhaus gefahren, bevor er zu seiner Frau nach Hause gegangen war. Er würde sich am nächsten Morgen mit Levi treffen, um über die Pläne für die Woche zu sprechen. Gordons Frau hatte eine Mahlzeit für sie vorbereitet, die im Warmhaltefach in der Küche auf sie wartete.

Nachdem er und Rita die Koffer in ihre Zimmer gebracht hatten, nahmen sie Teller aus dem Schrank, stellten sie auf die große Kücheninsel und richteten alles her, bevor sie Toby zum Essen riefen. Dieser war währenddessen fröhlich durchs ganze Haus gelaufen und hatte die Glätte des Parkettbodens und der breiten Treppe, die in den zweiten Stock führte, in Augenschein genommen.

Es war ein spätes Mittagessen und sie konnten die Reste abends essen. Auf keinen Fall würde Rita kochen; sie hatte zwar vorgeschlagen, das zu tun, während sie hier waren, aber das war nicht ihre Aufgabe. Sie hatte entgegnet, dass es auch nicht seine Aufgabe sei, sich die ganze Reise über um ihren Sohn zu kümmern und sie wirklich kochen könne. Er hatte schließlich eingeräumt, dass sie vielleicht kochen könne, wenn sie an einem Tag früher zurückkehren sollten und sie das wirklich tun wollte, aber eigentlich war Gordons Frau für die Zubereitung der Mahlzeiten zuständig. Sie kümmerte sich um das Haus und übernahm das Kochen, wenn sie zu Besuch waren. Ein Konzept, das für Rita nur schwer verständlich war, wie es schien. Sie war es nicht gewohnt, dass jemand für sie kochte. Das war er auch nicht gewesen, aber mit Scotty auf der Ranch war es für ihn zur Normalität geworden. Manchmal war es schon sehr praktisch.

Als sie Platz nahmen, gähnte Toby. Er war während des gesamten Fluges wach gewesen. Manchmal machte er einen Mittagsschlaf, aber im Flugzeug war alles so aufregend gewesen und er hatte die ganze Zeit über geredet und Levi hatte es genossen, sich mit ihm zu unterhalten. Er hatte den Eindruck gehabt, dass es Rita gefallen hatte, ihnen zuzuhören, er neckte Toby gern und hatte sich über jedes Lächeln auf ihrem Gesicht gefreut, auch wenn sie mehrmals so gewirkt hatte, als würde sie etwas beschäftigen.

Nach dem Essen brachte sie ihren Sohn in das Zimmer, das sie und Toby sich teilen würden. Sie wollte, dass er in ihrer Nähe war, da sie in einem fremden Haus waren und er sich hier nicht auskannte.

Er ging nach draußen, um sich die Scheunen anzusehen. Es war ein großartiges Anwesen. Er mochte Montana; er mochte die weiten Landschaften. Er liebte Texas, aber Jake hatte recht gehabt – das Grundstück war fantastisch und Begeisterung überkam ihn in Anbetracht all der Möglichkeiten, die sich ihnen hier boten. Während er durch die Scheune ging, klingelte sein Telefon. Es war Bret.

„Hey, wie geht's?"

Am anderen Ende der Leitung schnaubte Bret. „Nicht gut."

Sein Bruder war normalerweise kein niedergeschlagener Mensch, etwas war nicht in Ordnung, das hörte er an seiner Stimme. „Stimmt etwas nicht?"

„Meine Schulter ist im Eimer. Sie macht Probleme. Gestern Abend bin ich schlecht geritten. Habe den Tag mit Kompressen und Eisbeuteln verbracht. Ich weiß nicht, ob ich bis zum nächsten Ritt wieder fit bin."

Bret hatte sich beim Bullenreiten gut geschlagen. Doch er wusste, dass irgendwann der Zeitpunkt zum Aufhören kam und ihnen allen war klar, dass dieser Zeitpunkt näher rückte. Und doch würde niemand Bret sagen, dass er aufhören sollte, bis Bret selbst dazu bereit war. „Wirst du reiten?"

„Ich weiß es nicht. Ich werde schauen. Ich habe noch bis morgen Abend Zeit. Wie ist die Ranch?"

„So weit, so gut. Wir sind gerade erst angekommen und haben Mittag gegessen. Ich schaue mir die Scheune an, während Rita Toby hinlegt. Morgen gehen wir auf Tour. Ich mag Gordon – er scheint ein guter Mann zu sein."

„Gut. Ich muss auch mal dorthin kommen und mir alles ansehen. Jake hat mir erzählt – nun, du weißt ja, was Jake erzählt hat – er liebt es dort."

Bret klang niedergeschlagen. Er lebte ein Leben, in dem er immer unterwegs war. Levi war viel zu gern daheim, um so etwas für sich selbst zu wollen. Er hatte nie ernsthaft an Rodeos teilgenommen, er war einfach zu gern auf der Ranch. Er liebte es, mit den Rindern zu arbeiten, Getreide anzubauen und das Land in einem

Zustand zu erhalten, der den Tieren optimale Bedingen bot. Die Teilnahme an Wettbewerben wie diesen war ihm niemals erstrebenswert vorgekommen. Auch er hatte von Zeit zu Zeit mal auf einem Bullen gesessen, doch das war es nicht, was ihn begeisterte. Aber Bret liebte es.

„Ich weiß nicht, Bret. Ich sehe mich um, hier gibt es eine Menge Platz. Vielleicht solltest du herkommen und es dir anschauen, es könnte ein guter Ort sein, um ein paar Bullen aufzuziehen."

„Versuchst du, mich aus Texas fortzuschaffen?"

„Ich versuche, dich für etwas zu interessieren. Du klingst niedergeschlagen, Bruder."

„Das geht vorbei, sobald sich meine Schulter wieder besser anfühlt und ich reiten kann."

„Du weißt, das Leben hat mehr zu bieten als das Reiten."

„Das erzählt ihr mir alle immer wieder."

Er gluckste. Das klang schon eher wie Bret. „Du solltest es mal ausprobieren."

„Du weißt, dass ich diesen Lebensstil liebe. Ich meine, ich habe es satt, unterwegs zu sein, aber ich mag die Aufregung des Rittes... den Adrenalinschub. Ich bin mir nicht sicher, ob ich das aufgeben möchte."

„Bret, wir wissen doch beide, dass man sich das nicht immer aussuchen kann. Irgendwann muss man einfach damit aufhören. Dein Körper kommt ab einem bestimmten Punkt nicht mehr mit all den Misshandlungen klar. Du hast bereits schlechte Knie und jetzt auch noch deine Schulter – ich meine, das, was die Ärzte tun können, um dich gesund zu halten, hat auch seine Grenzen. Es wird dir nicht gut gehen, wenn du älter bist."

Es stimmte. Bret war gut, aber das Bullenreiten forderte seinen Tribut. Im Laufe der Jahre hatte sich sein Bruder Sehnen gerissen, Rippen geprellt und gebrochen, die Schultern ausgerenkt... er konnte sich nicht einmal an alles erinnern. Sobald sein Doktor es erlaubte, machte er weiter. Verdammt, meistens ritt er sogar, wenn er geprellte Rippen hatte, er verband sie einfach und machte weiter. Es war nicht perfekt, aber er gab sich trotzdem Mühe. Bullenreiter waren robust – manchmal zu robust für ihr eigenes Wohlergehen.

„Was ist mit Rita? Jake meinte, du könntest verliebt sein. Ich habe das Bild in der Zeitschrift gesehen, das auf dem ihr euch küsst."

„Wir haben uns nicht geküsst. Und Jake sollte den Mund halten." Levi hätte sich denken können, dass Jake etwas sagen würde.

„Das Bild sah auf jeden Fall danach aus und Jake hat es definitiv geglaubt. Ich habe eine ziemlich starke Verbindung zwischen euch beiden bemerkt, als ich neulich zu Hause war."

„Also schön, und jetzt was, zum Teufel? Bret, einige von uns müssen mit ihrem Leben vorankommen, weißt du, das ist die Wahrheit. Ich könnte verliebt sein. Allerdings werde ich dir nicht sagen, ob es so ist oder nicht, denn erst einmal werde ich mich selbst und Rita von diesem Gedanken überzeugen müssen." *Warum war er nicht einfach ehrlich und sagte, dass er verliebt war?*

„Wenn ihr beide heiratet, hättet ihr sofort eine Familie. Das würde Mom glücklich machen. Sie alle haben sich neulich beim Abendessen wie Freunde verstanden."

„Ja, das haben sie." Seine Mutter hatte sich in Toby verliebt, genau wie er. Und sie hatte es geliebt, mit Rita zu reden.

„Mom wäre begeistert, wenn die Schlagzeilen der Wahrheit entsprächen und zwei ihrer Söhne endlich verheiratet wären."

„Hey, noch bin ich nicht verheiratet – setz mir nicht die Waffe auf die Brust. Ich werde es dich wissen lassen, ob und wenn ja, wann das der Fall ist."

Bret lachte, was ihn zum Lächeln brachte.

„Ich dachte, ich stachele dich mal ein bisschen auf", sagte Bret.

„Nun, wenigstens klingst du jetzt wieder ein

bisschen munterer. Wenn dafür ein paar Sticheleien auf meine Kosten nötig waren, ist das okay für mich. Bist du sicher, dass es dir gut geht?"

„Mir geht's gut. Mein Dating-Leben ist ein Desaster. Nicht, dass ich besonders gut darin wäre. Ich weiß gerade nicht, wonach ich suche. Mein ganzes Leben scheint ein bisschen auf dem Kopf zu stehen, weißt du?"

„Ja, ich weiß. Aber halte durch. Du wirst dich wieder besser fühlen – wahrscheinlich wirst du morgen reiten und es fantastisch machen. Eine hübsche Dame wird dir ins Auge stechen und du wirst wieder glücklich sein."

„Bei dir klingt das so, als wäre ich ein Typ, der von einer Beziehung zur nächsten springt, solange das Gesicht nur hübsch genug ist. Du weißt, dass ich nicht so bin."

„Ich weiß." Die Wahrheit war, dass Bret von einem Mädchen aus der Gegend, das er hatte heiraten wollen, tief verletzt worden war. Sie hatten alle erwartet, dass die beiden heiraten würden, doch dann war alles den Bach hinuntergegangen und es war nicht so gekommen. „Hör mal, komm nach Hause, wann immer dir danach ist. Du weißt, dass du das jederzeit tun kannst."

„Ich weiß, aber ich bin noch nicht bereit, das Handtuch zu werfen. Wie auch immer, ich wollte nur anrufen und Hallo sagen und herausfinden, ob du schon bereit bist, dich in einen Smoking zu werfen und mit dieser hübschen Dame Ringe auszutauschen. Ich freue mich für dich, Mann. Wirklich, das tue ich und ich will dir nur sagen, dass du dir diese Frau nicht entgehen lassen solltest, wenn du denkst, dass sie gut für dich ist."

„Danke. Aber wie gesagt, ich sage dir Bescheid."

Nachdem sie aufgelegt hatten, stand er noch eine Minute da und dachte darüber nach, was für ein seltsames Gespräch das gewesen war. Sein Bruder schien seine Lebensentscheidungen gründlich zu überdenken. Es war nicht einfach, etwas im Leben zu ändern, besonders wenn man das so sehr liebte wie Bret das Bullenreiten. Levi hoffte, dass er aufhören würde, bevor er sich zu sehr verletzte.

Er selbst war einfach nur froh, hier zu sein und freute sich darauf, Zeit mit Rita und Toby zu verbringen.

* * *

Die Ranch in Montana war wunderschön und Rita hatte die ersten beiden Tage dort sehr genossen. Sie hatte Gordon und dessen Frau Mary kennengelernt, die die Mahlzeiten zubereitete. Mary war eine hübsche ältere Frau. Ihr Enkel würde sie für ein paar Tage besuchen und sie hatte gefragt, ob Toby vielleicht am Mittwoch und Donnerstag Zeit mit ihnen verbringen wollte, während sie und Levi die Ranch begutachteten.

Am Tag zuvor war Toby mit ihnen im Helikopter geflogen und das war für sie beide ein Erlebnis gewesen. Sie hatte noch nie in einem Hubschrauber gesessen und hatte dieses Erlebnis als ein wenig nervenaufreibend empfunden. Levi hatte ihr versichert, dass sie nur abheben würden, wenn das Wetter völlig unbedenklich wäre. Als hätte ihn das Wetter gehört, war es ein wunderschöner Tag gewesen. Sie waren über zerklüftetes Land geflogen. Sie hatten das Vieh und einige Schluchten gesehen, es war eine weitläufige Ranch. Es würde Tage dauern, diese zu Pferd zu durchqueren. Er hatte ihr erklärt, dass die Ranches in Montana größer waren, weil es weniger Gras für das Vieh gab, daher wurden sie hier etwas anders bewirtschaftet.

Sie war froh, dass sie heute mit dem Truck unterwegs sein würden und obwohl sie den Helikopterflug genossen hatte, würde sie mehr Zeit am Boden benötigen, um die Fotos zu schießen, die er brauchte. Trotzdem hatte sie bereits einige spektakuläre Aufnahmen im Kasten. Der Hubschrauber war mehrmals gelandet, woraufhin sie beide ausgestiegen waren und Rita fotografiert hatte. An diesem Abend würden sie bei Sonnenuntergang weitermachen. Sie dachte, dass so großartige Bilder entstehen würden.

Sie lächelte Mary zu, als sie den Truck vor dem Haus des Vorarbeiters zum Stehen brachte. „Bist du dir sicher, dass es dir nichts ausmacht?"

„Oh, nicht im Geringsten. Ich bin begeistert. Toby und Calvin werden eine tolle Zeit haben. Calvin bemängelt immer, dass er niemanden zum Spielen hat, wenn er hier ist und obwohl er ein Jahr älter ist als Toby, werden die beiden viel Spaß haben."

„In Ordnung."

Toby grinste. Er freute sich darauf, mit dem kleinen Jungen spielen zu können. Er hatte schon länger niemanden mehr kennengelernt, der seine Größe hatte. Hinter dem Haus befand sich eine große Schaukel, die dort nur für Calvins Besuche auf ihn wartete. Sie würden also viel schaukeln, außerdem gab es noch einen kleinen Pool, in dem sie spielen konnten und der ungefähr einen halben Meter hoch mit Wasser gefüllt war. Ein Tag voller Herumgeplantsche und Spaß lag vor ihnen.

„Dann überlasse ich ihn jetzt dir." Sie bückte sich und fasste ihn an den Schultern. „Sei ein braver Junge. Hab einen schönen Tag mit Calvin, aber hör auf Miss Mary, okay?"

„Das werde ich, Mama. Mach gute Bilder. Und sag Mr. Levi, dass ich ihn an einem anderen Tag begleiten werde."

„Das werde ich ihm ausrichten." Sie lächelte und nachdem sie noch ein paar Worte gewechselt hatten, stieg sie wieder in den Truck und fuhr zurück zur Scheune, wo Levi gerade etwas mit Gordon besprach. Sie hatte sich in den letzten zwei Tagen auf ihre Arbeit konzentriert, da sie Levi und seiner Familie die bestmöglichen Bilder übergeben wollte, weil sie ihnen so dankbar für all die Unterstützung war, die sie ihr hatten angedeihen lassen. Und doch war sie aufgeregt, weil sie und Levi an diesem Tag zum ersten Mal seit längerem tatsächlich einige Zeit allein verbringen würden.

Ein wenig sorgte sie sich darüber, wie sehr sie dieser Zeit entgegenfieberte. Er war so gut zu ihr gewesen und auch wenn sie ihn zuweilen dabei erwischt hatte, wie er sie ansah, und sie sich fragte, ob er wohl ebenso wie sie daran dachte, wie sehr er sie mochte und sich genau das wünschte, lachte sie über diesen Gedanken. Sie fühlte sich ein wenig wie eine Heranwachsende. Doch es ließ sich nicht bestreiten. Wie auch immer, an diesem Tag wären es nur sie beide. Sie hatte ein Mittagessen eingepackt – übrig gebliebenes Hühnchen vom Vorabend, ein paar Fruchtpasteten, die Mary gebacken hatte, und einige Flaschen Wasser – sie waren aufbruchbereit.

Er lächelte, als sie die Scheune betrat. „Bereit? Ist Toby okay?"

„Er ist überglücklich und sagte mir, ich soll dir ausrichten, dass er dich an einem anderen Tag begleiten wird. Gordon, ich kann dir sagen, er freut sich darauf, Zeit mit Mary und Calvin zu verbringen. Er hat schon lange nicht mehr mit einem anderen kleinen Jungen gespielt. Als er bei meiner Mutter gelebt hat, hatte er niemanden zum Spielen und seitdem wir auf der Ranch leben, waren es immer nur die Ranch-Cowboys. Ich bin sehr dankbar darüber, dass sie so viel Zeit mit ihm verbringen, aber es gibt nichts Schöneres, als mit jemandem im eigenen Alter zu spielen."

Gordon gluckste. „Ich weiß, was du meinst. Calvin freut sich auch darauf. Als wir ihm sagten, dass bei seinem Besuch ein weiterer kleiner Junge hier sein würde, mit dem er spielen kann, konnte er seine Aufregung kaum zügeln. Und Mary liebt es. Sie hätte gern noch weitere Enkelkinder, aber ich bin mir nicht sicher, ob sie die bekommen wird. Deswegen ist es großartig so, sie kann wirklich gut mit Kindern umgehen, also macht ihr euer Ding. Habt einen schönen Tag und macht euch keine Sorgen um ihn. Und wenn ihr zu spät zurückkommen solltet, dann legen wir ihn einfach mit Calvin schlafen, okay?"

„Danke, Gordon. Wir schätzen wirklich, was du tust. Wir freuen uns sehr, dich hier zu haben. Dich und Mary."

„Hey, ich freue mich wirklich über jemanden, der das Land so sieht und liebt, wie ich es tat, als ich dieses Haus gekauft habe. Ich bin schon lange hier. Die Vorbesitzer liebten die Ranch und hatten Angst, dass sie, wenn sie sie zum Verkauf anbieten würden, in kleinere Parzellen unterteilt würde. Er wurde einfach zu alt, um sich um alles zu kümmern und seine Kinder wollten nicht so wie er auf dem Land leben. Daher waren er und ich gleichermaßen begeistert, als wir hörten, dass ihr die gesamte Ranch kaufen wollt. Macht euch einen schönen Tag."

Levi schüttelte ihm die Hand und dann verließen sie die Scheune. Er öffnete ihr die Tür und sie kletterte hinein, dann ging er um den Wagen herum und stieg ebenfalls ein. „Okay, dann wollen wir mal."

Sie lächelte und kicherte. Er sah so aufgeregt aus. „Ich glaube, du bist mindestens genauso begierig darauf, die Ranch zu erkunden wie Toby darauf, mit Calvin zu spielen."

Levi steuerte den Truck in Richtung der Ranchstraße, die sie nehmen würden und grinste sie an. „Das bin ich. Aber eins muss ich dir sagen, Rita Snow, ich freue mich auch darauf, heute ein bisschen Zeit mit dir allein zu verbringen. Ich weiß, dass ich das wahrscheinlich nicht sagen sollte, aber es ist wahr. Ich werde mich benehmen, aber ich denke, du wirst dich heute etwas mehr entspannen können. Toby ist ein tolles Kind und ich genieße die Zeit mit ihm, aber ich weiß, dass es dich ein wenig stresst, die Fotos zu schießen und ihn gleichzeitig im Auge zu behalten, weil du dich sorgst, dass ich auf ihn aufpassen muss."

„Ein bisschen tut es das, aber es war großartig, also los geht's. Das wird ein Abenteuer."

„Das hoffe ich."

KAPITEL ACHTZEHN

Die Ranch war weitläufig. Während des Flugs im Helikopter hatten sie so viele verschiedene Geländevariationen gesehen, dass es sie beeindruckt hatte. Ihr Ziel waren einige Canyons, die sie gesehen hatten und ein wenig erkunden wollten. Die Aufnahmen würden alles übertreffen, auch wenn die aus der Luft aufgenommenen Bilder bereits großartig gewesen waren. Sie war begierig darauf, sich der Schönheit, die sie gesehen hatte, am Boden zu nähern. Es dauerte über eine Stunde, um zu dem Ort zu gelangen, zu dem sie wollten.

Doch das machte ihr nichts aus; sie genoss jeden Moment, den sie mit Levi verbrachte. Sie lachten, als er Witze erzählte; er war lustig. Sie erzählte ihm einige amüsante Geschichten aus Tobys Kindertagen. Er war ein witziger kleiner Junge, und Levi war sehr gut darin, nach Toby zu fragen. Er hatte nie Kinder gehabt und war

Single, aber er schien aufrichtig an ihrem Sohn interessiert zu sein. Sie erzählte ihm von dem Vorfall, als Toby sie erschreckt hatte, weil er ihr als Kleinkind im Walmart entwischt war. Sie hatte ihn nur auf den Boden gestellt und den Einkaufswegen in die Reihe der anderen Wagen geschoben; sie hatte ihm nur für eine Sekunde den Rücken gekehrt und als sie sich umgedreht hatte, war er verschwunden gewesen.

„Ich war entsetzt. Ich konnte nicht atmen – mein Herz wäre mir beinahe aus der Brust gesprungen, so heftig schlug es. Es war der erschreckendste Moment meines gesamten Lebens. Ich rannte durch den Laden und rief seinen Namen. Ich konnte den vorderen Bereich nicht verlassen und behielt ihn im Auge, ich lief einfach herum und schrie seinen Namen. Alle blickten mich entsetzt an, weil ich mein Kind verloren hatte. Aber sie waren so freundlich; der Filialleiter schloss die Eingangstüren ab für den Fall, dass ihn sich jemand geschnappt hatte und noch im Laden war. Meine Befürchtung war, dass er schon weg sein könnte, denn ich war im Bereich mit den Einkaufswagen gewesen, in der Nähe der Kassen und ich dachte, vielleicht hat ihn sich jemand gegriffen und ist mit ihm durch die Tür gerannt, direkt nachdem ich ihn abgesetzt hatte.

Und Toby – du kennst ja Toby… er ist der netteste und umgänglichste kleine Kerl. Er hätte wahrscheinlich nicht einmal geschrien. Wahrscheinlich hätte er demjenigen, der ihn mir wegnähme, sogar noch die Arme um den Hals geschlungen und ihm einen dicken Kuss gegeben. Als ich kurz davor war, in Ohnmacht zu fallen – ich bin mir sicher, dass weniger als fünf Minuten vergangen waren, in denen ich derart entsetzt war und jeder Angestellte versuchte, mir zu helfen – da sprang er plötzlich unter einem Kleiderständer mit Hosen hervor. Die Damenbekleidungsabteilung war genau dort. Es war ein kleiner Walmart – keiner dieser riesigen Läden. Es war einer der kleineren, in denen alles näher beieinanderliegt. Er sprang hervor und schrie ‚buh'. Ich fiel dort einfach vor allen auf die Knie, hielt meine Arme offen und schrie lediglich. Ich war zornig und verärgert und verängstigt und aufgebracht, aber alles was ich tun konnte, war ihn zu küssen und ganz festzuhalten und zu weinen.

Alle haben geklatscht und Toby war völlig ahnungslos. Er sah sich um und grinste nur, weil er dachte, dass ihm alle applaudierten. Das taten sie, aber er dachte, er hätte etwas Tolles getan. Er hatte keine Ahnung, dass er seiner Mutter soeben beinahe einen Herzinfarkt beschert hatte und den armen Manager und all die Leute, die dort arbeiteten und alle Gäste, die dort waren, erschreckt hatte. Es erübrigt sich wohl zu sagen, dass ich an diesem Tag ein wenig gealtert bin.

Wahrscheinlich habe ich von diesem Tag ein paar graue Haare. Ich habe meine Lektion gelernt – ich kehre Toby nie den Rücken zu. Nie. Zumindest nicht im Laden. Im Haus darf er sich frei bewegen und seit wir hier auf der Ranch sind, auch, aber davor habe ich ihn unglaublich beschützt. Zum Teil liegt es an ihm – er liebt es einfach, Verstecken zu spielen und ich weiß einfach nie... er könnte sich verstecken und etwas Schreckliches könnte passieren."

Wie war ihre unbeschwerte Unterhaltung zu diesem schrecklichen Ereignis gewandert? Ihr blieb beinahe das Herz stehen, weil sie wieder die unbeschreibliche Angst verspürte, die ihr damals den Hals zugeschnürt hatte. Levi verlangsamte das Tempo, während er gleichzeitig eine Hand am Lenkrad hielt und mit der anderen ihre Wange berührte. Sie saßen nicht so weit voneinander entfernt, als dass er sie nicht hätte erreichen können. Unfähig sich zu bewegen, starrte sie ihn nur an.

Er lächelte und warf einen raschen Blick nach vorn, um sich zu vergewissern, dass er den Truck immer noch geradeaus lenkte, dann sah er wieder zu ihr. „Du bist eine gute Mutter, und dein kleiner Junge ist süß und gut und gutmütig, weil er wie du ist. Und nein, er wollte dich nicht verletzen oder erschrecken, aber ich weiß, dass er es getan hat, und das tut mir unendlich leid. Lass dich jetzt nicht davon runterziehen. Beruhige dich. Es ist alles in Ordnung."

Sie beruhigte sich. Die plötzlich aufgekommene Panikattacke, die sie beim Gedanken daran, Toby zu verlieren, überfallen hatte, verebbte und stattdessen blickte sie den wunderschönen, wundervollen, gutaussehenden Mann an, der ihr Boss war. „Danke, Levi. Es fällt mir immer noch schwer, daran zu denken. Und danke für die netten Worte. Wenn ich auch nur halb so süß und nett bin wie Toby, dann muss ich wunderbar sein."

Sie lachte und Levi sah sie erneut an, nachdem er zuvor auf die sie umgebenden Weiden geblickt hatte. Sein Daumen fuhr an ihrer Wange entlang zu ihrem Kiefer und dann wieder hoch zu ihrer Wange und wieder hinunter zu ihrem Kiefer. Die sanfte, beruhigende Liebkosung sandte sanft pulsende Vibrationen durch ihren gesamten Körper und elektrisierte jedes Nervenende in ihr. Sie hatte noch nie eine solche Berührung erlebt.

„Ich denke, nun, ich hoffe, dass du vielleicht mit mir ausgehst, wenn du deinen Laden in Fredericksburg hast und ich nicht mehr dein Chef bin?"

Der ernste Blick in seinen Augen eroberte ihr Herz. Er hatte ihr gesagt, dass er sich zu ihr hingezogen fühlte und mit ihr ausgehen wollte, aber aufgrund der Erfahrungen, die sie mit ihren früheren Chefs gemacht hatte, würde er nichts unternehmen, bis er nicht mehr ihr Boss war. Allein der Gedanke daran war überwältigend.

„Das wäre wundervoll. Ich ordne dich nicht in dieselbe Kategorie ein wie meine früheren Chefs. Das solltest du wissen, Levi. Du warst nie etwas anderes als gut zu mir."

Sie legte ihre Hand auf seine, zog sie herunter und hielt sie mit beiden Händen fest. Er trat auf die Bremse und brachte den Truck zum Stehen. Das Land um sie herum war zerklüftet und karg und nicht der schönste Ort der Welt. Sie waren auf dem Weg zu einem wunderschönen Ort; hier jedoch war es ziemlich trostlos, aber das Gefühl seiner Hand in ihrer und der Ausdruck in seinen Augen ließen alles um sie herum lebendig werden. Sie sah nichts als Schönheit, die sie umgab.

Als er den Motor abstellte und sich zu ihr beugte, nahm er ihre Hand. Er hob sie an seine Lippen und küsste ihre Handfläche. „Ich habe dich wirklich gern. Ich möchte, dass du das weißt. Und ich würde nie etwas tun, was dich verletzt."

Sie konnte nicht anders, sie fühlte sich kühner als je zuvor, sie hatte noch nie etwas stärker gewollt als in diesem Augenblick von Levi geküsst zu werden. Sie rutschte über die Sitzbank des Ranch-Trucks in seine Arme und küsste ihn. Überrascht sah er sie an; sie sah seine Augen, als sie ihm näherkam. Und dann seufzte er, als sich ihre Lippen trafen; seine Arme legten sich um sie und er erwiderte den Kuss. Da saß sie nun mitten im Nirgendwo und hatte noch nie etwas auch nur entfernt Ähnliches erlebt wie den kraftvollen Kuss, den Levi ihr gab. Seine Arme drückten sie an sich und seine Lippen waren darauf bedacht, ihr zu zeigen, wie wichtig sie ihm war. Sie lächelte, obwohl ihre Lippen immer noch aufeinander lagen.

Er musste gespürt haben, wie sich ihre Lippen aufwärtsbewegten. Er zog sich zurück und seine Augen tanzten, als er sie anlächelte. „Findest du das lustig?"

Sie atmete aus. „Oh nein, dieser Kuss ist nicht lustig. Ich bin einfach überwältigt. Ich habe so etwas noch nie gefühlt. Ich konnte nicht anders, als zu lächeln. Dieser Boulevardfotograf hätte ein gutes Foto bekommen, wenn er jetzt auf uns gehalten hätte." Das hatte sie nicht sagen wollen. Sie hatte die ganze Woche über versucht, nichts zu sagen, weil sie dachte, er wollte es nicht erwähnen und sie hatte nicht gewusst, wie sie es zur Sprache bringen sollte. Doch dieser Kuss hatte ihre Welt verändert und die Worte waren einfach aus ihr herausgesprudelt.

Er fuhr sich mit der Hand durchs Haar. Irgendwann während des Kusses war sein Hut herabgefallen und lag nun auf halbem Weg zwischen Lenkrad und Fahrzeugboden.

„Da stimme ich dir zu. Wow. Okay, ich werde für unser beider Wohl sagen, dass du am besten zurück auf deinen Platz rutschst und ich auf meinen und dann werde ich beide Hände ans Lenkrad legen und du greifst am besten mit beiden Händen nach dem Griff dort drüben und dann sehen wir mal, ob wir den Rest des Weges zum Canyon zurücklegen können und es uns gelingt, all die Emotionen ein wenig zu besänftigen. Und ich habe die Boulevardzeitung nicht erwähnt, weil ich nicht wollte, dass du dich komisch fühlst."

Sie lächelte. „Ich verstehe. Und vielleicht hast du recht, was deine Hände am Lenkrad und den Fuß auf dem Gaspedal betrifft." Lächelnd tat sie, was er verlangte; sie rutschte hinüber auf den Beifahrersitz.

Er zwinkerte ihr zu, drückte dann das Gaspedal durch und sie fuhren erneut in Richtung ihres Ziels.

Aber während er fuhr, war alles, woran sie denken konnte, dass er, bevor der Tag vorbei war, das Lenkrad loslassen musste. Sie würde bereit sein. Und es war niemand in der Nähe, der ein Foto von ihnen schießen konnte.

KAPITEL NEUNZEHN

Den Rest des Weges schalt Levi sich selbst. *Was hatte er sich nur gedacht?* Nachdem er sie geküsst hatte, dachte er nun natürlich nur noch daran, sie noch einmal zu küssen. Und dann noch einmal und noch einmal und noch einmal, bis an sein Lebensende. Ja, er war ein hoffnungsloser Fall. Aber er durfte sie nicht verschrecken. Sie kannten sich noch nicht lange genug und er musste sich beherrschen.

Er musste sich wieder in den Griff bekommen. Er wollte keine der Grenzen zwischen Chef und Angestellter überschreiten. Er wollte auf keinen Fall in dieselbe Kategorie eingeordnet werden wie die übrigen Idioten in ihrem Leben. Während er fuhr, redete er sich selbst zu – er ermahnte sich, sich in den Griff zu bekommen und in dieser Beziehung einen Schritt zurückzutreten… oder zwei oder drei. Er musste nur ein wenig zurückspulen. Er wusste, dass das schwer werden würde. Aber sie war es wert.

Als sie die Schlucht erreichten, fuhr er in sicherer Entfernung den Kamm entlang und fand eine Stelle mit einer atemberaubenden Aussicht. Er hielt den Truck an und musste sich selbst gut zureden, das Lenkrad loszulassen. Er warf ihr einen Blick zu.

Sie lächelte ihn an. „Schon gut, Levi. Ich werde nicht über dich herfallen. Also entspann dich bitte."

„Ich werde auch nicht über dich herfallen. Wir müssen das unter Kontrolle behalten."

Nachdem sie aus dem Truck gestiegen waren, sagte sie: „Okay. Stell dich mal da hin. Ich weiß, dass du nicht auf den Bildern sein willst, aber es ist dein Eigentum – du gehörst auf dieses Bild, Cowboy." Rita grinste Levi an.

Sie ließ ihn sich so hinstellen, dass sie ein Bild von ihm mit der Schlucht im Hintergrund schießen konnte. Nun runzelte er die Stirn um sie zu ärgern, weil sie ihn dazu überredet hatte, auf dem Grundstück ein paar Fotos von ihm zu machen. Sie hatte mehrere Aufnahmen von der Schlucht gemacht und als er zufällig auf einem der Bilder gewesen war, hatte sie entschieden, dass sie davon noch weitere brauchte.

„Okay, okay. Mach deine Aufnahmen." Er grinste und lachte, als sie ihm eine Grimasse zuwarf und dann anfing zu fotografieren. Sie aufziehend, schob er eine

Hüfte vor, legte eine Hand auf seinen Oberschenkel, senkte das Kinn und warf ihr einen verführerischen Blick unter der Krempe seines Stetsons hervor zu.

Sie lachte und betätigte den Auslöser.

Abwehrend hob er die Hände. „Okay, das nicht. Das sollten wir löschen."

„Wenn du meinst. Aber ich finde es wirklich süß."

„Nun, ich habe nur einen Scherz gemacht, bin auf deine Neckereien eingegangen. Ich mag es nicht wirklich, süß auszusehen."

Sie ließ die Kamera los, sodass sie an dem Riemen um ihren Hals hing, dann stemmte sie die Hände in die Hüften und blinzelte ihn gegen die Sonne an. „Nun, ich hasse es, dir das eröffnen zu müssen, Levi, aber du bist süß. Gutaussehend. Du könntest als männliches Model arbeiten – als Cowboy-Model. Ich habe gehört, dass sie verzweifelt nach Cowboy-Models für all die Liebesgeschichten suchen, die geschrieben und veröffentlicht werden. Du würdest dich hervorragend dafür eignen. Warum posierst du nicht ein bisschen? Wir könnten ein paar Aufnahmen machen, ich könnte sie hochladen und jede Menge Geld damit verdienen."

Er schüttelte den Kopf und grinste. „Lieber nicht. Ich glaube nicht, dass ich besser damit umgehen könnte, mich auf dem Cover eines Liebesromans zu sehen als auf dem Cover einer Boulevardzeitung."

„Du verkennst deine Berufung."

Er lachte und ging ein paar Schritte. „Komm. Ich denke, wir sollten etwas essen, bevor wir zu phantasieren beginnen. Du hast doch bestimmt Hunger oder Durst oder so."

Sie drehte sich um und ging neben ihm her. Sie hatten beim Herumlaufen eine Decke auf den Boden gelegt, und nun ging er zum Truck, schnappte sich die Kühlbox und trug sie herüber. Bei der Hitze hier draußen reichte ein Picknickkorb nicht aus; man musste eine Kühlbox mitnehmen, die alles kühl hielt.

Er öffnete sie und begann, das Essen herauszuholen, das sie eingepackt hatten. Nachdem sie die Sandwiches, eine Kanne mit Eistee und die Schokobrownies, die sie gebacken hatte, auf der Decke ausgebreitet hatten, ließ sie sich im Schneidersitz nieder und reichte ihm eine Serviette. Er setzte sich an den Rand der Decke und setzte sich so, dass seine Stiefel nicht darauf lagen. Er schlug die Knöchel übereinander, lehnte sich auf einen Arm zurück, dankte ihr für die Serviette und griff dann nach einem Sandwich. Sie hatte Hähnchensalat aus dem übrig gebliebenen Hähnchen gemacht, das die Haushälterin für sie zubereitet hatte. Außerdem hatte sie unter dem Brot, mit dem Mary die Speisekammer gefüllt hatte, einige weiche Croissants gefunden und so hatte sie die Hähnchensalatsandwiches mit den Croissants zubereitet. Die zarte Textur der Croissants und die Würze des Hähnchensalats passten hervorragend zusammen.

„Das sieht richtig gut aus. Irgendwie mädchenhaft."

Sie schüttelte den Kopf. „Es wird dir egal sein, wie es aussieht, wenn du es erst einmal probiert hast. Ich stimme dir zu, es ist nicht das Gleiche wie die texanischen Sandwichs aus dem etwas härteren Riesensandwichbrot, mit Rostbratenscheiben und dieser besonderen Sauce, aber ich wette, du wirst es lieben."

Er biss einmal ab und grinste mit geschlossenem Mund, was dazu führte, dass sich seine Mundwinkel hoben, während sich seine Augen weiteten. Er nickte, während er kaute. Als er sprechen konnte, deutete er mit dem Daumen nach oben. „Du hast recht – das ist gut. Vielleicht sollte ich das auch mal im Diner bestellen. Ich habe so etwas dort bereits gesehen."

„Es erfreut sich großer Beliebtheit. Die beiden Zutaten passen einfach gut zusammen. Anderes Thema, das Grundstück ist unglaublich. Ihr werdet hier draußen also auch Vieh züchten?"

„Das ist der Plan. Wir werden mehr Personal einstellen müssen, aber ehrlich gesagt könnten wir hier so einiges tun. Wir haben zum Beispiel an wilde Mustangs gedacht. Wir könnten hier draußen eine größere Rettungsmission starten mit unseren Mustang und einem Pflegeprogramm. Der Gedanke an die Schwierigkeiten der Mustangs bedrückt uns. Wie wir gerne sagen, sind wir aus einem bestimmten Grund auf das Öl gestoßen – und der war sicherlich nicht, uns zu glücklicheren Cowboys zu machen oder unsere Gewohnheiten oder unser Verhalten zu ändern. Stattdessen sehen wir es als Chance, unser Geschäft auszubauen und gleichzeitig gute Zwecke zu unterstützen, an die wir glauben. Dies ist einer davon. Eine Ranch hier draußen zu haben gibt uns die Möglichkeit für ein solches Projekt. Außerdem kann man auch hier gut Rinder züchten. Deshalb haben wir sie gekauft.

Wir werden dem Vorarbeiter, der hier gerade arbeitet, den eigentlichen Job als Vorarbeiter anbieten, aber er hat uns schon zu verstehen gegeben, dass er nicht alles leiten will, wenn der Betrieb expandiert. Daher werden wir versuchen, einige von unseren Jungs zu Hause hierher zu transferieren, wenn sie wollen. Die wissen bereits, wie wir Geschäfte machen. Wahrscheinlich einige der alleinstehenden Männer – wir glauben nicht, dass wir verheiratete Männer haben, die zum Vorabeiter taugen und hierherziehen wollen. Ein paar von unseren alleinstehenden Männern haben bereits gesagt, dass sie gern herkämen, also ist das wahrscheinlich eine gute Option.

Unter den Jungs herrscht bereit eine gewisse Aufregung deswegen. Ein paar von ihnen haben überlegt, ob man die Aufenthalte nicht rotieren könnte, vielleicht in einem sechsmonatigen Rhythmus. Wir werden sehen… im Winter ist es hier anders als in Texas. Über die Winter in Texas können wir uns nicht beschweren. Aber hier draußen wird es kalt – es ist gefährlich und die Jungs müssen wissen, was sie tun. Gut, dass Gordon hier sein wird, um uns dabei zu helfen. Außerdem werden sie sich um das Haus und dessen unmittelbare Umgebung kümmern und uns bei Fragen zur Verfügung stehen. Es besteht die Möglichkeit, dass einer meiner Brüder herkommt, vielleicht Bret, wenn er sich entschließt, dem professionellen Bullenreiten den Rücken zu kehren. Wenn nicht er, wer weiß – vielleicht kommt Jake. Aber Jake ist glücklich, da wo er ist, also weiß ich das nicht genau. Wir beschäftigen uns gerade mit vielen verschiedenen Dingen. Auf jeden Fall war es eine gute Idee, herzukommen und die Bilder zu machen."

Das gab ihr ein gutes Gefühl, es tat ihr gut zu wissen, dass sie helfen konnte. Zeit mit Levi zu verbringen war nur ein zusätzlicher Bonus.

„Das freut mich. Es ist wunderschönes Land, aber ich kann mir vorstellen, dass es rauer ist als Texas – besonders im Winter – und auch abgelegener. Ich bin ein

Texas-Mädchen. Sollte ich noch einmal heiraten, müsste ich meinem zukünftigen Ehemann sagen, dass ich innerhalb der texanischen Grenzen bleiben will. Ich habe eine große Vorliebe für Texas."

Seine Augen funkelten und er zog seine Lippe auf einer Seite nach oben, während er sie betrachtete. „Nun, Liebling, ich möchte nicht zu weit vorweggreifen oder so, aber das schließt mich zumindest nicht aus, denn auch ich liebe Texas und habe nicht vor, jemals die Grenzen von Hill Country zu verlassen, geschweige denn die von Texas. Das sage ich besser schon mal gleich."

Seine Worte berührten ihr Herz und sie wusste, dass er das nicht nur so dahingesagt hatte. Er empfand dieselbe nervenaufreibende Verbindung zwischen ihnen, die auch sie spürte. Doch dem durften sie nicht zu sehr nachgeben. „Levi, du weißt, dass wir darüber reden sollten. Da ist etwas zwischen uns, das ist unbestreitbar, und du bist ziemlich unverblümt, was das angeht. Ich bete, dass du mich diesbezüglich nicht zum Besten hältst."

„Das tue ich nicht."

„Das habe ich mir gedacht, aber hier steht viel auf dem Spiel. Zum einen muss ich mein Geschäft zum Laufen bringen. Ich muss alleine klarkommen. Und ich denke, wir müssen wissen, dass ich alleine klarkommen kann – ich möchte nicht, dass jemals irgendjemand behauptet, ich hätte dich geheiratet, weil ich Unterstützung brauchte. Dafür bin ich zu unabhängig. Und jetzt gerade brauche ich dich. Ich brauche dich, weil du mir in der verzweifelten Situation hilfst, in der ich mich befinde, weil meine Schwiegermutter beständig versucht hat, mir Toby wegzunehmen. Ich möchte es nicht vermasseln, schließlich hilfst du mir dabei, mein eigenes Unternehmen zu eröffnen. Ich brauche Zeit, um das alles zu arrangieren."

Er legte sein Sandwich ab, beugte sich zu ihr hinüber und legte ihr seine Handfläche seitlich ans Gesicht, und während er ihr Gesicht so sanft umfasste, blickte er ihr voller Verständnis tief in die Augen. „Ich verstehe deinen Standpunkt. Wir machen es so wie besprochen – wir werden dem Ganzen Zeit geben. Wir werden nichts überstürzen. Du sollst nur wissen, dass ich nicht der Typ bin, der sich Hals über Kopf in solche Dinge stürzt. Nicht mehr. Als ich noch jung und dumm und idiotisch war, gleich nachdem wir all das Geld bekamen, da hat mich das für eine Weile verändert und die Boulevardzeitungen haben das aufgegriffen. Sie haben mich nicht in besonders schönen Farben dargestellt, weswegen ich dieser Tage hart daran arbeite, diesem Eindruck entgegenzuwirken. Wir werden es langsam und stetig angehen und sobald du auf eigenen

Beinen stehst, können wir schauen, wo wir sind. Ich möchte aber, dass du weißt, dass ich dabei bin. Ich bin mit ganzem Herzen dabei und verspreche, dass ich dir niemals wehtun werde. Und dazu gehört auch der Versuch, diese Boulevardzeitungen so gut es geht von dir fernzuhalten. Okay?"

Sie liebte ihn. Sie wusste, dass es stimmte, es war unbestreitbar. Ihr Herz donnerte. „Okay. Danke. Langsam und stetig."

KAPITEL ZWANZIG

Zwei Wochen nachdem sie aus Montana zurückgekommen waren, half Levi Rita beim Auszug aus der Hütte. Das war eines der schwersten Dinge, die er je getan hatte. Aber er war entschlossen, ihr die Möglichkeit zu geben, ihr Unternehmen aufzubauen, so wie sie es wollte. Es war ihnen in diesen zwei Wochen gelungen, nicht ins Rampenlicht zu geraten. Es war zu ein paar Küssen gekommen – für die er sehr dankbar gewesen war; sie hatten ein paarmal zusammen auf der Verandaschaukel gesessen und von Zeit zu Zeit ein wenig miteinander gekuschelt, alles Dinge, die ihm den Tag versüßt hatten. Das hatten sie abseits der Augen aller getan. Niemand würde etwas über sie preisgeben. Wenn einer seiner Männer vermutete, dass zwischen ihnen etwas vor sich ging, dann hatten auch diese nichts durchsickern lassen. Was auch gut so war, er hatte seine Jungs gewarnt. Wenn irgendetwas von dem, was auf seinem Grundstück geschah, nach draußen getragen wurde, dann würde er es erfahren und herausfinden, wer dafür verantwortlich war und die betreffende Person auf der Stelle entlassen. Wenn es um die Boulevardzeitungen ging, war er unerbittlich. Noch unerbittlicher war er in Bezug auf Rita und Toby.

Nun beluden er und seine Jungs den gereinigten Viehanhänger mit ihren Sachen. Sie trugen verschiedene Einrichtungsgegenstände aus der Hütte hinein. Er hatte darauf bestanden, dass sie sich die Sachen aus der Hütte lieh, bis sie gefunden hatte, was sie benötigte, damit sie fürs Erste eine Couch, Stühle und ein Bett hatte, und wenn sie gefunden hatte, was sie wollte, dann würden sie die Gegenstände wieder abholen. Er lieh ihr die Dinge. Das war besser, als ihr Geld zu geben und zu sagen, sie solle kaufen, was sie wollte – das hätte er tun können, doch sie hätte ein solches Angebot nicht angenommen. Doch sie war eine praktisch veranlagte Frau; er wusste, dass sie nicht zulassen würde, dass Toby auf einer Luftmatratze schlief, wenn sie es verhindern konnte, daher hatte sie sein Angebot angenommen.

Auf diese Weise hatte sie einiges an Geld gespart, Geld, das sie für ihr Unternehmen zu nutzen gedachte. Nichtsdestotrotz würde sie ein paar Dinge kaufen. Sie hatte sich in den letzten zwei Wochen die Zeit genommen, ein paar Flohmärkte ausfindig zu machen. Sie waren mit dem Schießen der Fotos und dem Bearbeiten dieser so gut wie fertig, daher hatte sie mehrere Stunden am Tag Zeit gehabt, sich seinen Truck auszuleihen und die Gegend zu erkunden. An einem Tag war sie nach Round Top gefahren, als dort ein gigantischer Verkauf stattgefunden hatte. Der dortige Flohmarkt erstreckte sich über Meilen und hatte Tausende Menschen angezogen. Sie hatte mehrere Stücke erworben, die sie zu einem guten Preis ergattert hatte und er war gespannt, was sie mit diesen anfangen würde. Für die ersten Monate würde er ihr keine Miete berechnen. Er hatte zwölf Monate veranschlagt, doch das hatte sie rundheraus abgelehnt und so hatten sie sich auf die drei Monate geeinigt, auf die sie bestanden hatte. Er wusste, dass sie schrecklich enttäuscht von sich selbst wäre, wenn es ihr nicht gelänge, in drei Monaten profitabel zu arbeiten. Also betete er inständig darum, dass ihr Geschäft in Schwung kam.

Cole und Tulip hatten die Aufnahmen ihrer Hochzeit geliebt, die sie gemacht hatte, und darauf bestanden, dass sie sie aushing um für ihre Arbeit zu werben und sie als Grundstock ihres Portfolios im Hill Country zu nutzen. Außerdem war den beiden klargewesen, dass ihre Hochzeit *die* Hochzeit im Hill

Country gewesen war und dass das Ausstellen der Bilder für ein gewisses Aufsehen sorgen würde. Auch die Website, die sie eingerichtet hatte, hatte dankenswerterweise bereits ein paar Anrufe generiert. Sie war aufgeregt und das sorgte dafür, dass auch er in Aufregung geriet.

Er wollte, dass sie erfolgreich war. Er wollte sie heiraten. Er liebte sie hoffnungslos. Er betete, dass nichts geschehen würde, bis sie festgestellt hatte, dass sie ihn ebenso liebte. Die Flamme der Besorgnis brannte tief in seinem Inneren und brodelte wie heiße Lava. Und das würde so bleiben, bis sie Ja sagte, bis sie zustimmen würde, ihn zu heiraten. Er betete, dass das bald geschehen würde, andernfalls würde sich sicher ein Loch in seinen Bauch und seine Seele fressen. Eins von der Sorte, die er nicht glaubte, überwinden zu können.

Er und Jake, der sich freiwillig gemeldet hatte, um ihnen zu helfen, und die beiden Cowboys, die sie mitgenommen hatten, stiegen gemeinsam die Treppe hinauf. Jake ging vorsichtig rückwärts, um nicht zu stolpern, während sie den gepolsterten Ledersessel in die Wohnung trugen.

Rita stand oben auf dem Treppenabsatz, sie hielt Tobys Hand und lächelte. „Ihr beiden macht das großartig. Stolper bloß nicht, Jake. Nicht so schnell, Levi. Ich möchte nicht den Krankenwagen rufen müssen, weil einer von euch diese steile Treppe hinuntergefallen ist."

„Ja, sag ihm, er soll langsamer machen, ja?" Jake lachte.

Während sie sprach, klingelte ihr Telefon. „Okay, Jungs, entschuldigt mich. Ich werde den Anruf annehmen. Macht einfach vorsichtig weiter – es ist nur noch ein kleines Stück."

Jake blickte ihn an. „Ich weiß, dass du versuchst, es ruhig angehen zu lassen, aber Junge, ich habe dich von hier aus beobachten können, du bist verrückt nach dieser Frau. Ich kann es in deinem Gesicht sehen. Sie muss dich nur anlächeln oder etwas sagen, und du leuchtest auf wie ein Leuchtturm."

Levi konnte seinen Bruder nicht anlügen; also warnte er ihn nur. „Behalt das für dich. Ich werde diese Frau heiraten, wenn sie mich denn will, aber ich muss noch warten, bis sie ihr Geschäft zum Laufen gebracht hat. Du könntest mir also einen Gefallen tun – wenn du jemanden kennst, der heiraten will, dann schick ihn zu ihr."

Jake lachte. „Dich hat es erwischt, Bruder. Ich kann es kaum erwarten, zu deiner Hochzeit zu kommen. Das wird großartig. Versuch bloß nicht, irgendwelche Strumpfbänder in meine Richtung zu werfen, wenn du heiratest. So wie Cole es bei seiner Hochzeit mit dir gemacht hat, als er dir das Ding gegen die Brust geworfen hat. Sieh mal – du hast dich verliebt – es scheint, als würde dieses Strumpfband-Ding funktionieren."

Er lachte. Es war das erste Mal, dass er dem einen zweiten Gedanken schenkte. „Vielleicht hast du recht. Er hat das Ding nach mir geworfen und es ist, als hätte ich mich auf der Stelle und unwiederbringlich in Rita verliebt. Also, hey, wenn ich sie dazu bringen kann, mich zu heiraten – diese Hürde muss ich erst noch nehmen – vielleicht werfe ich dann mein Strumpfband nach dir. Es könnte lustig sein zu sehen, ob Coles Geschichte wirklich funktioniert. Dass, wenn du das Strumpfband fängst oder es abbekommst, du dich in die nächste Person verliebst, die du siehst, weil ihm und Tulip das passiert ist."

Sie erreichten den Treppenabsatz. Jake blieb stehen und zwang Levi zum Anhalten. „Wenn du möchtest, dass ich Aufträge in ihre Richtung schicke um dir bei deinen Bestrebungen zu helfen, dann solltest du mir nicht mit solchen Dingen drohen. Ich bin noch nicht bereit zu heiraten. Ich werde mich weigern. Ich bin der Jüngste. Es gibt keinen Grund dafür, dass ich heirate, auch wenn ihr wollt, dass wir es nun alle tun."

„Ich denke, wir werden einfach abwarten müssen und sehen, wer als nächstes an der Reihe ist."

Jake lachte und betrat rückwärts den Treppenabsatz, dann drehten sie sich und gingen hinein.

Rita stand im Küchenbereich der kleinen Wohnung und kritzelte etwas auf ein Stück Papier. Sie sah zu ihm auf und lächelte strahlend. Sie war wunderschön.

Sie gingen noch weiter in die Wohnung hinein und stellten den Stuhl ab, während sie ihr Gespräch beendete. Zu seiner Überraschung rannte sie als nächstes zu ihm hinüber und schlang ihre Arme um ihn. Er sah, wie sich Jakes Augen weiteten und grinste ihn dann über ihre Schulter hinweg an.

Seine Arme legten sich automatisch um sie, als sie ausrief: „Ich habe meinen ersten Kunden! Jemand hat die Fotos online gesehen, es ist eine große Hochzeit. Es ist jemand, der euch alle kennt und es ist schon bald so weit. Ihr Fotograf ist verhindert, sie haben versucht, jemanden aufzutreiben und so sind sie auf mich gestoßen. Ich werde mich mit ihnen treffen und eine vorläufige Planung erstellen. Aber danke. Das wird so spannend."

Er hielt sie so lange fest, wie sie es ihm gestattete. „Ja, das ist es, und du hast es verdient. Deine Fotos sind außergewöhnlich. Außerdem scheint durch, dass du ein großes und gutes Herz hast. Ich habe dir gesagt, dass du erfolgreich sein wirst."

Sie blickte ihn mit Tränen in den Augen an. „Das

hast du, Levi, niemand hat mir jemals den Rücken gestärkt. Dafür muss ich dir einfach danken."

Jake sprang ein. „Hey, Rita, ich denke, man kann mit Sicherheit sagen, dass wir ab jetzt alle hinter dir stehen. Vor allem Levi – nicht, dass ich es irgendjemandem erzählen würde. Aber die Tanners – wir stehen alle hinter dir – mach dir deswegen keine Sorgen. Und wie Levi schon gesagt hat, das wird ein Erfolg. Auch ich habe deine Arbeit gesehen. Ich weiß nicht viel über Fotos, aber Mann, du hast dafür gesorgt, dass mein Bruder auf diesen Bildern umwerfend aussieht."

Darüber lachten sie alle.

Toby rannte zu ihnen und schlang seine Arme um Levi und seine Mama und sah dann zu ihnen auf. „Ich bin auch glücklich."

Levi hatte dem nichts hinzuzufügen.

KAPITEL EINUNDZWANZIG

Rita war begeistert von ihrem ersten Job. Als sie den Anruf bekommen hatte, wäre sie beinahe in Tränen ausgebrochen; vor lauter Aufregung hatte sie sich in Levis Arme geworfen, ohne sich darum zu kümmern, dass Jake ebenfalls dort gewesen war. Sie war so unglaublich glücklich gewesen und da sie Levi liebte, war es ihr ganz natürlich erschienen, ihre Begeisterung mit ihm zu teilen. Also hatte sie sich in seine Arme geworfen und natürlich hatten sich seine Arme weit geöffnet und er hatte sie ohne Fragen an sich gezogen.

Sie hatte sich ein wenig gesorgt, als dann Toby seine Arme um ihre Beine geschlungen hatte und sie hatte wissen lassen, dass er glücklich war. Sie musste sich immer wieder ins Gedächtnis rufen, dass Toby derjenige war, der am schlimmsten verletzt werden würde, wenn aus ihrer und Levis aufkeimender Beziehung nichts wurde. Sie hatte schon viel durchgemacht in ihrem Leben. Dan hatte sie oft alleingelassen; in der Nacht, in der er bei einem Autounfall zu Tode gekommen war, hatte er sie von der Treppe gestoßen, die zur Garage führte und sie war schwer gestürzt. Er war so wütend gewesen, weil sie ihn mit seinem Verhalten konfrontiert hatte, dass er nicht einmal nach ihr gesehen hatte. Er war einfach in sein Auto gestiegen und weggefahren und hatte sie, im neunten Monat schwanger, allein zurückgelassen. Die Wehen hatten eingesetzt, während er davongebraust war. Irgendwie war es ihr gelungen, die Stufen hinaufzukriechen und zu einem Telefon zu gelangen, um einen Krankenwagen zu rufen, der sie ins Krankenhaus bringen konnte. In dieser Nacht hatte sie Toby bekommen und Dan verloren. Er war in der Notaufnahme gestorben, während sie im Kreißsaal lag und seinen Sohn zur Welt brachte. Er hatte ihr Vertrauen zerstört, ihr aber den größten Segen ihres Lebens beschert, Toby.

Und sie würde niemals zulassen, dass ihr irgendjemand Toby wegnahm oder ihm Schaden zufügte.

Sie vertraute Levi, und das war die Wahrheit. Sie vertraute Levi und er hatte ihr versprochen, ihr niemals wehzutun. Doch sie musste ihr Leben auf die Reihe bekommen, wenn sie mit ihm ein gemeinsames Leben führen wollte. Und diese Hochzeit war ein erster Schritt in diese Richtung.

Tulip hatte auf einen Sprung vorbeischauen wollen, die kleine Glocke klingelte, als sie den Laden betrat.

Toby, der gerade ein Bild ausgemalt hatte, sprang sofort auf, rannte zu Tulip und umarmte sie.

„Hast du Spaß, Kumpel?"

„Ich male. Magst du mit mir malen?"

„Gib mir eine Minute Zeit, um kurz mit deiner Mom zu sprechen, danach male ich auf jeden Fall mit dir."

Zufriedengestellt ging Toby zurück zu seiner Spielecke und malte weiter aus. Sie hatte ihm einen eigenen Bereich mit Spielzeug eingerichtet, was sich nun als nützlich erwies, da das Geschäft langsam anzog. Einen guten Teil davon verdankte sie Tulip und Cole, die ihr netterweise gestattet hatten, ihren Namen zu verwenden und die Fotos von ihrer Hochzeit auszustellen. Das hatte ihr viel Aufmerksamkeit verschafft.

„Was hast du heute vor?", fragte sie, als Tulip sich auf den Barhocker an der Theke setzte. Sie sah wunderschön und glücklich aus in ihrem Sommerkleid, ihr Haar war an den Seiten mit einer kleinen Klammer zurückgebunden, doch ein paar Strähnen hatten sich gelöst und umrahmten ihr Gesicht.

„Ich bin nur vorbeigekommen, um mir dein Geschäft anzuschauen. Ich höre allerlei Gutes darüber. Du bist angesagt."

Rita lachte glücklich. „Daran seid ihr nicht unschuldig. Vielen Dank für die gute PR, die ihr mir verschafft habt. Du und Cole. Es ist, als hätte ich ein eigenes Team um mich anzufeuern. Es ist eine großartige Gegend – so viele Hochzeiten. Und die Firma, die wir damit beauftragt haben, meine Website zu optimieren und mich in den Suchergebnissen ganz oben erscheinen zu lassen, hilft auch ungemein."

„Wir haben das gerne getan. Und um ehrlich zu sein, wissen wir alle, dass da etwas zwischen dir und Levi ist. Ich weiß, ihr redet nicht darüber." Sie beugte sich vor, damit Toby sie nicht hörte. „Nur damit du es weißt, ich weiß es und mir ist klar, dass das euer Geheimnis ist, aber wir freuen uns für euch beide. Cole ist ganz außer sich. Er hatte gehofft, dass noch einer seiner Brüder darüber nachdenken würde, sich niederzulassen, denn wir sind sehr glücklich. Sehr glücklich, möchte ich betonen. Und seine Eltern – ach du meine Güte, ich habe gestern mit ihnen telefoniert und sie haben nur von all den Möglichkeiten geschwärmt. Sie sind ganz aus dem Häuschen, seit sie dich kennengelernt haben. Schon an diesem Tag beim Abendessen ist ihnen aufgefallen, dass er verrückt nach dir ist. Uns allen ist es aufgefallen."

Was sollte sie dazu sagen? "Ihr seht zu viel." Sie kicherte.

"Man sieht euch eure Gefühle füreinander an, nur ihr glaubt, niemand bemerkt etwas. Wir freuen uns jedenfalls alle sehr für euch und werden bereit sein, wenn ihr es uns sagt."

"Meine Lippen sind versiegelt. Ich wollte gerade mit Toby etwas zum Mittag essen gehen. Möchtest du mitkommen?"

"Ich komme gern mit. Außerdem finde ich, wir sollten ein paar Läden anschauen. Du brauchst mehr Möbel hier drinnen. Leite hereinkommende Anrufe auf dein Handy weiter. Ich starte hiermit eine Design-Intervention. Du brauchst bequeme Stühle für Beratungsgespräche. Dort drüben einen Tisch, vielleicht mit ein paar Bildbänden darauf, durch die man blättern kann. Schließlich wirst du nicht alle deine Aufnahmen an die Wand hängen können. Es werden bald Bilder dazukommen, da können wir ruhig schon einmal etwas vorweggreifen. Die Straße runter gibt es einen neuen Laden. Ich gehe nicht sehr oft einkaufen, aber ich war neulich zufällig dort und habe ein paar wirklich hübsche Polsterstühle darin entdeckt."

"Nun, ich möchte nicht zu viel ausgeben, aber das würde sicher Spaß machen."

Tulip erhob sich und nachdem sie Toby geholt hatten, schlossen sie den Laden ab und gingen die Straße entlang. Fredericksburg wimmelte nur so von Touristen; die Stadt war das Herz des texanischen Wine Country und viele Leute kamen übers Wochenende. Ein großartiger Zeitpunkt für die Eröffnung ihres Ladens. Viele Hochzeiten waren bereits gebucht, aber sie bekam auch schon Anrufe bezüglich Hochzeiten im Herbst. Und der Job, der ihre Eröffnung refinanzieren sollte, war ein kurzfristiger Auftrag gewesen, der ihr wie ein Segen vom Himmel vorgekommen war.

Er war genau das, was sie benötigte; er würde ihre Eröffnung finanzieren und ihr helfen, Levi das vereinbarte Geld zurückzuzahlen und außerdem würde er dafür sorgen, dass sie dazu in der Lage war, sich und Toby zu ernähren. Er hatte es nicht noch einmal erwähnt, aber auch Levi wollte, dass sie es schaffte. Sie wusste, dass auch er eine Hochzeit im Sinn hatte, genau wie sie selbst. Sie musste nur zunächst auf eigenen Beinen stehen.

Sie setzten sich zum Mittagessen in den Hof eines der Restaurants in der Innenstadt und tranken Eistee, während sie sich unterhielten. Sie mochte Tulip sehr und war dankbar, dass sie jemanden gefunden hatte, eine Frau, der sie sich anvertrauen konnte, wenn sie das wollte.

„Also, wie ist die Schwiegereltern-Situation?" Tulip hatte ihre Worte sorgfältig gewählt, sie wusste, dass Toby keine Ahnung hatte, was das Wort Schwiegereltern bedeutete.

Sie hatte Tulip von ihrer Schwiegermutter erzählt, von deren Hoffnung, beweisen zu können, dass Rita nicht in der Lage war für Toby zu sorgen und das Sorgerecht zu bekommen. „Sie weiß, dass ihr Traum nicht wahr werden wird. Ich kann jetzt belegen, dass ich für unseren Unterhalt aufkommen kann. Ich habe ihr erklärt, dass sie du-weißt-schon-wen sehen kann, wann immer sie will. Sie schien bereit zu sein, hierher zu kommen. Trauer kann eine Person zum Guten oder zum Schlechten verändern. Aber Liebe kann ein gebrochenes Herz heilen und in diesem Fall werde ich alles tun, um ihr bei der Heilung zu helfen. Außer aufgeben, was zu mir gehört." Sie sprach von Toby.

Tulip tätschelte ihren Arm. „Ich verstehe dich. Ein Grund mehr für uns oder besser der Hauptgrund, sollte ich wohl sagen, um dir noch mehr Aufträge zu verschaffen und sicherzustellen, dass du gut aufgestellt bist."

„Danke. Ich kann mir kaum vorstellen, wie ihr mir noch mehr helfen wollt, als ihr es ohnehin bereits getan habt."

„Nun, ich kann dir so viel sagen: wenn ich eine

Gelegenheit sehe, werde ich den Leuten von dir erzählen. Und wer weiß? Daraus könnte sich schnell ein weiterer Auftrag für dich entwickeln. Wir müssen nur gut dafür beten. Mit einem weiteren großen Auftrag bist du finanziell etabliert, würde ich denken. Denn du wirst Empfehlungen über Empfehlungen bekommen, weil du einen so großartigen Job machst."

„Danke für dein Vertrauen." *Wenn es nur so käme.*

* * *

Die nächsten Wochen vergingen für Rita wie im Flug. Ihre erste Hochzeit verlief reibungslos. Sie hatte sich mit Arlene angefreundet, der ein paar Häuser weiter die Eisdiele gehörte, und die einen kleinen Jungen in Tobys Alter hatte und von Zeit zu Zeit auf Toby aufpasste. Vielleicht war es Anfängerglück gewesen, auf jeden Fall hatte alles perfekt funktioniert. Mehrere Gäste, noch ganz begeistert von der Hochzeit und Freunde der Braut oder des Bräutigams und in dem Alter, in dem sie ans sich Verloben und Heiraten dachten, waren auf sie zugekommen. Einige von ihnen hatten bereits Fotografen engagiert, hatten aber trotzdem mit ihr gesprochen für den Fall, dass diesem etwas dazwischenkäme. Dann würde sie bereitstehen. Zwei der jungen Damen hatten sie direkt für Events gebucht, das eine hatte bereits am letzten Wochenende stattgefunden und sie hatte sich etwas verbiegen müssen um alles auf die Reihe zu bekommen, genau wie sie sich hatte verbiegen müssen, um die erste Hochzeit zu stemmen. Für das andere Event blieben ihr mehrere Monate zur Vorbereitung, sodass sie nun Zeit für eine kleine Verschnaufpause hatte. Laura war gekommen und hatte Toby mit zu einem Besuch nach Amarillo genommen.

Rita vermisste ihn schrecklich und sorgte sich erneut darum, dass Laura versuchen könnte zu erreichen, dass er immer bei ihr lebte. Diesmal hatte ihre Schwiegermutter gesagt, dass sie zu verstehen beginne, dass sie in Anbetracht ihres vollen Terminkalenders wohl kaum die Zeit habe, ihrem Enkel genügend Aufmerksamkeit zu schenken. Sie hatte ihn tatsächlich "ihren Enkel" genannt, anstatt ihn beim Namen zu nennen. Und das nur, um klarzumachen, dass auch sie Rechte hatte; sie war schließlich seine Großmutter.

Levi hatte sich an sein Wort gehalten und nicht versucht, ihre Beziehung voranzutreiben. Es kam ihr so vor, als hätte er sich jetzt, wo sie ihr eigenes Geschäft hatte und ihm sogar die geringe Miete zahlen konnte, auf die sie bestanden hatte, von ihr zurückgezogen. Sie begann sich deswegen Sorgen zu machen, denn sie wollte nicht, dass er sich zurückzog. Sie wollte, dass er mit ihr ausgehen wollte. Wollte, dass er Gefühle für sie hatte.

Tulip wusste das. Tulip verstand es und obwohl sie miteinander redeten, war Tulip Levi und seiner Familie gegenüber loyal und versuchte, keine Grenzen zu überschreiten. Aber sie sagte, dass Levi ihr nur Zeit geben würde, dass Cole ihn nach ihr gefragt habe und dass er geantwortet habe, er gebe ihr Zeit.

Was bedeutete das genau? Zeit, verrückt zu werden?

Sie saß in ihrem Büro, als das Telefon klingelte. Eine der Bräute, mit denen sie in letzter Zeit gesprochen hatte, rief an, um zu bestätigen, dass sie Rita für ihre Hochzeit buchen wollte und ihr einen Vorschuss zahlen würde. Erleichterung überflutete Rita. Es funktionierte. Sie fand ihren Weg. Aber sie wollte das nicht ohne Levi tun, der an ihrer und Tobys Seite war. *Was sollte sie tun? Sollte sie ihn aufsuchen und ihm ihre Gefühle gestehen? Oder lieber abwarten?*

Jemand klopfte gegen ihre Fensterscheibe. Sie schaute hoch. Als hätte sie ihn sich herbeigewünscht, stand Levi an der Tür. Sie sprang auf und hätte dabei beinahe ihr Teeglas umgestoßen. Sie strich ihren Rock glatt und eilte dann von ihrem Schreibtisch durch das Studio zur Tür. Sie öffnete den Riegel. Ihr Herz schlug gegen ihre Rippen; sie wusste, dass sie ein albernes

Lächeln auf dem Gesicht hatte, das spürte sie.

Er lächelte sie an, seine schönen Augen funkelten.

„Levi, ich bin so froh, dass du hier bist. Komm rein."

„Ich konnte nicht länger wegbleiben. Ich bin gekommen, um dich zu fragen, ob du ausgehen möchtest. Tulip hat mir erzählt, dass deine Schwiegermutter hier war und verlangt hat, dass Toby sie in Amarillo besucht. Ich habe mir Sorgen um dich gemacht. Ich habe mir Sorgen gemacht, dass du allein und traurig sein könntest und ich konnte einfach nicht mehr – ich konnte nicht länger wegbleiben. Ich musste kommen und nach dir sehen."

Er war gekommen, um nach ihr zu sehen. Puh, sie liebte diesen Mann. „Danke. Levi, ich habe dich vermisst. Und ich habe hier gesessen, traurig und besorgt, weil Toby fort ist, und grübelnd darüber, ob meine Schwiegermutter erneut versuchen würde, ihn zu behalten. Aber ich habe auch an dich gedacht und mich gefragt, warum du in den letzten Wochen nicht hier gewesen bist. Du bist einfach verschwunden."

Er schloss die Tür hinter sich. „Ich wollte nicht verschwinden. Ich wollte dir nur Zeit geben. Ich möchte dich umwerben. Ich möchte dir Zeit geben, damit du uns nicht mehr als Chef und Angestellte wahrnimmst, weißt du. Ich wollte dir Zeit geben, dich in deinem

Unternehmen einzuleben und auf die Beine zu kommen, damit du das Gefühl bekommst, dich selbst tragen zu können und stark zu sein, wie du gesagt hast."

Sie lächelte ihn an. Das war Levi. Er gab ihr Zeit, sich an die Situation zu gewöhnen.

„Das ist alles schön und gut, Levi, aber das Problem ist, dass ich dafür keine Zeit brauche. Ich glaube, du und ich haben das bereits hinter uns gelassen. Ich brauche dich… ich brauche dich als meinen Freund." *Sie konnte nicht einfach damit herausplatzen, dass sie wollte, dass er sie bat, seine Frau zu werden – wie würde das denn aussehen?*

Das Licht in seinen Augen flackerte und verblasste dann. „Ich verstehe. Nun ja, da bin ich. Ich schätze, ein Freund kann auch mit einem Freund ausgehen und etwas essen, oder?"

Sie lächelte, unfähig, etwas anderes zu tun. „Ja. Ich verhungere. Du gehst auf der Stelle mit mir aus, oder?"

Er lachte.

Bildete sie sich das nur ein, oder reichte sein Lächeln nicht ganz bis zu seinen Augen?

„Deswegen bin ich hier. Ich bin auch hungrig. Du suchst das Restaurant aus und dann gehen wir entweder zu Fuß dorthin oder fahren mit dem Auto."

Es war ihr egal, wie sie aussah. Sie sah nicht in den Spiegel; sie griff nur nach ihrem Schlüsselbund, das an einem Haken hinter der Laterne hing, die direkt neben der Tür ihren Platz hatte und schlang ihn um ihr Handgelenk. „Ich bin am Verhungern. Lass uns zum Taco-Laden gehen."

„Dann Tacos. Es ist nicht sehr schwer, dich zufrieden zu stellen."

„Ach, sag das nicht." Sie zog die Tür hinter sich zu, steckte den Schlüssel ins Schloss und verriegelte sie. „Die Tacos dort sind unglaublich. Ich bin sehr schwer zufrieden zu stellen, aber mir ist nach Tacos und ich weiß genau, wo ich hinwill."

„Ich auch. Und ich verstehe deine Entscheidung. Aber es ist kein sehr teures Essen."

„Ich weiß, dass du es dir leisten kannst, aber genau darauf habe ich Lust. Was willst du eigentlich sagen? Dass ich ein Mädchen bin, dem man es leicht rechtmachen kann? Ein billiges Date?"

Sie lachten beide. Er streckte eine Hand aus und legte seine Hand um ihre. Er blickte sie an, so als wollte er ihr einen Moment Zeit geben, ihre Hand aus seiner zu ziehen.

Das hatte sie nicht vor; stattdessen verschränkte sie ihre Finger mit seinen, drückte sie leicht und lächelte ihn dann an. „Aber vielleicht könntest du mit etwas Queso bestellen, wenn das nicht zu viel Mühe macht."

„Ich werde dir sogar ein paar Chips zu deinem

Queso bestellen. Und einen süßen Tee. Und danach ein Dessert, wenn du magst."

„Au ja, auf jeden Fall, ich liebe Nachtisch. Außerdem freue ich mich über alles, was unser Essen verlängert." Sie war kitschig, konnte aber nicht anders. Wenn sie in Levis Nähe war, fühlte sie sich einfach so. Und da das letzte Mal bereits ein bisschen her war, war sie besonders kitschig.

Sie schlenderten die Hauptstraße in Richtung des Gerichtsgebäudes entlang. Als sie das mexikanische Restaurant erreichten, hielt er ihr die Tür auf und sie trat vor ihm ein. Sie wurden rasch in eine Nische im hinteren Teil platziert. Er bat immer noch um Tische, die man weniger gut einsehen konnte. Es war ihr aufgefallen.

„Wie ist es dir ergangen?" Sie wollte alles wissen: was er auf der Ranch gemacht hatte und wie der Viehverkauf gelaufen war. Sie war nicht dort gewesen, weil er zufällig am selben Wochenende stattgefunden hatte wie ihre Hochzeit, daher war er auf der großen Auktion gewesen und sie auf der großen Hochzeit.

„Es lief super. Deine Fotos waren ein Riesenerfolg. Wir haben viel Geld verdient und konnten einen großen Teil für einen guten Zweck spenden, und du hast viel dazu beigetragen. Meine Brüder haben mich gebeten, dir zu danken."

Tulip hatte ihr das Gleiche gesagt, aber sie hatte von

Levi hören wollen, was er getan hatte. „Ich habe es gerne gemacht. Levi, nach allem, was ihr für mich getan habt, müsst ihr nur fragen und ich mache immer wieder Fotos für euch."

„Nun, das ist eine Erleichterung, denn du bist der einzige Fotograf, den ich einstellen möchte."

„Oh, du müsstest mich nicht bezahlen. Du hast schon so viel für mich getan."

„Du solltest dich nicht unter Wert verkaufen. Ich werde dich immer bezahlen – du bist das Geld wert und leistest ausgezeichnete Arbeit. Warum sollte ich dich nicht bezahlen?"

„Weil ich versuche, dir ein Geschenk zu machen."

„Ich will keine Geschenke. Alles was ich will…" Er griff über den Tisch und legte seine Hand über ihre, die neben ihrem Teeglas lag. Er drückte sie leicht. Sein Blick hielt ihren. „Alles was ich will, ist, dass du in meinem Leben bist."

Ihr Atem stockte. „Das würde mir gefallen. Denn inzwischen habe ich mich irgendwie an dich gewöhnt."

„Dann ist es ja gut. Diesbezüglich sind wir uns einig."

Sie waren sich diesbezüglich einig, nur war sie sich nicht ganz sicher, worauf sie sich gerade geeinigt hatten. War sie als Freundin in seinem Leben, als feste Freundin – vielleicht für immer? Sie musste ihn das fragen. Doch als die Kellnerin näherkam, löste Levi seine Hand von ihrer und forderte sie auf, die gewünschten Speisen zu nennen. Während sie das tat, dachte sie unentwegt darüber nach, wie er es gemeint hatte.

* * *

Levi hatte gesagt, was er hatte sagen wollen. Sie hatte nicht deutlich gesagt, wie sehr sie ihn in ihrem Leben wollte, und er war sich nicht sicher, ob er deutlich gemacht hatte, dass er wollte, dass sie seine Frau wurde. Während sie aßen, sprachen sie über Kleinigkeiten, die bevorstehenden Hochzeiten und wie glücklich Toby hier war. Sie sprachen nicht noch einmal über ihren Beziehungsstatus. Doch er machte sich Sorgen wegen ihrer Schwiegermutter. Sorgen darum, dass sie versuchen würde, ihr Toby wegzunehmen. Ein weiterer Grund, warum er sie an diesem Tag aufgesucht hatte; er musste mit ihr darüber reden. Er wollte ihr sagen, dass er bereits mit Harold gesprochen hatte und dessen Anwaltskanzlei hundertprozentig hinter ihr stehen würde. Tatsächlich hatte Harold bereits ein Dokument für ihre Schwiegermutter verfasst, das der ihre gesetzlich verbrieften Rechte als Großmutter aufzeigte, sollte es nötig werden, sie darüber in Kenntnis zu setzen, dass sie Toby nicht würde zu sich nehmen können. Doch das konnte er nicht tun, ohne vorher mit Rita darüber zu sprechen.

Nachdem sie ihr Abendessen und Käsekuchen verspeist hatten, verließen sie das Restaurant und schlenderten die Straße entlang. Musik drang aus den umliegenden Bar und Restaurants, es war ein lauer Abend. Romantisch. Er wollte nichts anderes tun, als sie in seine Arme zu ziehen, sie küssen und ihr sagen, wie sehr er sie liebte. Denn das tat er; er war nach wie vor Hals über Kopf in sie verliebt. Doch er musste darüber sprechen. „Ich möchte dir etwas sagen, Harold hat ein Dokument verfasst für dich, das deine Schwiegermutter darüber informiert, welche Rechte ihr als Großmutter zustehen und welche Rechte du hast. Es soll nur dazu dienen, sie wissen zu lassen, dass du nicht alleine bist, sollte sie versuchen, dir Toby wegzunehmen, sondern dass du in dieser Angelegenheit eine gewisse Macht hast. Sie wird kämpfen müssen, wenn sie dir Toby wegnehmen will, denn ich werde das auf keinen Fall zulassen. Wir werden entschlossen dagegen angehen. Das sollst du wissen."

Sie blieb stehen, schloss die Augen und stand einfach nur da. Nach einer Minute öffnete sie ihre erstaunlichen Augen. „Levi, das ist das herzzerreißendste Angebot, das mir je jemand gemacht hat. Dass du bereit bist, für mein Kind zu kämpfen –

noch nie hat mir jemand ein solches Geschenk gemacht. Ich kann dir gar nicht genug danken. Aber sie ist Tobys Großmutter. Und ich habe so das Gefühl, dass sich unsere Beziehung vielleicht nie mehr erholen würde, wenn ich so etwas täte. Sie ist zur Einsicht gekommen und weiß, dass sie ihn mir nicht wegnehmen kann. Ich glaube, es ist in Ordnung für sie. Sie war nur niedergeschlagen und in Trauer."

„Es tut mir leid. Ich wollte weder meine Grenzen überschreiten noch unserer Freundschaft schaden."

„Das hast du nicht – du hast nur versucht, mir zu helfen. Das verstehe ich völlig. Ich bin dir über alle Maßen dankbar. Noch nie hat mich jemand derart unterstützt. Es ist ein Geschenk zu wissen, dass deine Familie und du hinter mir steht. Aber dass du jetzt gerade hier bei mir bist, ist das größte Geschenk von allen."

Sie starrte ihn lange Zeit an und sein Herz brach weit auf. Er wollte sie so sehr in den Armen halten. Er musste es hinter sich lassen, ihr Held zu sein, und ihr zu verstehen geben, dass er der Mann in ihrem Leben sein wollte, der Mann, der sie für immer lieben würde. Doch ihre Augen verdüsterten sich und sie wandte den Blick ab. Von einer Unsicherheit gepackt, die ihm die Kehle zuschnürte, brachte er kein Wort heraus.

„Levi", sie sah ihn unsicher an. „Ich bin irgendwie

verwirrt darüber, wo wir stehen. Du hast gesagt, du willst mein Freund sein."

„Ja aber-"

„Aber was ist damit, nicht nur Freunde zu sein, sondern mehr?" Sie leckte sich über die Lippen.

Sein Herz hämmerte gegen seinen Brustkorb. „Sagst du, du möchtest, dass wir mehr sind?"

Sie runzelte die Stirn. „Levi, muss ich es buchstabieren? Ich liebe dich. Und ich will dich in meinem Leben. Ich möchte ein Wir."

Sein Herz zerbarst vor Glück und ein Grinsen sprang auf seine Lippen. „Was für eine Erleichterung – die schönsten Worte, die ich je gehört habe. Ich liebe dich." Er umschloss ihr Gesicht mit seinen Händen, mitten auf dem Bürgersteig in Fredericksburg. „Ich liebe dich, Rita Snow, und ich werde immer für dich da sein. Ich wollte dir nur Zeit geben. Aber ich wollte schon seit langem, dass du meine Frau wirst."

Er hielt es nicht länger aus; mitten in Fredericksburg sank er auf ein Knie. Sie keuchte, als er ihre Hand in seine nahm und sie anblickte. „Rita Snow, ich möchte dich bitten, meine Frau zu werden. Willst du mich heiraten?"

Ihre Augen füllten sich mit Tränen und sie lachte. „Will ich. Ich habe schon nicht mehr geglaubt, dass du jemals fragen würdest." Und dann schlang sie ihre Arme um seinen Hals und setzte sich auf sein Knie, und er küsste sie.

Er hielt sie fest und küsste sie, wie er sie vom ersten Moment an hatte küssen wollen, als er sie gesehen hatte – als er kein Recht dazu gehabt hatte. Als er so verwirrt gewesen war und nicht gewusst hatte, wie er sich verhalten sollte, weil sie eine Hochzeitscrasherin war – Vertreterin einer Gruppe Menschen, die er nicht ausstehen konnte – und doch hatte er es nicht ausgehalten, nicht in ihrer Nähe zu sein.

Jetzt hielt er sie ganz fest und spürte, wie ihr Herz gegen seines schlug, spürte, wie sich ihre weichen Lippen seinen öffneten und ihre Hände seine Schultern drückten. So fühlte sich Glückseligkeit an. Wenn er nun stürbe und in den Himmel käme, wäre es das wert gewesen. Aber er wollte nicht, dass das geschah; er wollte mit dieser schönen Frau ein langes und glückliches Leben führen.

„Ich denke, das wird ein großes Abenteuer", sagte er an ihren Lippen.

Sie nickte und küsste ihn, ohne dem noch etwas hinzuzufügen.

EPILOG

Sie waren verheiratet. Rita tanzte in den starken Armen ihres Mannes, während die Band eines der vielen Liebeslieder spielte, die sie sich für ihre Hochzeitsfeier ausgesucht hatten. Ihr Herz war voll. Voller Liebe und Zufriedenheit und Aufregung über das Leben mit Levi.

„Ich liebe dich", flüsterte er ihr ins Ohr, eine Äußerung, die Gefühle der Liebe und ein Versprechen beinhalteten.

„Ich liebe dich noch mehr", sagte sie und lächelte ihn an. „Ich bin so überglücklich."

„Und ich habe vor, dafür zu sorgen, dass das so bleibt. Ich verspreche, dass das von heute an mein Lebensziel ist."

Und sie glaubte ihm. Sie hatte einen Mann getroffen, dem sie von ganzem Herzen vertrauen konnte. „Und ich werde dasselbe für dich tun." Sie lächelten einander an und er küsste ihre Lippen.

Er gluckste, als er sich von ihr löste und jemandem über ihre Schulter hinweg zunickte. Dann drehte er sie herum, sodass sie Toby in seiner Western-Smokingjacke und den Jeans sehen konnte, die genau wie Levis aussahen. Er trug seinen Stetson und seine schicken Stiefel und legte eine Art Twist und Jig auf die Tanzfläche.

„Schaut, Grandma und Grammy, ich tanze", rief er seinen Großmüttern zu, die beide strahlend am Rand der Tanzfläche standen und ihrem Enkel dabei zusahen, wie dieser seinen lustigen Tanz aufführte, der seinem ganz eigenen Rhythmus folgte und nicht dem Takt, den die Band vorgab.

„Du siehst gut aus", rief ihre Mutter und schoss ein paar Fotos.

„Ich sehe dich, mein Süßer. Lächle, dann machen wir ein Foto von dir", sagte Laura lachend und sah dabei so glücklich aus, dass es Ritas Herz berührte, ihre Mutter und Laura so zu sehen.

Toby tat, worum man ihn gebeten hatte; er grinste breit und hob im Stil eines echten Cowboys seinen kleinen Stetson vom Kopf und schwenkte ihn in der Luft.

Seine Großmütter und andere, die zusahen, lachten und Rita lachte ebenfalls; dann berührte sie Levis Stirn mit ihrer und ihre Blicke trafen sich. „Ich bin so glücklich darüber, wie sich alles ergeben hat."

„Ich auch, Liebling."

Nachdem sie und Levi sich vor einem Monat ihre Liebe gestanden hatten, hatte sie Levi mitgenommen, als sie Toby bei Laura abgeholt hatte. Sie hatten sich hingesetzt und offen miteinander gesprochen, über ihrer beider Plan zu heiraten und darüber, dass sie immer in der Lage sein würde, für ihren Sohn zu sorgen, darüber, dass ihr Geschäft gut lief und sie wollten, dass Laura ein Teil von Tobys Leben war. Laura wurde eingeladen, die Ranch zu besuchen, wann immer sie wollte und auch länger zu bleiben – Platz war genug. Sie konnte gern zu den Feiertagen kommen und Toby konnte sie besuchen, wann immer es mit ihrer aller Zeitpläne passte, solange es vorher abgesprochen wurde.

Zu Ritas Erleichterung hatte Laura zugestimmt. Sie war besorgt gewesen wegen der Gerüchte, die ihr ehemaliger Chef – ein Freund der Familie – über Rita verbreitet hatte. Doch zu ihrer Erleichterung hatte sie herausgefunden, dass die Gerüchte nicht stimmten, und seitdem war sie nicht mehr mit Ritas Ex-Chef befreundet. Laura freute sich für Rita und Levi und ihre Liebe und hatte gestanden, dass Toby ununterbrochen über Levi geredet hatte. Es war überdeutlich gewesen, dass er Levi liebte und dass Levi einen äußerst positiven

Einfluss auf Toby hatte. Als sie sie nun beobachtete, schwoll Ritas Herz an vor Freude darüber, wie alles gekommen war.

Sie und Levi hatten einen baldigen Hochzeitstermin festgelegt, da sie gewusst hatten, dass sie eine Familie sein wollten, und Laura und ihre Mutter waren gekommen, um für eine Weile auf der Ranch zu leben, in der sie abwechselnd auf Toby achtgeben würden, während sie und Levi ihre Flitterwochen verbrachten. Jake hatte angekündigt, ein paar Mal vorbeizukommen, um Toby Reitunterricht auf Rosey zu geben. Dem Pferd ging es großartig, es wurde von Monat zu Monat stärker und war verrückt nach Toby, der genauso verrückt nach ihm war. Alles schien sich perfekt zu fügen.

Als das Lied endete und der DJ ankündigte, dass es nun an der Zeit für das Strumpfbandwerfen war und sich nun alle Single-Männer versammeln sollten, da dachte Rita über all das nach, was in den Monaten, die diesem schönen Abend vorangegangen waren, geschehen war. Sie konnte ihr Glück kaum fassen. Sie dankte dem Herrn, dass er sie hierher, zu Levi geführt hatte. Sie hatte einen schlechten Schachzug gewählt, als sie die privaten Bilder von jemandem hatte verkaufen wollen, doch Gott hatte aus einer schlechten Situation eine gute – die beste – Situation gemacht und sie hatte die Liebe ihres Lebens gefunden. Und das ließ ihr Herz anschwellen und erweckte in ihr den Wunsch, ihr Glück von allen Dächern zu schreien.

Levi wandte seinen Blick von Toby ab, der seinen Hut für seine Großmütter schwenkte und als ihr Blick seinen traf, durchlief sie ein Schauer. Es erwärmte ihr Herz auf Neue, wie verbunden sie sich ihm fühlte.

„Ich liebe es, wie glücklich sie alle sind", sagte Levi. „Genau wie ich." Er grinste. „Jetzt werde ich das Strumpfband von deinem hübschen Bein lösen und es einem Glückspilz zuwerfen. Ich hätte in einer Million Jahren nicht geahnt, wie sehr es mein Leben verändern würde, das auf Coles Hochzeit abzubekommen."

Sie kicherte. „Bist du dir sicher, dass es an dem Strumpfband lag? Du warst bereits hinter mir und meiner Kamera her, lange bevor du das Strumpfband erwischt hast."

Er lachte. „Stimmt. Aber wer weiß, vielleicht wäre alles ganz anders gekommen, wenn ich es nicht gefangen hätte. Cole schwört, dass das Fangen eines Strumpfbandes sein Leben zum Besseren verändert hat, und ich stimme ihm jetzt zu."

„Ich werde dir da nicht widersprechen. Ich bin gespannt, wer der Glückliche sein wird. Wer weiß, vielleicht verliebt sich derjenige, der dein Strumpfband fängt, in Hanna, die Tierärztin, die hat nämlich meinen Strauß gefangen."

„Vielleicht, man weiß nie. Hey, Jake, schleich dich nicht weg. Stell dich zu Bret und den anderen einsamen Junggesellen in die Reihe. Dies könnte dein Glückstag sein."

Jake warf Levi ein spielerisches Stirnrunzeln zu. „Ich bin nicht der Typ zum Heiraten, aber ich stelle mich mit dazu, wenn es dich glücklich macht."

„Das tut es, und hey, Bret, stell dich auch mit dorthin."

Bret lachte nur und trat zu der Gruppe. „Nur für dich, kleiner Bruder, weil es dein besonderer Tag ist."

Als Jake gesagt hatte, er sei nicht der Typ zum Heiraten, da hatte Rita gedacht, dass er womöglich recht damit hatte. Sie mochte Jake, aber nach allem, was sie mitbekommen hatte, ging er häufig aus und mit niemandem länger. Er amüsierte sich gern und liebte es zu tanzen. Wahrscheinlich hatte er bereits mit jeder Frau in diesem Raum getanzt. Naja, außer mit Hanna, der Tierärztin, vielleicht, die beiden schienen sich nicht besonders zu mögen.

Und dann war da noch Bret, dieser Cowboy hatte keine Zeit für die Liebe, er liebte nur sein Rodeo. Sie hatte ihn erst ein paarmal getroffen, mochte ihn aber. Sie mochte ihn sogar sehr, er war nett, arbeitete hart an seiner Karriere und war super im Umgang mit Toby. Aber wie Jake auch, schien er zu diesem Zeitpunkt seines Lebens kein Typ fürs Heiraten zu sein. Doch er liebte seine Familie und es gefiel ihr, dass er sich zu den anderen gesellte, um Levi an dessen Hochzeitstag eine Freude zu machen.

Rita setzte sich auf den Stuhl und Levi ließ sich auf ein Knie herab, während alle ihnen zusahen und Bilder geschossen wurden. Soweit sie wusste, waren die Fotografen alle okay, denn Levi hatte sich extra, extra stark darum bemüht, dass keine Paparazzi-Ratten zugegen wären.

Levi sah zu ihr auf und zwinkerte ihr zu, während sie ihren Fuß aus dem Schuh zog und gerade so viel von ihrem Bein freilegte, dass er das Strumpfband herunterziehen und es über ihren Knöchel und dann über ihren Fuß streifen konnte. Grinsend stand er da, winkte den Jungs zu und drehte ihnen dann den Rücken zu.

„Macht euch bereit, Jungs, einem von euch steht ein lebensveränderndes Ereignis bevor, nämlich dem, der dieses hübsche Stück Spitze fängt."

Sie beobachtete all das fröhliche Grinsen und die gutmütigen Ellbogenstöße, als die Männer sich um eine

Position in der ersten Reihe bemühten. Keiner von Levis Brüdern beteiligte sich daran. Sie lachte in Anbetracht ihrer Versuche, ganz nach hinten zu kommen.

„Kopf hoch, hier kommt es", brüllte Levi und warf das Strumpfband mit der Kraft eines professionellen Baseball-Werfers über seinen Kopf.

Sie beobachtete, wie das weiße Strumpfband durch die nah beieinanderstehenden Typen segelte, die sprangen, schubsten und stolperten in dem Versuch, es zu erreichen. Doch als ob es so sein sollte, als ob all ihre Possen sie auseinanderschoben, flog das Strumpfband direkt zu einem überraschten Bret. Im letzten Moment hob der professionelle Bullenreiter seine Hände und packte das Strumpfband, sein Mund klappte auf und seine Augen weiteten sich. Und dann lachte er und hielt es hoch in die Luft.

„Ha", schrie Levi, als er sich umdrehte und ihn sah. „Das ist gut. Sehr gut." Und dann nahm er ihre Hände und zog sie in seine Arme. „Nun, wir haben es ins Rollen gebracht, jetzt zurück zu uns beiden. Wir schneiden den Kuchen an und anschließend steigen wir ins Flugzeug und beginnen unsere Flitterwochen. Ich bin bereit, in unser gemeinsames Leben aufzubrechen."

„Da stimme ich dir vollkommen zu." Dann machten sie sich Hand in Hand auf die Suche nach dem Kuchen.

Die Milliardenschweren Cowboys
Die Hochzeitscrasherin

* * *

Verpassen Sie nicht das nächste Buch der Reihe: Der Hill Country Antrag Des Milliardenschweren Cowboys, in dem Bret Tanner herausfindet, dass der Verdacht seines Bruders der Wahrheit entspricht: Wenn einer der Tanner-Brüder ein Strumpfband fängt, bedeutet dies, dass er seine wahre Liebe finden wird.

Eine Romanze der zweiten Chancen um einen milliardenschweren Bullenreiter und das Mädchen, das er zurückgelassen hat. Gerüchte und Geheimnisse können eine Beziehung zerreißen, aber kann die Wahrheit gebrochene Herzen heilen oder ist es zu spät für die Liebe?

Rodeo-Champion Bret Tanner ist zu Hause, um bei einer Wohltätigkeitsveranstaltung seiner Familie zu helfen, als Ellie Seton auftaucht und ihn um ein Interview bittet. Er hat nicht vor, sich der Frau zu öffnen, die ihm vor Jahren das Herz gebrochen hat.

Ellie braucht das Interview und ist nicht begeistert davon, Bret überreden zu müssen, mit ihr zu sprechen. Er brach ihr das Herz, als er sich fürs Bullenreiten und einen Lebensstil im Rampenlicht entschied. Heute ist sie Kolumnistin und benötigt das Interview, andernfalls verliert sie ihren Job. Als sich ihre Mutter, die Floristin der Stadt, verletzt, muss Ellie einspringen, um die Blumenbestellungen für die Wohltätigkeitsveranstaltung der Familie Tanner zu erfüllen.

Kann Ellies Hilfe bei der Veranstaltung helfen, ihr das Interview zu sichern, das sie so dringend braucht? Oder wird die Zusammenarbeit mit Bret zu viel für ihr Herz?

Über die Autorin

Der Name der zeitgenössischen Bestseller-Autorin Hope Moore ist das Pseudonym einer preisgekrönten Autorin, die in Texas lebt und von Cowboys umgeben ist. Sie liebt es, Liebesromane und Happy Ends zu verfassen. Ihre herzerwärmenden Liebesromane sind voller schöner Helden, die es zu lieben gilt und wagemutiger Frauen, die ihre Herzen gewinnen.

Wenn sie nicht gerade schreibt, versucht sie hartnäckig, nicht zu kochen, da sie von Erdnussbuttersandwiches, Kaffee und Käsekuchen leben könnte. Seit sie schreibt, ist sie kaum noch in sozialen Medien präsent, aber sie LIEBT ihre Leserinnen und Leser, also melde dich für ihren Newsletter an und sichere dir die kostenlose Kurzgeschichte DIE WAHRE LIEBE IHRES MILLIARDENSCHWEREN COWBOYS.

MILLIARDENSCHWEREN COWBOYS, die Vorgeschichte ihrer Western Liebesgeschichten-Serie der McCoy Milliardärsbrüder!

Dieses Buch ist nur für Newsletter-Abonnenten erhältlich und ist die süße Liebesgeschichte von J.D. McCoy, dem geliebten Großvater der Brüder. Du wirst außerdem Leseproben ihrer Abenteuer, zusammen mit Sonderangeboten und neu veröffentlichten Büchern erhalten.

Bitte kopiere diesen Link und füge ihn in deinen Browser ein, um dich anzumelden: https://www.subscribepage.com/cowboyromantik

www.ingramcontent.com/pod-product-compliance
Lightning Source LLC
LaVergne TN
LVHW012059070526
838200LV00074BA/3669